अंजली काजल

अंजली काजल का जन्म 20 अक्टूबर, 1978 को लुधियाना, पंजाब में हुआ। वे कॉमर्स में परास्नातक हैं। उनकी पहली कहानी 'इतिहास' 1999 में 'हंस' पत्रिका में प्रकाशित हुई। उसके बाद कई कहानियाँ 'ज्ञानोदय', 'वागर्थ', 'रचना समय', 'वाक्', 'साहित्य विमर्श', 'वनमाली कथा' आदि पत्रिकाओं में भी प्रकाशित हुईं। उनकी कहानी 'सैलाब' का दिल्ली, अलवर, कानपुर, गेयटी थिएटर, शिमला में सफ़ल मंचन हो चुका है।

उनका कहानी-संग्रह 'Ma is scared' (कॉमा प्रेस, यू.के.) नाम से प्रकाशित हुआ। कविता भनोट द्वारा हिन्दी से अंग्रेजी में अनूदित इस संग्रह को 2021 का 'इंग्लिश पेन ट्रांसलेट्स अवार्ड' प्राप्त हुआ। इसी नाम से 2024 में यह संग्रह भारत (पेंगुइन इंडिया) में भी प्रकाशित हुआ है।

सम्प्रति : बी.एस.एन.एल. में कार्यरत

ई-मेल : anjalikgautam@gmail.com

माँ डरती है

अंजली काजल

राजकमल पेपरबैक्स

राजकमल पेपरबैक्स में
पहला संस्करण : 2025

राजकमल पेपरबैक्स : उत्कृष्ट साहित्य के जनसुलभ संस्करण

राजकमल प्रकाशन प्रा. लि.
1-बी, नेताजी सुभाष मार्ग, दरियागंज
नई दिल्ली-110 002
द्वारा प्रकाशित

शाखाएँ : अशोक राजपथ, साइंस कॉलेज के सामने, पटना-800 006
पहली मंजिल, दरबारी बिल्डिंग, महात्मा गांधी मार्ग, प्रयागराज-211 001
1, अनमोल सोराबजी सन्तुक लेन, धोबी तलाव, मरीन लाइंस, मुम्बई-400 002
वेबसाइट : www.rajkamalprakashan.com
ई-मेल : info@rajkamalprakashan.com

विकास कंप्यूटर एंड प्रिंटर्स
ट्रॉनिका सिटी-201 102
द्वारा मुद्रित

मूल्य : ₹299

MAAN DARTI HAI
Stories by Anjali Kajal

ISBN : 978-93-6086-791-1

मम्मी-पापा और लुधियाना के
उन दिनों को समर्पित
जहाँ इन कहानियों ने जन्म लिया

क्रम

माँ डरती है

सैलाब

पम्मी ने चार उँगलियाँ आटे में डालीं, थोड़ा आटा हथेली पर रखा और मसलकर उसका गोला बनाया। उस गोले को चकले पर रखकर चार उँगलियों से दबाया। रोटी बेलने से पहले ही उसके हाथ रुक गए। अन्दर हौल-सा उठा। वो रसोई से बाहर आई और छत की सीढ़ियाँ चढ़ने लगी। पहली मंज़िल पर आने के बाद और ऊपर जाने के लिए अगली सीढ़ियाँ चढ़ने लगी। फिर बनेरे पर खड़ी हो गई। उसने एक बार नीचे देखा। वो अपने-आपको तैयार कर रही थी। उसकी साँस तेज़ थी। उसके हाथ-पैर काँपने लगे। वो चुपचाप खड़ी रही। कुछ पल और खड़े रहने के बाद वो वापस मुड़ी और सीढ़ियाँ उतरकर नीचे रसोई में आ गई। उसने जो आटे का गोला बनाया था, उसकी रोटी बेलने लगी।

प्रोफ़ेसर नहाकर बाहर निकल आया था। पम्मी ने घड़ी में टाइम देखा। तक़रीबन दस बजे प्रोफ़ेसर घर से कॉलेज के लिए निकलता है। अब से ठीक एक घंटे बाद। उसने चकले पर रखी रोटी को फिर से इकट्ठा किया और फिर से गोला बनाने लगी। वो भूल गई थी, वो तो हाथ पर बनाई रोटी ही खाता है। उसने चकला हटा दिया और पानी लगाकर पनियाली (पानीवाली) रोटी बनाने लगी।

"तेल फिर चोखा डाल दिया सब्ज़ी में। हर चीज़ ज़्यादा ही पड़ती है तुमसे"

जाने से पहले उसने उसे पकड़कर इस तरह चूमा कि पम्मी की साँस रुकने को हुई। दरवाज़े के पास जाकर उसने आवाज़ लगाई, "गेट बन्द कर लो।"

उसने गेट बन्द किया और कुछ देर वहीं खड़ी देखती रही। फिर अपना मुँह धोने चली गई। वो कमरे में वापस आई और कम्प्यूटर चला दिया। अपना मेलबॉक्स खोला। एक मेल था कबीर का।

"स्टैंड अगेन्स्ट यूअर फियर!"

वो हिचकियों में रोती है। वो चीख़ना चाहती है! पर वो हिचकियों में रोती है।

उसे बचपन जब भी याद आता तो घर की छत से दिखती, खेतों में खड़ी पेड़ों की क़तार याद आती। वो छत पर खड़ी घंटों उन पेड़ों को देखती। उससे भी पहले का बचपन वो याद करती है तो उसे पिता याद आते, उसे बाँहों में झुलाते, कभी कन्धों पर बिठाकर नचाते। वही एक अपना-सा स्पर्श किसी पुरुष का उसे याद है। ऐसा स्पर्श जिसे वो कभी नहीं भूल पाई। ऐसा स्पर्श जिसे उसने कम उम्र में ही खो दिया। क्या पुरुष में एक पिता की तलाश उसे भटकाती रही?

बड़ी होते-होते उसने अपने-आपको धीरे-धीरे एक जिस्म में बदलते देखा। उसके आसपास हर कोई दो जोड़ी आँखों में बदल गया था। वो कितना भी कोशिश करती जिस्म को छुपाने की, कहीं-न-कहीं से वो दिख ही जाता। एक दिन नहाते हुए उसने महसूस किया दो जोड़ी आँखें उसे छुपकर ताड़ रही थीं। वो सड़क पर चलती तो ताड़ती आँखों की वजह से उसके पैर उखड़ने लगते। वो एक तरफ़ दुपट्टा सँभालती, वो दूसरी तरफ़ से खिसक जाता। घर के अन्दर इतनी बेचैनी होती कि वो छत पर जाकर दूर पेड़ों की क़तारों को देर तक देखना चाहती, बचपन की तरह, आँखें वहाँ भी पहुँच जातीं। लोग अपना जिस्म उघाड़कर उसके अन्दर दहशत भर देते। वो नहीं जानती थी वो इस जिस्म से कैसे छुटकारा पाए। वो इतना तंग आ चुकी थी, कई बार वो जिस्म को उतार फेंकना चाहती।

माँ भी अब बदल गई थी। वो शीशे के सामने खड़ी होती तो माँ उसे घूरने लगती। वो बनेरे पर खड़ी होती तो माँ की त्योरियाँ चढ़ जातीं। वो भाई की तरह बाहर खेलने जाती, माँ उसे जल्दी बुला लेती। राह चलते कोई उसे घूरता तो माँ उसे डाँटने लगती। कोई लड़का रिश्तेदार आता तो माँ का डाँटना और बढ़ जाता। आख़िर माँ को हुआ क्या था? उसे माँ पर बेहद ग़ुस्सा आता। वो खुलकर बात करने की बजाय उसे बुरी तरह उलझन में डाले रखती। आज वो सोचती है माँ की तमाम वर्जनाओं के बावजूद, क्या माँ उसे बचा पाई? जिस भेड़िये से वो उसे बचाना चाहती थी, उस भेड़िये के बारे में क्यों नहीं बताया कुछ? आख़िर माँ ने भी वही किया जो उसकी माँ ने उसके साथ किया था!

उसकी अलमारी से अचानक सारी स्कर्ट ग़ायब हो गईं। कपड़ों में स्कर्ट

उसे सबसे ज़्यादा पसन्द थी। स्कर्ट की जगह अब सलवार-कमीज़ों ने ले ली थी। सलवार-कमीज़ से उसे कोई दिक़्क़त नहीं थी पर दुपट्टा उसे परेशान करता। जब तक वो सलवार-सूट नहीं पहनती थी उसे दुपट्टे की कोई ज़रूरत नहीं थी पर अब दुपट्टा उसके साथ चिपका रहता।

उन दिनों उसके पास बहुत सारे सवाल थे पर जवाब देनेवाला कोई न था। मन उलझी गुत्थियों को सुलझाने में नाकाम था। अपने शरीर को वो नहीं जानती थी। उसे हर तरह से इसे जानने से बचाया जा रहा था। शरीर के बारे में बात करना गुनाह था, सवाल करना और भी बड़ा गुनाह। एक तरफ़ शरीर का नाम भी लेना गुनाह था और दूसरी तरफ़ उसके आस-पास कोई पुरुष घात लगाए बैठा रहता।

वो चौदह साल की थी। वो अपने एक रिश्तेदार की शादी में गई थी। वो उसे बार-बार देखता था। जहाँ भी भीड़ होती वो उसके क़रीब आने की कोशिश करता और एक बार उसने उसका हाथ कसके पकड़ भी लिया था। वो उससे कई साल बड़ा था। वो अकेले होने से बच रही थी। उसे कुछ समझ नहीं आ रहा था उसे क्या करना चाहिए। माँ को बताएगी तो माँ और डाँटेगी। रात में वो अपनी चाचा की बेटियों के साथ ही सोई थी। बहुत से लोग एक कमरे में सोए थे।

उसे नहीं पता वो रात का कौन सा समय था जब उसे किसी ने कसकर पकड़ा था। वो उसका चेहरा स्पष्ट नहीं देख पा रही थी। अँधेरे में कुछ दिखाई नहीं दे रहा था। उसने हाथ से टटोलना चाहा उसके साथ कोई नहीं था। उसने उसका मुँह हाथों से दबा रखा था। उस काली रात के बाद उसके अन्दर कुछ मर गया था।

उसने अपनी और कबीर की पुरानी चैट को पढ़ना शुरू किया। वो अक्सर ऐसा करती। उनकी पुरानी चैट को उसने कभी डीलीट नहीं किया। चैट करते हुए उस दिन पम्मी ने सब कुछ खोलकर रख दिया था अपने अतीत और वर्तमान का—

कबीर—तुम कैसे मिली इस आदमी को?

पम्मी—मैं इसके पास ट्युशन पढ़ने जाती थी। मैंने वो बैच देर से ज्वॉइन किया था। वो मुझे इतवार को भी बुलाने लगा ताकि पीछे छूटा सिलेबस कवर किया जा सके। वो अकेला रहता था। मैं जाती तो और कोई नहीं होता था। धीरे-धीरे वो मुझसे बातें करने लगा। वो अपना सब काम ख़ुद करता था। खाना भी ख़ुद बनाता था। बातों-बातों में मैं अपने मन की सारी बातें उससे करने लगी।

उसने बहुत हमदर्दी दिखाई और मैं पिघल गई। मेरे अन्दर जो बचपन से जमा हुआ था मैंने सब कह सुनाया। मैंने उसे बताया किस तरह से मैं बचपन से पुरुषों का शिकार होती आई जिसमें मेरे घर का एक पुरुष भी था जो मेरा चाचा था। मैंने तब तक किसी से ये बातें नहीं कही थी। मेरे अन्दर बहुत-सा ज़हर इकट्ठा हो चुका था। पता नहीं क्यों मैंने इतना विश्वास किया उस पर? मुझे अपने-आपसे एक अजीब तरह की नफ़रत हो गई थी। मुझे लगता था जो कुछ मेरे साथ हुआ उसके लिए मैं भी ज़िम्मेदार थी क्योंकि मैंने कभी जो हो रहा था उसके ख़िलाफ़ आवाज़ नहीं उठाई। हालाँकि मेरे किसी से कुछ ना कहने का कारण मेरा डर था। कोई आसपास इतना अपना नहीं लगता था कि बता सकूँ मेरे साथ क्या हो रहा है। मैं अन्दर-ही-अन्दर अपने-आपको अपवित्र समझने लगी।

कबीर—क्या तुम उससे प्रेम करने लगी थी?

पम्मी—नहीं वो प्रेम नहीं था। मेरे जीवन में अकेलापन था। जीवन में कोई भावनात्मक सहारा चाहती थी। उसने हमदर्दी दिखाई और मैं बिखर गई।

कबीर—तुम दोनों की उम्र में कितना फ़र्क़ है?

पम्मी—उसकी सही उम्र मैं कभी नहीं जान पाई। वो मुझे दस साल ज़्यादा बताता था पर मुझे लगता है इससे कहीं ज़्यादा था।

कबीर—तुम कबसे उसके साथ रहने लगी?

पम्मी—मैं उन्नीस साल की हो चुकी थी जब मैं अपना घर छोड़कर भाग आई थी।

कबीर—उसने तुम्हें कभी नहीं बताया था कि उसकी पहली बीवी है?

पम्मी—बताया पर इतना ही कि उनका तलाक़ हो गया है।

कबीर—तुम लोगों ने शादी की है?

पम्मी—नहीं।

कबीर—उस पर इतना यक़ीन करने का कारण?

पम्मी—मुझे नहीं पता।

कबीर—क्यों नहीं पता?

पम्मी—नहीं जानती।

कबीर—तुम उसके साथ सब कुछ छोड़कर चली आई और तुम्हें नहीं पता क्यों?

पम्मी—...

पम्मी—तुम जवाब नहीं दे रही हो?

पम्मी—दे रही हूँ। मैं कैसे कहूँ? समझ नहीं पा रही। तुम समझ सकोगे?

कबीर—कहो, मैं समझ रहा हूँ।

पम्मी—तुम्हें पता है मैं सब कुछ छोड़कर उसके पास क्यों चली आई? क्योंकि हम लोगों के बीच शारीरिक सम्बन्ध हो गए थे और इसी वजह से मुझे लगता था मुझे उससे शादी कर लेनी चाहिए।

कबीर—तुमने उसे अपना इस्तेमाल क्यों करने दिया?

पम्मी—ये आधा सच है।

कबीर—बाक़ी आधा सच क्या है?

पम्मी—तुम नहीं समझ सकते। तुम भी तो पुरुष ही हो।

कबीर—मैं पुरुष हूँ पर एक घटिया पशु नहीं हूँ।

पम्मी—हर पुरुष घटिया पशु बनने की सम्भावना लिये होता है।

कबीर—हाँ पर ये उसके बस में होता है कि वो घटिया पशु न बनके इनसान बना रहे।

वो अपने घर से निकली तो उसे मर गया मान लिया गया। उस घर की यही परम्परा थी।

प्रोफ़ेसर ने उसे पढ़ने से नहीं रोका पर शर्त थी वो घर पर ही पढ़े। वो पढ़ाई में उसकी मदद करता। उसे नोट्स लाकर दे दिए जाते। उसने ग्रेजुएशन करने के बाद सोशल वर्क में आगे की पढ़ाई करने की इच्छा जताई। उसने कॉलेज में दाख़िला लेने की बात की, पर इस कोर्स के लिए किसी दूसरे शहर जाना पड़ता। वो तैयार ना हुआ। वो अक्सर कहता, "तुम्हें क्या चाहिए? तुम कहो तो क्लासरूम को घर पर ला दूँ।"

घुटन ज़िन्दगी में ज़्यादा थी या चारदीवारी के भीतर कहना मुश्किल था। पम्मी घर पर पढ़ाई करती। कुछ और था भी नहीं करने को। अतीत के सारे दरवाज़े उसके लिए बन्द हो गए थे और खिड़की-भर थी उसकी सहेली नैना। वो उससे अभी भी जुड़ी थी। मिलना कम होता पर अक्सर फ़ोन पर बात हो जाती।

नैना उसके साथ कॉलेज में पढ़ी थी। नैना संस्कारों के महल में एक चोर दरवाज़े जैसी थी। उसी की तरह एक मध्यवर्गीय परिवार की लड़की। हर

सोमवार को अच्छे पति की कामना में व्रत रखती। उसका धार्मिक होना उसके बाक़ी के व्यक्तित्व से मेल नहीं खाता था। अपने परिवार से हर तरह लड़ने के बाद, हारकर उसने अपनी सब उम्मीदें अपने होनेवाले पति को लेकर पाल ली थी।

जब वो स्कूल में थी, उसे एक लड़के से प्रेम जैसा कुछ हुआ था। उसके परिवारवालों ने उस लड़के को बहुत पीटा था और ख़ुद उसे एक कमरे में बीस दिन तक बन्द रखा गया। बीस दिन के बाद जब वो उस कमरे से बाहर आई, वो एक बदली हुई लड़की थी। वो जितनी उदास होती उतनी ही ज़ोर से हँसती। उसे लगा इस दुनिया के साथ उसका रिश्ता ख़त्म होता जा रहा है। दूसरा, उसने मान लिया, जिस दिन वो इस घर से निकलेगी वही दिन उसकी आज़ादी का दिन होगा।

"तू मर जा" नैना अक्सर कहती! वो ऐसा कहती जब उसे किसी पर प्यार या ग़ुस्सा आता। घर के संस्कार उसे जितना एक लड़की की तरह रहने का उपदेश देते, उसका विद्रोह करने का मन होता। इसीलिए अक्सर उस पर पाबन्दियाँ लगी रहतीं। शहर में अगर सनातन धर्म और दयानन्द विद्यालय छाप लड़कियों के स्कूल और कॉलेज नहीं होते तो शायद उसे बाहर पढ़ने भी न भेजा जाता। घर से कॉलेज और कॉलेज से घर के अलावा उसे कहीं और जाने की इजाज़त थी तो सिर्फ़ मन्दिर। सो वो लगभग रोज़ ही मन्दिर जाती। घरवालों के लिए वो पराया धन थी और उस पराये धन के लिए एक मालिक ढूँढ़ा जा रहा था। देर थी तो उसके लिए अच्छे-ख़ासे दहेज जितने पैसे जुटाने की।

नैना और पम्मी को वो दिन याद है जिस दिन दोनों भले घर की लड़कियों ने कॉलेज न जाकर शहर घूमने का तय किया। ये तरकीब नैना की ही सोची हुई थी।

उनको एक अच्छा, मौज-मस्ती वाला दिन गुज़ारने के लिए पैसे की नहीं, आज़ादी की दरकार थी। पाँच रुपये का ख़ूब सारी हरी-लाल मिर्च, धनिया, प्याज़, नींबू पड़ा छोले वाला कुल्चा जितना स्वाद देता, उतना मज़ा आज का पिज़्ज़ा और बर्गर भी क्या देता। गोलगप्पों के आगे कुछ नहीं टिकता था।

उस दिन वे दोनों फ़िल्म नहीं देखने गईं। सिनेमा हाल में बैठकर तीन घंटे बर्बाद करना उनको मंज़ूर ना था। वे तो साथ में घूमना चाहती थीं...बेमतलब। लड़कियों को इस तरह बेमतलब यहाँ-वहाँ घूमने की इजाज़त उनके घरों से कभी नहीं मिलती थी। उस दिन कुछ ख़ास उनके मन में नहीं था जो उन्होंने उस दिन

के लिए सोचा हो। उन्हें अचानक मिली ये आज़ादी उत्साहित कर रही थी। डर भी लग रहा था कहीं कोई जान पहचानवाला ना देख ले और घर में उनकी शामत ना आ जाए। उन लोगों ने एक छोटा बाज़ार चुना जो घर से काफ़ी दूर था जहाँ उनके मोहल्ले के लोगों के मिलने की सम्भावना सबसे कम थी। छोटे शहरों में बहुत सारी सवारियाँ लादकर चलनेवाले ऑटो रिक्शा में बैठकर उन्होंने वहाँ जाने का तय किया। ऑटो रिक्शा में बहुत तेज़ पंजाबी गाना बज रहा था—'किते कल्ली बह के सोचीं नी असीं की नी कीता तेरे लई।' नैना लगातार बोले जा रही थी। जबकि पम्मी इतने सारे लोगों में असहज महसूस कर रही थी। ऑटो में बैठे लोग उनकी बातें सुन रहे थे, इसकी परवाह किए बिना नैना बोलती रही। उनके सामनेवाली सीट पर दो लड़के बैठे थे जो उन दोनों को देख रहे थे। बाज़ार आते ही वे दोनों उतर गईं।

उस दिन पम्मी ने नैना को एक बच्ची की तरह शरारतें करते देखा। वे दोनों इतना हँसीं कि पम्मी को लगा वो अपने जीवन में, उस दिन से पहले शायद ही इतना कभी हँसी हो। उनकी बेलगाम हँसी सुनकर कुछ लड़के उनके पीछे-पीछे आने लगे। पम्मी डर गई पर नैना उन लड़कों का मज़ाक़ उड़ाने में लगी रही। लड़के उनके पीछे आते ही जा रहे थे। अचानक एक जगह नैना को दो पुलिस वाले खड़े दिखाई दिए। नैना उनके पास गई और धीमी आवाज़ में उनसे कोई रास्ता पूछने लगी। इतनी देर में वे लड़के इस तरह से ग़ायब हुए जैसे कभी उनका पीछा कर ही नहीं रहे थे।

जहाँ बाज़ार ख़त्म होता था वहाँ एक बहुत छोटा-सा पार्क भी था। वे दोनों वहीं बैठ गईं। अचानक नैना ने कहा चलो बाबा फरीद की दरगाह चलते हैं। आज गुरुवार है आज वहाँ मेला होगा। सुनकर पम्मी उत्साहित नहीं दिखी, "मुझे भीड़-भड़क्का पसन्द नहीं। एक दिन गुरुवार के मेले में मैं वहाँ गई थी। दर्शन करने के लिए जब हम अन्दर जाने लगे, अचानक हेड़-सी आई, पैर रखने की जगह नहीं थी। भीड़ में लोगों के हाथ पागल कुत्ते की तरह नोचते हैं...नैना...क्या तुम्हें भी ऐसा लगता है जैसे...हम मांस का लोथड़ा-भर हैं?" नैना एकटक पम्मी की आँखों में देखती रही। फिर बोली, "तू मर जा!"

भविष्य से डरी हुई दो लड़कियाँ, बैठी अपनी-अपनी बात सुना रही थीं—

पम्मी—और वो कैसा है...जो फ़ोन करता है लैंडलाइन पे?

नैना—ओ मरजाना! ओ ते बस टाइम पास है। यार सब लोग काम पर चले

जाते हैं और अकेले में मेरा दिमाग़ ख़राब होने लगता है, तो उससे बात कर लेती हूँ।

पम्मी—तो फिर दिमाग़ ठीक हो जाता है?

नैना—नहीं और ख़राब हो जाता है। (दोनों खिलखिलाकर हँसीं)

नैना—एक नम्बर का कमीना है दफ़ा होणा! बार-बार मिलने को बोलता है। मैं जानती हूँ उसे क्या चाहिए।

पम्मी—तुम उसके लिए सिरियस हो क्या?

नैना—पागल हो क्या? वही मुझे फ़ोन करता है जैसे ही मम्मी घर से निकलती है (कुछ देर सोचती रही)...जानती हो मैं इस तरह के किसी सयापे में नहीं पड़ती। की फैदा?

इसी तरह माँ-बाप दुयारा तय जगह पर एक दिन नैना की शादी हो गई। पम्मी जानती थी उसके सपनों में एक राजकुमार था। वही एक सपना—कोई राजकुमार आएगा और उसे इस क़ैद से आज़ादी मिलेगी!

नैना की शादी होने के बाद पम्मी ने भी जल्दी ही निर्णय ले लिया था उस घर को छोड़ने का। उसने अपनी माँ को उस घर का एक पुरज़ा बनते देखा था। एक विधवा औरत उस बड़े घर में होते हुए भी कहीं दिखाई नहीं देती थी। पम्मी का भाई दिन-भर घर से बाहर रहता अपने दोस्तों के साथ। उस घर में लड़कियों की तरह, लड़कों पर कोई पाबन्दियाँ ना थीं। लोगों की यह धारणा कि संयुक्त परिवारों में बच्चों की देखभाल बहुत अच्छी तरह हो जाती है, पम्मी के जीवन में ग़लत साबित हुई। माँ की आधी से ज़्यादा ज़िन्दगी रसोई में निकली थी। वो इतने बड़े परिवार के तीन समय के खाने में ही दिन-भर उलझी रहती। पम्मी कई बार आत्महत्या करने की सोचती। उसे यही एक रास्ता लगता था इस घर से छुटकारा पाने का। प्रोफ़ेसर उसे अपने साथ आ जाने के लिए कहता रहता था। एक दिन वो उस घर से भाग गई और प्रोफ़ेसर के साथ रहने लगी।

नैना को जैसे धक्का लगा था उसके बारे में सुनकर। बहुत दिन तो पम्मी ने नैना से बात नहीं की। उसके पास कोई सफ़ाई थी भी नहीं अपने किए की। उन दिनों कुछ समझ नहीं आता था—क्या सही क्या ग़लत।

सालों बाद एक दिन उसने नैना का नम्बर मिलाया था। नैना उसकी आवाज़ सुनकर बोली थी, "पम्मी तू मर जा...मर जा तू...कहाँ थी?? जो मैंने सुना सब सच है?"

पम्मी ने हाँ कहा तो नैना एक बार चुप हो गई। दोनों उस दिन कुछ बात ना कर पाईं। कुछ दिन बाद फिर फ़ोन पर बात हुई थी। इस बार नैना ने अपने मोबाइल फ़ोन से फ़ोन किया था। देर तक बात होती रही। वो बेहद नाराज़ थी पम्मी से।

"मैं दुखी इस बात से नहीं हूँ कि तुम घर से भाग गई...दुखी इस बात से हूँ तुमने अपने साथ अच्छा नहीं किया। क्यों किया तुमने ऐसा?"

पम्मी को नैना पर ग़ुस्सा आता था जब भी वो ऐसी बातें करती। महीनों झगड़ा होता रहा उनके बीच। फिर दोनों में समझौता हो गया।

एक दिन वे मिलीं। दोनों अकेली मिलना चाहती थीं इसलिए घर से बाहर कहीं मिलने का मन बनाया। नैना ख़ूब सजकर आई थी। दूसरी तरफ़ पम्मी अभी भी पहले जैसी ही दिखती थी। उसे सजने-सँवरने का शौक़ था ही नहीं। पम्मी ने प्रोफ़ेसर के बारे में कोई बात नहीं की। वो जानती थी नैना अभी भी उससे नाराज़ थी और अभी भी इस बात पर उसके भड़क जाने का डर था। पम्मी ने उससे पूछा, "तुम अभी भी व्रत रखती हो सोमवार का?"

"नहीं...अब बस खाती हूँ जमके।"

"हाँ वो तो दिख रहा है...तुम बहुत सुन्दर हो गई हो नैना और मोटी भी।"

"तेनु पता ही है, पंजाबी कुड़ियाँ शादी के बाद कैसे मुटाती हैं।"

"तो मिल गया तुझे तेरे सपनों का राजकुमार?" पम्मी ने पूछा।

जवाब में नैना हँसी, पम्मी हँसी। दोनों देर तक हँसती रहीं। पम्मी ने आज जाना जो दोसतियाँ स्कूल-कॉलेज के दिनों में होती हैं ऐसी दोसतियाँ दुबारा किसी उम्र में नहीं हो पातीं।

"राजीव किसी को चाहता था" नैना का चेहरा एकदम उदास हो गया।

पम्मी—तो क्या हुआ...सबका एक अतीत होता है।

वो एकदम ग़ुस्से में आ गई, "मेरा नहीं है...मुझसे तो उम्मीद की जाती थी, मैं बस अपने होनेवाले पति के लिए अपने-आपको सँभाल के रखूँ...मुझे तो किसी से प्रेम करने की आज़ादी नहीं थी??"

पम्मी—तू अभी भी उतनी ही बेवकूफ है। किसी का बदला तुम किसी से नहीं ले सकती।

नैना की आँखें तरल हो गईं और आवाज़ नर्म—"लेकिन मुझे उसकी छाया हमेशा महसूस होती है। जैसे वो हमारे बीच हमेशा रहती है।"

पम्मी—यह तेरी बेवकूफी है। वो तुम्हारे दिमाग़ में रहती है।

जाने से पहले नैना ने पूछा था, "क्या तुम ख़ुश हो अपनी ज़िन्दगी से?"

सवाल के बाद वो पम्मी की आँखों में देखती रही। पम्मी जैसे अपने ही आपसे बात कर रही थी, "मैंने एक रास्ता देखा था उस घर से निकलने का, और कुछ नहीं। कुछ समय बाद हर रिश्ता पिंजरे में बदलने लगता है। और मेरा फिर भाग खड़े होने का मन करता है।"

"तुम ख़ुश नहीं हो?"

"बहुत घुटन है। साँस लेते नहीं बन रहा। लगता है एक अँधेरे से निकलकर दूसरे अँधेरे में आ गई हूँ। उसे हर समय शक रहता है मुझ पर। असुरक्षा की भावना! फिर वो दीवारें तानने लगता है मेरे आस-पास। जितना वो दीवार तानता है मैं उतना ही छटपटाती हूँ। उसके बीवी-बच्चे भी हैं यह तो मुझे पता था। मुझे बताया था कि उनका तलाक़ हो चुका है पर अब मुझे लगता है वो झूठ था।"

पम्मी को महसूस हुआ प्रोफ़ेसर उसे पूरी तरह अपने ऊपर निर्भर बनाकर रख रहा था। शुरू में उसे लगा वो उसे बहुत चाहता है, उसका ख़याल रखता है इसलिए उसे कहीं भी अकेले जाने नहीं देता था। बाद में पता चला यह उसका तरीक़ा था उस पर नज़र रखने का। हर समय प्रोफ़ेसर उसे लोगों दुयारा औरतों के इस्तेमाल किए जाने के बारे में बताता रहता। वो किसी के क़रीब आने लगती, चाहे वो पुरुष हो या स्त्री वो उसी की कोई ऐसी कहानी बनाकर सुनाता। पम्मी को लगने लगा बाहर सारी दुनिया एक बड़ा-सा मुँह खोले है और जैसे ही कोई औरत घर के बाहर क़दम रखेगी, यह बड़ा-सा मुँह उसे अपना निवाला बना लेगा। धीरे-धीरे उसके अन्दर से आत्मविश्वास कम होता गया। उसे लगने लगा वो अकेले बाहर निकल ही नहीं सकती। कोई काम अकेले नहीं कर सकती। वो बाहर जाकर किसी से बात ना कर पाती।

इस साल पम्मी को एक प्रोजेक्ट करने को मिला। वो किसी एनजीओ में जाकर प्रोजेक्ट करना चाहती थी पर प्रोफ़ेसर नहीं चाहता था वो ऐसा करे। उसने अपनी एक एनजीओ में जान-पहचान होने की बात कही और बताया कि सारा कुछ उसे घर पर ही मिल जाएगा और वो रिपोर्ट बना सकती है। इस बार पम्मी ने विरोध किया। वो अपना प्रोजेक्ट ख़ुद करना चाहती थी। उसने एक एनजीओ चुन लिया था जो झोंपड़पट्टी में रह रहे बच्चों को शिक्षित करने का काम कर

रहा था। वो उसी स्कूल में पढ़ाना चाहती थी। इस बार प्रोफ़ेसर को झुकना पड़ा। वहीं पर वो कबीर से मिली थी।

एक दिन पम्मी ने प्रोफ़ेसर से पूछा था, "आपने मेरे साथ शारीरिक सम्बन्ध क्यों बनाए थे? आपने भी मुझे केवल शरीर में बदल दिया? मैं एक दुख साझा करने के लिए आपके पास आई थी, आपने भी मेरे साथ वही नहीं किया? मैं तब केवल सोलह साल की थी।"

उस दिन पहली बार प्रोफ़ेसर को लगा उसने सवाल करना सीख लिया है जो उसे बेहद ख़तरनाक बात लगी। उसने जवाब दिया था, "तुम पहले से ही शरीर से गुज़र चुकी थी। तुम कुँवारी होती तो मैं तुमसे शारीरिक सम्बन्ध नहीं बनाता।"

पम्मी ने सोचा था वो कहेगा मैं तुमसे प्रेम करता था। उस दिन उसने अपने-आपको ख़त्म करना चाहा था, छत से कूदकर। उसे लगा था मरना जीने से आसान होगा पर ये भी सच नहीं था।

उस दिन के बाद से उस पर पाबन्दियाँ लगनी शुरू हुईं। घर का लैंडलाइन फ़ोन हमेशा के लिए ख़राब हो गया। वो अब नैना से बात भी ना कर पाती। जब वो इसकी शिकायत करती तो वो कहता, "मैं क्या किसी से मिलता-जुलता हूँ? मैं अपने सब रिश्ते तुममें ही तलाशता हूँ। तुम्हें ही क्यों ज़रूरत पड़ती है? इसका मतलब है तुम मेरे साथ ख़ुश नहीं हो और तुम्हें कुछ और चाहिए।"

कम्प्यूटर के ज़रिये वो कबीर से बात कर सकती थी। पर वो नैना या कबीर की मदद लेना नहीं चाहती थी। उसे नहीं पता था ज़िन्दगी का नर्क उसे कहाँ ले जानेवाला था। वो और किसी को इसमें शामिल नहीं करना चाहती थी। उसने तय कर लिया था वो जिएगी या मरेगी पर इस नर्क से बाहर आने की कोशिश ज़रूर करेगी।

एक दिन उसने हिम्मत करके कहा था वो इस रिश्ते से आज़ाद होना चाहती है। उस दिन से शुरू हुआ था एक असहनीय मानसिक अत्याचार। एक पल वो रोता, गिड़गिड़ाता और जब उसके नाटक का कोई असर पम्मी पर होता ना दिखता, दूसरे पल वो क्रूर और हिंसक हो उठता। वो कभी उसे प्यार के वास्ते देता और कभी उसे 'रंडी' जैसी गालियाँ देता। गालियों का सिलसिला घंटों चलता। गालियाँ रुकतीं तो उसका भावनात्मक ब्लैकमेल शुरू हो जाता। पम्मी का दिमाग़ फटने को

हो जाता। उस पर नौकर की शक्ल में एक पहरेदार बिठा दिया गया ताकि उस पर नज़र रखी जा सके। प्रोफ़ेसर उसे तरह-तरह से धमकाता, डराता बाहर की दुनिया के बारे में भयानक बातें बताता। जब कुछ भी पम्मी के इरादे बदल ना सका, उसने ताने मारने शुरू किए पम्मी को एहसास दिलाने के लिए कि कितना पैसा उस पर खर्च करके उसने पढ़ाया है उसे। पम्मी ने पलटकर बोला था, "उसकी क़ीमत भी वसूल कर ली मुझसे अच्छी तरह।"

हर दिन पम्मी को पहले से ज़्यादा रौंदता हुआ गुज़र रहा था। डर, सहम, घुटन, दर्द का लम्बा कारवाँ जैसा महसूस होता जो रात में भी ना ठहरता। जितना उसके अन्दर आक्रोश और इनकार उठता, उतनी ही उस आदमी की भूख बढ़ती जाती। अपने शरीर से इतनी नफ़रत उसे पहले कभी नहीं हुई। उसे अतीत में लिये अपने हर क़दम पर पछतावा होता। शायद इसीलिए वो सब कुछ चुपचाप सहन कर रही थी। शरीर हमेशा उसके अन्दर आत्मग्लानि ही पैदा करता आया था। उसने दहलीज़ के बाहर क़दम रखा इसलिए उसे यह सब भुगतना पड़ा, वो सोचती। पर दहलीज़ के अन्दर उसका क़सूर क्या था?

धीरे-धीरे प्रोफ़ेसर को भी एहसास हो गया था वो उसे रोक नहीं पाएगा अब। वो यह भी जानता था कि बात उसकी नौकरी पर भी बन आ सकती थी।

एक सुबह पम्मी ने भागने का रास्ता खोज ही लिया। वो जब भागी तो पीछे एक पत्र छोड़कर गई, जिसमें उसने लिखा अगर मेरे सामने कभी पड़े तो वही दिन होगा, जिस दिन मैं कानून का दरवाज़ा खटखटाऊँगी और तुम जेल जाओगे। कुछ दिन वो उसी झोंपड़पट्टी में उन्हीं लोगों के बीच रही जो उसे अब अच्छी तरह पहचानते थे। फिर कबीर ने उसका रहने का इन्तज़ाम एक वुमेन हॉस्टल में किसी दूसरे शहर में करवा दिया। कबीर चाहता था वो उस आदमी को जेल भिजवाए पर पम्मी नहीं मानी।

पम्मी अपने इस अतीत को बस भूल जाना चाहती थी और नई शुरुआत करना चाहती थी। उसने वो शहर छोड़ा, बहुत सारे रिश्तों को तोड़ा, पर क्या स्मृतियों को छोड़ पाना उसके बस में था?

कबीर के ज़रिये उसने एक एनजीओ में नौकरी कर ली और काम में अपने-आपको झोंक दिया। उसके सहकर्मी उसके अतीत के बारे में कुछ नहीं

जानते थे पर उन्हें लगता जैसे वो ख़ुद पर ज़ुल्म करने की हद तक काम करती। कुछ है जो उसके अन्दर सुलगता रहता। कोई यह नहीं जानता था कि वो इतना थक जाना चाहती थी कि बिस्तर पर गिरते ही नींद उसे निगल ले। पर अक्सर होता उल्टा। वो सो जाती पर अतीत जागा रहता। कोई रात ऐसी ना निकलती जिस रात वो सपने में प्रोफ़ेसर को ना देखती। हर रात एक ही सपना...कि वो बाज़ार में कहीं चली जा रही है और सामने चेहरों की भीड़ में से एक चेहरा उसका है जो कँटीली मुस्कान लिये उसे घूर रहा है,...कि वो अपने कैबिन में काम कर रही है और दरवाज़ा खुलता है और वो अचानक अन्दर आ रहा है,...कि वो घर लौटती है और अपने घर के आगे उसे खड़ा पाती है। इन सपनों से वो जगती तो शरीर पसीने से नहाया हुआ होता। नींद की गोलियाँ भी उसे चैन की नींद नहीं सुला पातीं।

हफ़्ते में एक-दो बार कबीर उससे मिलने आता। फ़ोन पर बात तो होती ही। कबीर कभी उससे अतीत का ज़िक्र न करता। वो अपनी लम्बी-लम्बी योजनाएँ बताता जो उसने सोच रखी थीं अपना एक एनजीओ खोलने की। कबीर ने एक दिन उसे बताया, एक लड़की थी जिसे वो प्रेम करता था। वो भी उसे प्रेम करती थी। बेहद ग़रीब परिवार से थी। पिता की मौत हो जाने के बाद, उसकी माँ ने लोगों के घरों में काम कर-करके उसे किसी तरह पाला था। फिर? उसने पूछा तो कबीर ने बताया, "फिर कुछ नहीं। एक दिन उसने परीक्षा पास कर ली और उसे नौकरी मिल गई। वो शादी करना चाहती थी पर ये नहीं चाहती थी कि मैं कुछ भी न कमाऊँ। उसे एक नॉर्मल जीवन जीना था। मैं कभी पैसा कमाने के काम में नहीं लगना चाहता था। उसका कहना था वो पहले ही बहुत झेलकर बड़ी हुई थी। उसे ऐसा जीवन नहीं चाहिए था जिसमें आगे भी झेलना हो।"

पम्मी ने महसूस किया कबीर को उससे बहुत उम्मीदें थीं। जितना हो सके उतनी जल्दी वो अपना एनजीओ खोलने की बात करता। वो कभी अपनी माँ की बात करती तो उसे ग़ुस्सा आने लगता। शायद ये सोचकर कि कहीं वो अपने घर लौटने की बात तो नहीं करेगी। जितनी जल्दी कबीर उसके अतीत को भूल गया था, उतनी ही जल्दी वो उससे उम्मीद कर रहा था कि वो भी भूल जाए। जब वो अपने सपनों की बात करता, उसे वो बहुत सच्चा और ईमानदार लगता, और कई बार उसे लगता वो उसे एक पुर्जे की तरह इस्तेमाल करना चाहता है अपने सपनों

को पूरा करने के लिए। वो अक्सर कहता, "हम दोनों में से एक नौकरी करेगा, एक अपने-आपको सामाजिक कार्य को समर्पित करेगा।"

साल बीत गया और उसने दुबारा उस छूट चुके शहर की ओर वापस मुड़कर नहीं देखा। यहाँ तक कि उसका मन नैना को फ़ोन करने का भी नहीं हुआ। अपने शहर से जुड़ी हर चीज़ तकलीफ़ देती-सी लगती। लगता था कभी उस शहर में दुबारा क़दम रखा तो सारे ज़ख़्म खुल जाएँगे। एक भीड़ का हिस्सा बनी वो रास्ते पर चली जा रही होती और यह एहसास कि इस भीड़ में कोई चेहरा उसका जाना-पहचाना नहीं, उसे एक अलग-सा सुकून देता।

साल-भर बाद उसने आख़िर एक दिन नैना को फ़ोन लगाया। नैना उसकी आवाज़ सुनकर स्तब्ध थी, "पम्मी...साली, कमीनी, धोखेबाज़...तू एकदम निर्मोही है!" और फिर जो गालियों की बौछार उसने शुरू की, वो तब तक जारी रही जब तक उसकी तस्सली ना हो गई। फिर शान्त होकर उसने मुलायम आवाज़ में पूछा, "पम्मी तू ठीक है न? कहाँ है तू खस्मा नू खाणिए?"

पम्मी का मन पिघल गया, "तूने मुझे आज 'खस्मा नू खाणिए बोला', मेरी माँ मुझे यही गाली देती थी। शायद उसकी माँ भी उसे यही गाली देती रही होगी।"

नैना का भी गला भर आया। दोनों की तीव्र इच्छा हुई मिलने की। नैना ने उससे उसका पता लिया और उसे मिलने का क़रार कर दिया।

हर बार जब वे मिलतीं, दोनों की ज़िन्दगियाँ नई करवट ले चुकी होतीं।

"तेरे पैरों में चक्कर है। टिकेगी भी कहीं? मैं तेरी इस अजीब आदत से परेशान हूँ, तू जब भी तकलीफ़ में होती है, कहीं ग़ायब हो जाती है, किथ्थे मर जाती है?"

पम्मी की सारी कहानी सुनने के बाद नैना ने ठंडी साँस ली, "कहाँ से लाई है ऐसा जिगरा? कैसे जर लेती है इतना सब?"

"अच्छा तू बता तेरा राजकुमार कैसा है?" पम्मी ने पूछा।

"ठीक है" ठंडा-सा जवाब दिया उसने। नैना के चेहरे से नहीं लगता था कि सब ठीक है। बातों-बातों में आज नैना ने अपनी शादी का राज़ खोला था, "शादी के चार साल में किसी एक दिन भी उसने मुझे शारीरिक सुख नहीं दिया जो एक स्त्री पुरुष से पाती है!"

पम्मी उसे देखती रह गई। बेध्यानी में उसने नैना की दो बच्चियों की ओर देखा। नैना का चेहरा आग की तरह भखने लगा, "बच्चे?? बच्चे तो कुतिया भी पैदा कर लेती है।"

पम्मी ने उसका हाथ अपने हाथों में ले लिया।

"तुम नहीं जानती हो, वो मुझे छूता है पर छूता नहीं। ऐसा लगता है मैं उसके जीवन में एक बोझ हूँ। उसकी ज़िम्मेदारी-भर हूँ। मैं पानी के अन्दर मछली की तरह प्यासी हूँ। कई बार शरीर मुझ पर इतना हावी हो जाता है कि मैं पागल हो उठती हूँ। पर जानती हो पम्मी, जब शरीर जागता है तब संस्कार भी जाग जाते हैं...जो हमें इंजेक्ट किए गए हैं बचपन से।"

पम्मी नैना के बहते आँसू देखती रही। हर रिश्ता एक दाँव ही होता है क्या?

कबीर और पम्मी के बीच कुछ तो पनप रहा था। वो इस पर बात नहीं करती। पम्मी के अन्दर एक सवाल अक्सर उठता—हमेशा कोई सहारा क्यों?

वे दोनों अक्सर मिलते। कभी वो उसके फ़्लैट में चली जाती, कभी वो आ जाता। दोनों का टकराना भी जारी रहता। एक रात वो कबीर के फ़्लैट पर ही थी। वे देर तक बालकनी में बैठे बातें कर रहे थे। हमेशा की तरह कबीर बातों-बातों में उसे अपनी भविष्य की योजनाओं में बिना उसकी मर्ज़ी जाने ही शामिल कर रहा था। क्या वो मान चुका था वो उसके साथ ही जीवन बिताना चाहती थी? वो उसके जीवन में आए सैलाब से कितना बेख़बर था। उस रात पहली बार कबीर ने उसे चूमा था। कबीर ने महसूस किया पम्मी ने अपने-आपको पीछे खींच लिया था।

एक रात वो अपने कम्प्यूटर पर कुछ काम कर रही थी और अचानक नैना ऑनलाइन हुई। पम्मी बहुत ख़ुश हुई कि नैना ने भी कम्प्यूटर इस्तेमाल करना सीख लिया। दोनों तक़रीबन रोज़ ऑनलाइन होतीं। एक बार कई दिन तक नैना ऑनलाइन नहीं हुई। पम्मी ने फ़ोन किया तो उसने फ़ोन भी नहीं उठाया। पम्मी को शक हुआ कुछ ठीक नहीं है। फिर एक दिन वो उसके पते पर उसे मिलने चली गई। नैना उसे देख रोने लगी। उसने बताया उसका पति उसे छोड़कर अपनी

प्रेमिका के साथ रहने चला गया है। छोटे से उस फ़्लैट में नैना अपनी दो बच्चियों के साथ अकेली थी।

नैना का वो मुश्किल समय था। उसने अपने बच्चों की परवरिश के लिए पति से ख़र्चा लेने के लिए अर्ज़ी लगा दी। कोर्ट-कचहरी-पुलिस स्टेशन सब देख डाला उसने एक साल में। जब तक हमारे ऊपर कोई ऐसा वक़्त नहीं आता जब हमें न्याय की गुहार लगानी पड़े, तब तक हमें लगता है देश-समाज में सब संस्थाएँ अपना काम सही तरीक़े से कर रही होंगी। एक साल में इतना खज्जल ख़्वार होने के बाद वो अकेले जीना भी सीख गई थी। कुछ परेशान करता था तो माँ-बाप, रिश्तेदार, पड़ोसियों का यह कहना, "कहाँ जाएगा? धक्के खाकर आख़िर एक दिन तुम्हारे ही पास आएगा।"

उस दिन भी हर बार की तरह नैना सुबह दस बजे कोर्ट में पहुँच गई थी, और उसका पति हर बार की तरह चार बजे से ठीक पन्द्रह मिनट पहले आया जो कि कोर्ट के बन्द होने का समय था।

उस दिन हर किसी को उसका कोर्ट में इस तरह बन-सँवरकर आना खटक रहा था। पर उसे किसी की परवाह नहीं थी। वो अच्छे कपड़े पहनकर आई थी। अपनी आँखें बिना काजल के देखना उसे पसन्द नहीं थी। शीशे में देखती तो काजल बिना आँखें उदास लगतीं। आज उसने अपनी पसन्द की लिपिस्टिक भी लगाई थी। शायद यही खटका सबको। जब से उसका पति उसे छोड़कर अपनी प्रेमिका के साथ रहने चला गया था, उसके आसपास बहुत से लोग उसे आसानी से उपलब्ध औरत मानने लगे थे। पुलिस स्टेशन में पुलिसवाले की आँख में, कोर्ट में वकीलों और उनके स्टॉफ़ की आँखों से लार टपकती। यहाँ तक कि सालों से घर पर मरम्मत के लिए बुलाए जानेवाले प्लम्बर, बढ़ई, दूधवाले की निगाहें भी बदल गई थीं।

जब उसके पति ने उसे देखा तो जज के सामने उसकी ओर उँगली उठाकर बोला, "देखिए जज साहब! इस औरत को देखकर लगता है कि इसके पति ने इसे छोड़ दिया है? और इसे इस बात का कोई ग़म भी है?"

वो ग़ुस्से में जलने लगी। जब जज साहब कुछ नहीं बोले, जब दोनों वकील भी चुप रहे, जब वहाँ खड़े हर आदमी की आँखों में ख़ामोश सहमति दिखाई दी, तब वो फट पड़ी, "हरामज़ादे, कमीने...तूने दहेज के लालच में मुझसे शादी की, मुझे पाँच साल तक पत्नी होने के बावजूद एक दिन भी शारीरिक सुख नहीं दिया।

दूसरी औरत के साथ सोते रहे। अब मुझे दो बच्चों के साथ अकेली छोड़कर, ऐश कर रहे हो और चाहते हो मैं इन बच्चों का हक़ भी ना माँगू? ये कहाँ का इंसाफ़ है, मेरी ज़िन्दगी का सत्यानाश करके भी मेरा ख़सम सुख भोगे और मैं मनहूस सूरत बनाकर इसका सयापा करने कोर्ट में आऊँ?"

आज एक बार फिर ये दुनिया उसकी नज़रों से गिर गई थी।

एक दिन पम्मी को एक सेमिनार में जाने का मौक़ा मिला। पहली बार वो अपने शहर से बहुत दूर समन्दर के किनारे बसे उस शहर में गई। बहुत से लोगों से मिलने का मौक़ा मिला। आख़िरी दिन जिस विषय पर बोलने के लिए एक जाने-माने मनोवैज्ञानिक आनेवाले थे वो विषय था—'बचपन में हुआ यौन-शोषण और उसके दीर्घकालिक प्रभाव।' उस दिन सुबह उठते ही पम्मी ने समन्दर देखा। उसके अन्दर भी कुछ अशान्त था। कुछ डर थे जो लहरों की तरह उठते और ख़ुद से ही टकराकर टूट जाते।

स्मृतियों के जिस काले अँधेरे कोने को उसने हमेशा के लिए मिटा देना चाहा था आज फिर वही अँधेरा उसे डरा रहा था। एक समय उसे लगा था अगर उसने अतीत को भुलाया नहीं तो जीना सम्भव नहीं था। क्या वो जान-बूझकर यहाँ आई थी? कबीर कई बार इशारों में कह चुका है कि उसे काउंसिलिंग की ज़रूरत है।

सेमिनार शुरू हुआ। पम्मी ''क पीछेवाली सीट पर जा बैठी। शुरुआती भूमिका के बाद, बुलाए गए वक्ता विषय पर बोलते गए।

"बचपन में होनेवाले यौन-शोषण के कई रूप हो सकते हैं। यौन-शोषण किसी क़रीबी रिश्तेदार, किसी बहुत अपने द्वारा लालच देकर या एक अजनबी द्वारा की गई एक हिंसक कार्रवाई हो सकती है। यौन-शोषण को परिभाषित करना कठिन है। इसके कई अलग-अलग रूप हो सकते हैं..."

पम्मी को वो अपरिचित और डरावने स्पर्श याद आने लगे। उसे याद आया उसका एक कज़न था जो एक बार नहाकर निकला था और उसे अकेला पाकर उसने अपना तौलिया हटा दिया था। वो जड़ हो गई थी। एक समय ऐसा आया था जब उसे अपने सगे भाई के साथ भी अकेले रहने से डर लगने लगा था।

"बचपन के यौन-शोषण को उच्च स्तर के डिप्रेशन, अपराध-बोध, शर्म, स्वयं को दोष, खाने सम्बन्धी विकार, पेनिक अट्टेक्स, अलग-थलग रहना, यौन

इच्छायों का दमन, इनकार, यौन समस्याएँ, दूसरों पर अविश्वास और रिश्ते बनाने में समस्याओं के साथ जोड़ा गया है..."

पम्मी के हाथ-पैर बर्फ की तरह ठंडे पड़ गए थे।

"वे अक्सर अपराध-बोध और आत्म-दोष के शिकार होते हैं। वे अक्सर इसकी व्यक्तिगत ज़िम्मेदारी लेते हैं। यौन-शोषण जब एक सम्मानित विश्वसनीय वयस्क द्वारा किया जाता है तब बच्चे उस व्यक्ति पर इतना भरोसा करते हैं कि उनके लिए उस व्यक्ति को एक अपराधी की तरह देखना मुश्किल लगता है और वे ख़ुद को ही इसका दोषी समझते हैं। इन बच्चों में बड़े होते हुए अक्सर आत्मघाती प्रवृत्तियाँ भी विकसित हो जाती हैं..."

पम्मी की आँखों के आगे अँधेरा छाने लगा।

"यौन-शोषण के शिकार बच्चे वयस्क होने पर पारस्परिक सम्बन्धों को स्थापित करने में कठिनाई का अनुभव कर सकते हैं। उन्हें नए सम्बन्ध बनाने से, अन्तरंगता से डर लग सकता है...ऐसे लोग कई बार बेमेल और अपमानजनक रिश्ते भी बना लेते हैं..."

सेमिनार ख़त्म होने पर उसने अपने-आपको लाश की तरह ढोया, बाहर आई और चलने लगी। वो शाम तक चलती रही। ऐसा लग रहा था पूरा शहर क़दमों से नाप लेगी। अँधेरा होते-होते वो समन्दर के किनारे थी। उसे बचपन से पानी से डर लगता था। पर वो पानी में आगे बढ़ती गई। उसे साँस फँसती महसूस हुई। पानी उसकी छाती तक था। वो रुक गई। आँसू गालों से लुढ़कने लगे। वो पूरा दम लगाकर चीख़ी।

एक दिन नैना ने अचानक आकर पम्मी को चौंका दिया। नैना उससे मिलने आई थी। इतनी आत्मविश्वास से भरी वो पहले कभी नहीं लगी। उसने कहीं पर नौकरी कर ली थी। उस दिन उसके चेहरे पर एक अलग तरह की चमक थी। पम्मी को शक हुआ, "अब बता भी दे क्या हुआ?"

"पम्मी...तू यक़ीन न करेगी। मैं नहीं जानती मैं किधर जा रही हूँ। वो मुझे पता नहीं कैसे मिल गया! मैं कम्प्यूटर सीखने जाती थी उससे। हमें नहीं पता चला कब, कैसे, क्यों हुआ, बस हम पागल से हो गए। हम इतने ख़ुश हैं। जब, जिस जगह हम साथ मिल जाते हैं वो जगह ही कुछ और हो जाती है! मैं इस जीवन में

इतना ख़ुश कभी नहीं हो पाई। मुझे अपने-आपसे प्यार हो गया है। मैं उड़ रही हूँ पम्मी। मुझे नहीं पता दुनिया, जहान, कानून, धर्म क्या है? मैंने दुनिया की किताब को बन्द कर दिया है!"

पम्मी सोच रही थी, इनसान जब प्रेम में होता है, क्या वही रहता है या कुछ और हो जाता है?

पम्मी और कबीर दोनों को पता था एक दिन इस पल का सामना उन्हें करना होगा। कबीर इसकी ओर इशारे करता आया था और पम्मी हर इशारे पर चुप हो जाती थी।

"क्या हम साथ रह सकते हैं जीवन-भर के लिए?" इस सवाल को पूछते हुए कबीर इतना आश्वस्त था जैसे जवाब भी उसे ही देना है।

"जिस तरह हम अब साथ हैं यही सबसे अच्छा है हम दोनों के लिए," पम्मी ने सहजता से जवाब दिया, उसी तरह जैसे सवाल पूछा गया था।

"इसे मैं तुम्हारी 'ना' समझूँ?" कबीर की आवाज़ में तल्ख़ी थी।

"आज तक मुझे सिर्फ़ सवाल करनेवाले मिले। सवाल करना तो मुझे सिखाया ही नहीं गया। जवाब भी सबको अपनी पसन्द का चाहिए था"...पम्मी की साँसें अचानक तेज़ हो गईं। उसने कुछ समय लिया और अनियंत्रित साँसों को समेटा। फिर कहना शुरू किया, "मैं मुक्त रहना चाहती हूँ अब रिश्तों से। मित्रता के सिवा कोई और रिश्ता मेरे जीवन में नहीं चाहिए मुझे अब। मैं ख़ुद को महसूस करना चाहती हूँ। जीकर देखना चाहती हूँ अपने जीवन को। ये अपने आपको 'हील' करने जैसा कुछ है।" उस पल पम्मी की आवाज़ में इतनी ताक़त थी जो आज तक कबीर ने कभी महसूस नहीं की थी।

आज वो नैना के नए घर में बैठी थी। किराए का ही सही पर ये घर नैना का था। उसकी और संजय की छोटी सी दुनिया। जिसमें सामान कम था और प्रेम ज़्यादा। पास में नैना की दोनों बेटियाँ खेल रही थीं। उनकी बातें सुनकर उन्हें वो दिन याद आ गया, जब वे कॉलेज से भागकर पार्क में बैठी बातें कर रही थीं। कितना डर-डर के जीती थीं वे। हँसतीं भी डरते हुए, रोतीं भी डरते हुए। उन्हें ये डर कहाँ से मिला था?

नैना ने कबीर का ज़िक्र छेड़ दिया, "शायद कबीर तुम्हें चाहता है।"

"और मैं ख़ुद को चाहना सीख रही हूँ।"

"शायद वो तुम्हारा साथ चाहता है"

"लेकिन साथ जीने की कुछ शर्तें होंगी।"

"वो शर्तें ना होकर उसकी उम्मीदें भी हो सकती हैं।"

"उम्मीदें कब शर्तों में बदल जाएँ पता नहीं चलता"

"तुम इतनी डाहडी (सख़्त) कब से हो गई?" नैना ग़ुस्सा हो गई।

"अब यह क्या बात हुई?" पम्मी झल्ला गई।

कुछ पल की ख़ामोशी के बाद नैना ने प्यार से पूछा, "क्या तुम कभी अपने आपको अतीत से अलग नहीं करोगी?"

पम्मी के चेहरे पर एक क्रूर-सी मुस्कान उभरी। काश वो मिटा पाती सब कुछ अपने जीवन से! बस एक मौक़ा मिलता फिर से जीने का! वो फिर से देखना चाहती है नन्हे कोमल सपने! अतीत से उसे अब उतनी शिकायत नहीं थी। हाँ एक चेहरा उसे दिखाई देता था अतीत की गलियों से...माँ का चेहरा!

पम्मी की आवाज़ किसी सुरंग से आ रही थी, "काश! मेरी माँ ने थोड़ी हिम्मत दिखाई होती। दुनिया से लड़ना सिखाया होता ना कि आँख बन्द करके वही सीख दी होती जो उसकी माँ ने उसे दी थी।"

नैना ने खेलती बच्चियों को नज़र भरके देखा, "हम अपनी बेटियों के साथ ऐसा नहीं करेंगे!"

अख़बार

मेरी सहेली जब भी मेरे घर आती, मम्मी अक्सर अख़बार पढ़ती नज़र आती। एक दिन मेरी सहेली ने आह भरकर कहा था, “कम-से-कम तुम्हारी मम्मी अख़बार तो पढ़ लेती हैं।”

मुझे अच्छा लगा था कि मम्मी कम-से-कम पाँचवीं कक्षा तक स्कूल गई थीं जबकि उस बस्ती में मेरी सारी सहेलियों की माँएँ कभी स्कूल भी नहीं गई थीं।

अख़बार पढ़ना मम्मी की दिनचर्या का ज़रूरी हिस्सा था जिसे वो कभी भूलती नहीं थीं। मम्मी सुबह जल्दी उठकर खाना बनाती, दोनों बच्चों को स्कूल भेजती, पापा का नाश्ता और दोपहर का खाना बनाकर देती। हम सबके चले जाने के बाद अपने लिए चाय बनाती और बाहर रखे तख़्तपोश पर, आराम से चाय पीतीं और अख़बार पढ़तीं। बचपन में जब मेरी दादी ज़िन्दा थीं, कई बार वो माँ को उसकी इस आदत के लिए झिड़की देतीं। वो चाहती थीं मम्मी पहले घर की साफ़-सफ़ाई करे, नहा-धोकर, फिर ख़ाली समय में अख़बार पढ़ा करे।

पापा अपने लिए अंग्रेज़ी अख़बार लेते थे पर मम्मी के लिए उन्होंने हिन्दी का अख़बार लगवा रखा था। पापा हमेशा चाहते थे मम्मी अपने आसपास घटित हो रही घटनाओं को लेकर सजग रहे।

घर में सब कुछ ठीक ही चल रहा था। मैंने अपनी बस्ती के ही स्कूल से दसवीं कक्षा पास कर ली थी। इस साल मुझे भी कॉलेज जाना शुरू करना था। दिक़्क़त ये थी कि मेरा दाख़िला जिस कॉलेज में हो पाया था वो बस्ती से काफ़ी दूर था। डाकखाने में क्लर्क की नौकरी कर रहे पापा, मेरी पढ़ाई उसी कॉलेज में करवाना चाहते थे। मम्मी कई बार कह चुकी थी “इतनी दूर कैसे जाएगी?”

वे गर्मियों की लम्बी और नीरस दोपहरों के दिन थे जब मैंने कॉलेज जाना शुरू किया था। अभी कुछ ही दिन हुए थे मुझे कॉलेज जाते। बस्ती की कोई एक-दो लड़कियाँ ही उस कॉलेज में पढ़ने जाती थीं। वे सब लड़कियाँ साइकिल से जाती थीं। मम्मी को मेरी चिन्ता लगी रहती जब तक मैं घर ना आ जाती।

उन्हीं दिनों माँ के व्यवहार में अजीब-से बदलाव आने शुरू हुए। सबसे पहले शायद पापा ने ही इस बात पर ध्यान दिया था कि माँ का सोना कम होने लगा था। मेरा और मेरे भाई का ध्यान इस पर नहीं गया। धीरे-धीरे माँ का बात करना भी कम होने लगा। वो अपने ख़यालों में खोई रहतीं। हर समय कुछ सोचती रहतीं। कई बार हम उसे पुकारते रहते और वो जवाब ना देतीं। जैसे किसी की भी आवाज़ माँ को सुनाई नहीं दे रही थी। फिर जब थोड़ा ज़ोर से बोला जाता तो माँ का ध्यान टूटता और वो सुन पाती। हम अपनी पढ़ाई में दिन-भर व्यस्त रहते। माँ रोज़ के सारे काम नियम से करती, खाना बनाती, पैक करके देती। घर की साफ़-सफ़ाई करती, कपड़े धुलती।

एक दिन मैं दोपहर में कॉलेज से लौटी और देखा कि पापा उस दिन दफ़्तर नहीं गए थे। माँ चुपचाप बैठी थी। मैं मुँह-हाथ धोकर, कपड़े बदलकर माँ के पास आ बैठी। मैंने माँ से पूछा पापा आज दफ़्तर क्यों नहीं गए तो माँ जवाब में मुझे एकटक देखती रही और कोई जवाब नहीं दिया। मैंने सोचा हो सकता है मम्मी और पापा के बीच कुछ नोंक-झोंक हुई होगी, कभी-कभार ऐसा होता था और फिर एक-आध दिन में दोनों सामान्य हो जाते। मैंने अपना खाना रसोई से लिया और खाने लगी। खाना ख़त्म करने के बाद मैं माँ के पास गई और प्यार से पूछा "माँ क्या हुआ?" मुझे धक्का-सा लगा जब माँ रोने लगी। ऐसा बहुत कम होता था कि माँ रो दे। आख़िरी बार हमने माँ को नानी के इस दुनिया से चले जाने पर रोते देखा था। उस समय भी माँ कुछ ही दिन में सँभल गई थी।

मैंने घबराकर माँ से पूछा आख़िर हुआ क्या? कुछ देर तक माँ कुछ ना बोल पाई। उसके बाद माँ जब कहना शुरू हुई तो उसकी आवाज़ में डर था। "तुम्हें बाहर नहीं निकलना चाहिए," "बाहर की हवाओं में किसी ने ज़हर घोल दिया है, ये ऐसा ज़हर है जो साँसों के जरिये हमारे अन्दर जाता है और फिर हमारे ख़ून में मिल जाता है। फिर हम सोचना-समझना छोड़ देते हैं।"

मुझे कुछ समझ नहीं आ रहा था मम्मी आख़िर क्या बोल रही हैं। मेरे दिमाग़ में घमासान मच गया। इतने में पापा अन्दर आ गए। मैंने परेशान होकर पापा से

पूछा माँ कैसी बातें कर रही हैं? पापा कभी किसी परिस्थिति में घबराते नहीं थे। वो बोले, "कुछ नहीं तुम्हारी मम्मी आजकल बहुत फालतू बातें सोचती रहती है।" फिर पापा ने माँ का हाथ पकड़ा और प्यार से बोले, "चलो हम दोनों चाय पीते हैं। मैं चाय बनाऊँगा, आप नमकीन निकालिए।"

पापा माँ को हमेशा 'आप' कहकर सम्बोधित करते थे। वो लगभग रोज़ ही माँ के साथ रसोई के काम-काज में हाथ बँटाते थे। मैं समझ गई पापा ने बात को टालने की कोशिश की थी। वो रात परेशानी में निकली। हम दोनों बच्चों को समझ नहीं आ रहा था आख़िर हुआ क्या था? पापा माँ को व्यस्त रखने की कोशिश करते। सब यही सोच रहे थे माँ दिन-भर अकेली रहती थी इसलिए परेशान रहती थीं। अगले दिन जब भैया और मैं कॉलेज जाने के लिए तैयार हो रहे थे, माँ की घबराहट अचानक बहुत बढ़ गई। वो नहीं चाहती थी बच्चे आज घर से बाहर जाएँ। हम दोनों ने छुट्टी कर ली। पर दूसरे दिन पापा ने हमें कॉलेज और स्कूल भेज ही दिया। पापा नहीं चाहते थे हमारी पढ़ाई ख़राब हो। ख़ुद पापा ने दफ़्तर से लम्बी छुट्टी ले ली। पापा माँ को डॉक्टर के पास भी ले गए। मनोचिकित्सक ने माँ को नींद की दवाएँ दे दी। इसके बावजूद माँ को रात-भर नींद नहीं आती थी। अजीब बात थी माँ अभी भी उनके लिए खाना बनाती थी और खाना हमेशा की तरह स्वादिष्ट होता था। कभी नमक-मिर्च भी इधर-उधर नहीं हुआ। इन सब कामों के साथ-साथ माँ का अख़बार पढ़ना भी जारी था।

"मैं पागल नहीं हूँ," माँ को जब डॉक्टर के पास ले जाया जाता तब वो अक्सर कहतीं। माँ तनाव की शिकार थी। पर इसका कोई कारण हमें समझ नहीं आता था। माँ हर समय शक करती। उसे लगता कोई जासूस हमारे घर में रहता था। जो छुपकर हमारी बातें सुनता था। कभी माँ को लगता शहर में बम फटनेवाला था। कई बार लगता कोई उनके बच्चों का अपहरण करनेवाला था। एक दिन जब माँ सुबह से काफ़ी ठीक लग रही थी, मैं माँ के पास जाकर उनके गले में बाँहें डालकर झूलने लगी। मैंने माँ से बड़े प्यार से पूछा वो कैसी हैं, तो माँ ने जवाब दिया, "मैं ठीक हूँ पर हम सबको सावधान रहना होगा। कोई हमारी बातें छुपकर सुन रहा है। हमारे पूरे घर में मशीनें फिट कर दी गई हैं।"

मैं रोने लगी। मुझसे माँ की ये हालत और नहीं देखी जा रही थी। मैं पापा से इस बारे में बात करना चाहती थी। मुझे लगता था जैसे पापा को माँ की बीमारी के बारे में कुछ और भी पता था जो हमें नहीं पता था। कुछ देर बाद मैं पापा

के कमरे में गई और पूछा, "पापा आख़िर माँ को हुआ क्या है? क्या ऐसा कभी पहले भी हुआ माँ के साथ?"

पापा ने लम्बी साँस ली।

"हाँ, तुम्हारी मम्मी एक बार पहले भी इसी तरह डिप्रेशन का शिकार हो चुकी है।" पापा पुराने समय में पहुँच रहे थे। किसी ऐसे अँधेरे समय में, जीवन के ऐसे कोने में जहाँ हम दुबारा जाना पसन्द नहीं करते। पापा कहते गए, "तब तुम दो साल की थी। वो आतंकवाद का दौर था। अख़बारें ख़ून से लथपथ लाशों की तसवीरों से भरे रहते। चारों ओर दहशत का माहौल था। उन दिनों पहली बार तुम्हारी माँ को मैंने इस तरह डिप्रेशन का शिकार होते देखा था। हालाँकि हमारे शहर में हालात इतने बुरे नहीं थे। पर दूसरे शहर की ख़बरें पढ़कर तुम्हारी मम्मी धीरे-धीरे डिप्रेशन में चली गई थी। एक बार तो वो तुम्हें लेकर घर से भाग गई थी और मैं पागलों की तरह तुम दोनों को गलियों में ढूँढ़ता फिरा था"... पापा चुप हो गए। मुझे समझ नहीं आ रहा था आख़िर मैं क्या कहूँ? मैं ख़ुद स्तब्ध थी।

मुझे याद आया माँ अक्सर उस समय के हालातों के बारे में बताया करती थी। वो उन दिनों की ख़बरों के बारे में बात किया करती थी। सब ख़बरें जो माँ ने अख़बार में उन दिनों पढ़ी थी। चाहे वो 'चौरासी' के दिल्ली के दंगे हों, चाहे दिल्ली में 'रंगा-बिल्ला' अपराधियों द्वारा दो बच्चों के अपहरण की घटना, और फूलन देवी के आत्मसमर्पण की पूरी कहानी। माँ ख़ासकर कुख्यात अपराधी 'रंगा-बिल्ला' की उन दिनों अख़बार में छपी ख़बर याद करती, जिन्होंने दिल्ली के दो भाई-बहन बच्चों का अपहरण करके, उनकी नृशंस हत्या कर दी थी। दोनों अपराधियों को फाँसी की सज़ा हुई थी। माँ इस तरह बताती थी कि सुननेवाला बँधा हुआ-सा सुनता ही रह जाता। जैसे कोई कहानी पढ़ रहा हो या उस समय की घटनाओं पर बनी कोई फ़िल्म देख रहा हो। फूलन देवी पर हुए अत्याचार, उसका बदला और फिर उसके आत्मसमर्पण की कहानी तो माँ बताती थी कि उन दिनों किसी अख़बार ने धारावाहिक छापी थी और माँ रोज़ अख़बार में पढ़ती थी। माँ यह भी बताती थी कि मैं उन दिनों माँ के गर्भ में थी। मैं अक्सर यह भी सोचती कि माँ को कोई यह बतानेवाला भी ना था कि गर्भवती स्त्री को अच्छा और सकारात्मक सोचना और पढ़ना चाहिए? इसका मतलब था इन सब घटनाओं ने माँ पर बहुत असर डाला था। उस दिन मैंने इन सब घटनाओं के घटने के समय

और क्रम पर ध्यान दिया। ये घटनाएँ लगातार साल-दर-साल घटी थीं ठीक माँ के अवसाद का शिकार होने से पहले। तो क्या वो पिछले समय में लौट गई थीं? इतने साल पहले की घटनाएँ अचानक माँ की स्मृतियों में ज़िन्दा कैसे हो गई थीं? अचानक मुझे एहसास हुआ माँ साधारण घरेलू औरत नहीं थी बल्कि बेहद भावुक इनसान थी...हम सबसे ज़्यादा!

अगले दिन सुबह मैं कॉलेज नहीं गई और घर के काम में मदद करती रही। माँ की आँखें ख़ाली-ख़ाली और चेहरा उदास था। जैसे ही अख़बार आया माँ सब काम छोड़कर अख़बार पढ़ने बैठ गईं। जैसे-जैसे वो अख़बार पढ़ती गईं, उनकी आँखों में डर दिखने लगा।

उस दिन मैंने अख़बार उठाया और पहले से आख़िरी पेज तक पढ़ गई। ऐसा नहीं था कि उस दिन अख़बार मैंने पहली बार पढ़ा था। पर उस दिन मैंने अख़बार का एक डरावना पक्ष देखा। मेरा दिमाग़ सुन्न-सा हो गया। लूटपाट, हत्या, बलात्कार, अपहरण, लड़कियों पर एसिड फेंकने के अलावा छोटी बच्चियों के साथ बलात्कार की ख़बरों ने मुझे पागल कर दिया।

अगले दिन से मैंने हिन्दी का अख़बार बन्द करवा दिया। अंग्रेज़ी माँ पढ़ नहीं पाती थी। मैंने अगली सुबह माँ को चाय पीने के समय हिन्दी का अख़बार ढूँढ़ते देखा। माँ जब सब जगह ढूँढ़ चुकी तब पापा से पूछने लगी। उसी समय मैंने माँ को बताया कि अख़बारवाला बता रहा था कि हिन्दी का अख़बार छपकर नहीं आ रहा। माँ को मेरे झूठ पर ज़रा भी शक नहीं हुआ। मैं और पापा चाय पीती माँ के पास बैठकर बातों में लग गए।

महीना-भर बीत गया था हिन्दी अख़बार को बन्द हुए। बीच में कई बार माँ ने अख़बार के बारे में पूछा था। मैंने फिर से कोई बहाना बनाकर टाल दिया था। अख़बार की जगह किताबों ने ले ली थी। मैं अपने कॉलेज की लाइब्रेरी से माँ के लिए हिन्दी की किताबें लेकर आने लगी। माँ को किताब पढ़ना अच्छा लग रहा था। माँ की तबीयत में सुधार आ रहा था। माँ को नींद आने लगी थी।

एक दिन दोपहर में मैं कॉलेज से जल्दी आ गई। मैं अब ज़्यादा समय माँ के साथ बिताती और घर पर ही पढ़ाई करने लगी थी। खाना खा लेने के बाद लेटे-लेटे किताब पढ़ते हुए मुझे नींद ने घेर लिया। कोई पन्द्रह-बीस मिनट ही नींद के बीते होंगे कि मुझे किसी के रोने की आवाज़ सुनाई दी। मैं चौंककर उठी। माँ और मेरे अलावा कोई भी उस समय घर पर नहीं था। पर माँ दिखाई नहीं दे रही

थी। आवाज़ घर के पीछेवाले हिस्से से आ रही थी। मेरे कमरे के ठीक पीछे से। मैंने खुली खिड़की से झाँककर देखा तो मेरे पैरों तले ज़मीन खिसक गई।

मैं घर के पीछेवाले आँगन की ओर भागी। माँ ज़मीन पर बैठी बिलख-बिलखकर रो रही थी। सामने अख़बार जल रहा था। धू-धूकर जलते अख़बार को देखकर मैं डर गई थी। ये स्टोर में से निकाली गई पुराने हिन्दी अख़बारों की प्रतियाँ थीं शायद। मैंने माँ को आगोश में भर लिया। माँ एक बच्ची की तरह रो रही थी।

बारिश

ठीक यही पल होता है प्रेम का, जिस पल वे एक-दूसरे में घुले हुए, चरम को पा लेने के लिए पूरी तरह डूबे हुए होते और अचानक कुछ टूटने लगता! खिंची-कसी हुई डोर टूट जाती जैसे! और अचानक काम्या पूरी क्रिया से एकदम बाहर हो जाती! उस क्षण वो झूठ बोल देती, "आई एम डन!"

वो कुछ हैरानी से पूछता, "रिअलि?" और उस क्षण को पूरी तरह पा लेने में लग जाता।

कुछ है जो अधूरा रह जाता! दोनों मिलकर उसे पूरा नहीं कर पाते!

उनका विवाह प्रेम-विवाह था या घरवालों की मर्ज़ी से हुआ, इससे कोई फ़र्क़ पड़ता है क्या? सब शादियाँ बाद में एक जैसी हो जाती हैं। जब दोनों का कोई भी प्रेम, विवाह तक नहीं पहुँच पाया तब काम्या और पलाश दोनों ने ख़ुद ही चुना था एक-दूसरे को शादी के लिए। वे सब दोस्त थे। पलाश उसके दोस्त का दोस्त था। सच तो यह है उन्हें पता भी नहीं था शादी करना क्यों ज़रूरी था।

उनकी शादी भी गुलाबी-गुलाबी दिनों से शुरू हुई थी। ऐसा लगता है वे दिन नहीं थे सपने थे। शायद दोनों ने कभी सोचा नहीं था वे इस तरह शादी करेंगे। कितनी बातें सोचकर अब अजीब लगती हैं। अजीब है कैसे दो लोग इतने शोर-शराबे के साथ एक-दूसरे के साथ जीना शुरू करते हैं। सहज होने का मौक़ा भी नहीं मिलता और शारीरिक सम्बन्ध बन जाते हैं। शरीर और मन का कैसा खेल चल रहा होता है? दो लोग ढाले जाते हैं इसी तरह जीने के लिए।

उसे याद है उन दिनों उसकी बड़ी ननद ने एक दिन मज़ाक़ में ताना कसा था, जब वो कपड़े धो रही थी, "बहुत अच्छा लग रहा होगा अभी तो पति के कपड़े धोना। कुछ दिन बाद देखना यही बहुत बड़ी ज़हमत लगेगा।" काम्या मुस्कुरा दी,

कुछ कहा नहीं पर मन में सोचा, तुम्हें भी उन दिनों कुछ ऐसा ही महसूस हुआ होगा जब तुम्हारी शादी हुई होगी।

बच्चे होने के बाद काम्या के रात-दिन, सुबह-शाम बदल गए। उसके सभी निर्णय बच्चों को ध्यान में रखकर लिये जाने लगे। कहाँ जाना है, कहाँ नहीं जाना है, कहाँ रहना है, कहाँ नौकरी करनी है। उसे पता नहीं चला कब नन्हे-नन्हे से दो जीव उसका जीवन चलाने लगे। उसकी प्राथमिकताएँ बदल गई थीं। उसके बाद शुरू हुई थी एक थकानेवाली दौड़, घर-दफ़्तर-बच्चों के बीच। सब जगह इस बात का यक़ीन दिलाना मुश्किल होता कि मैं यहाँ हूँ। पूरा हफ़्ता जब ख़ून चूस लेता तब उनके वीकेंड्स बहुत क़ीमती हो जाते।

उन दिनों टकराहटें शुरू हुई थीं। हर भूल एक-दूसरे के ऊपर थोपी जाती। हर खो गए मौक़े की ज़िम्मेदारी तय होती। ख़ुद को सही मानने के सब तर्क ढूँढ़ ही लिये जाते। तमाम भाग-दौड़ के साथ-साथ वे अपने निजत्व के लिए भी संघर्ष करते जो हासिल ना होता। यही फिर खीज का कारण भी बनता। सालों इसी जदोजहद में वे भूल ही गए कि प्रेम का पल उनके बीच में से ग़ायब होता जा रहा था। ऐसा नहीं था कि वे इस पल को ढूँढ़ने की कोशिश नहीं करते, पर उस पल को ढूँढ़ने की कोशिश में जो होता वो भी मशीनी-सा बनता गया। एक खीजाऊ-सी बोरियत थी जिसे तोड़ने के लिए वीकेंड्स प्लान भी बने, बाहर घूमने जाना भी हुआ, नितान्त अकेले और कम भीड़वाली जगहों पर छुट्टियाँ बिताना भी हुआ। शादी की सालगिरह और जन्मदिन कितने ही आए-गए पर शोर-शराबे के अलावा कुछ हासिल नहीं था।

समझ नहीं आता था क्या खो गया था! शादी के बाद वे दोस्त बनकर रहना चाहते थे। पता ही नहीं चला कब वे पति-पत्नी होकर रह गए।

फिर एक दिन वो रसोई में कुछ पका रही थी। वो शुक्रवार की शाम थी। वो पतली लम्बी स्कर्ट पहने थी। कन्धों पर एक झीना पतली स्ट्रिपवाला टॉप था जो उसके कन्धों पर टिका हुआ था। अचानक उसने महसूस किया पलाश उसके पीछे खड़ा है। पलाश ने अपनी दोनों बाँहें उसकी कमर में लपेट दी और बहुत हलके से अपने होंठ उसके नंगे कन्धे पर रख दिए। एक सनसनाहट काम्या के पूरे जिस्म में दौड़ पड़ी और वो काँप गई। होंठ कन्धे से सरकते हुए गर्दन की

ओर बढ़ते गए। काम्या को लगा उसका जिस्म हलका हो रहा है और वो किसी भी पल हवा में उड़ने लगेगी।

उस दिन के बाद वे जादुई पल उसके जीवन में सरक आए। पलाश का स्पर्श बदल गया था। वो उसे एक अलग तरह से छूता जैसे पहले कभी नहीं छूता था। यह बदलाव अचानक ही आया था। प्रेम के पल बढ़ने लगे। उन्हें रोज़मर्रा के छोटे-छोटे कामों में भी तलाशा जाने लगा। पलाश के चेहरे पर आजकल रौनक लौट आई थी। उसकी हँसी और आकर्षक लगने लगी। वो हमेशा हँसने के बहाने तलाशता। बहुत सालों बाद वो उसे रात में नींद से जगाकर प्रेम करता। वो नींद में जगाया जाना एक ख़ूबसूरत सपने जैसा था। नींद में आया ऐसा ख़लल जिसकी छाप सुबह चेहरे पर दिखाई देती। जिसकी अलसाहट भरी ख़ुमारी दिन-भर आँखों में बनी रहती। प्रेम के वो पल दिन-भर गुनगुनाते रहते उसके भीतर! नहीं ये पुराने समय का लौटना नहीं था। ये कोई नया समय था!

उन दिनों ख़ूब बारिश हो रही थी। वो तरल भावनाओं ने डूबती-उतरती रहती। बच्चों के साथ छत पर नहाने लगती। ऑफ़िस की खिड़की पर खड़ी बारिश को ताकती रहती। इस बार ये मौसम करेगा कुछ, उसे लगता!

फिर एक बादलों से भरे आसमान का दिन आया। बच्चे स्कूल जा चुके थे। वे दोनों भी तैयार थे अपने-अपने ऑफ़िस निकलने के लिए। दोनों साथ में सुबह ऑफ़िस के लिए निकलते और शाम को अपने अलग-अलग समय पर घर आते। ठीक निकलने के समय से कुछ पहले अचानक बारिश होने लगी। आज पानी बरसा तो ख़ूब ज़ोर से बरसा।

वो अपनी तमाम मीटिंग्स भूल जाना चाहता है! वो बस बारिश में नहाना चाहती है!

"मौसम सेक्सी हो गया है!" बारिश के दिन वो अक्सर कहता!

काम्या को लगता है उसे कॉफ़ी की लत लग गई है। ग्यारह बजे की कॉफ़ी उसकी कमज़ोरी बन गई थी जिसके बिना उसका दिन ही नहीं आगे बढ़ता। पलाश को लगता है शाम को दो ड्रिंक्स उसे दिन-भर के तनाव से मुक्ति देते हैं। राजीव को लगता है वो सिगरेट नहीं पिए तो कोई आइडिया उसके दिमाग़ में आएगा ही नहीं! असल बात है कि वे चाहते हैं उन्हें ऐसा लगे।

उसे कॉफ़ी पीते देख राजीव भी अपना कप लेकर वहीं दफ़्तर की बालकनी में आ खड़ा हुआ। आज सुबह-सुबह ही दोनों में बहस हो चुकी है। बहुत साल पहले दोनों साथ में स्कूल में पढ़े थे। सालों बाद अचानक दिल्ली में फिर मिले। काम्या उन दिनों नौकरी की तलाश में थी। राजीव ने उसे बताया, उसके ऑफ़िस में एक जगह ख़ाली है। अब उनको साथ काम करते एक साल हो गया।

"कल क्यों नहीं आई?"

"कल बारिश हो रही थी।"

"मतलब बारिश हो तो ऑफ़िस मत जाओ?"

राजीव कुछ इधर-उधर की हलकी-फुलकी बातें करता रहा। वो सुन रही थी पर जैसे नहीं सुन रही थी।

"राजीव मुझे डर लग रहा है।"

"किससे?"

"अपने-आप से।"

"क्यों?"

"क्योंकि मैं बहुत ख़ुश हूँ।"

वो कुछ कहना चाहता है पर कहेगा नहीं। कहना चाहता है वो भी बहुत ख़ुश है। इतना ख़ुश जितना कभी नहीं हुआ।

राजीव को लगता है समय उसके साथ खेलता रहा है। जब वे दोनों स्कूल में साथ थे तब ज़्यादा बात नहीं करते थे। राजीव था भी बहुत कम बोलनेवाला लड़का। कुछ माहौल भी ऐसा था। छोटे शहरों और मध्यवर्गीय परिवारों का उस माहौल में लड़के-लड़कियाँ खुलकर बात नहीं करते थे। फिर स्कूल छोड़ने के दिन आ गए। काम्या को उस समय पता नहीं था कि उसके पापा का किसी और शहर में ट्रांसफ़र हो जानेवाला था। उन आख़िरी दिनों में राजीव ने उससे बात करने की कोशिश की थी। वो कुछ कहना चाहता था पर क्या यह अस्पष्ट था। उसमें हिम्मत नहीं थी कहने की। काम्या कुछ समझ नहीं पाई।

फिर एक बार वो उसे मिला था। दोनों कहीं इंटरव्यू के लिए गए थे। अचानक इतने साल बाद उसे देखकर वो हैरान हो गई थी। वो बहुत बदल गया था। पहले से कहीं ज़्यादा खुला हुआ। अधिक उत्साह के साथ मिला। उसे कहीं बैठकर कॉफ़ी पीने के लिए कहा। दोनों ने साथ में कॉफ़ी पी। उसके बाद भी कुछ एक दो मुलाक़ातें हुईं। एक बार बस वो कहने ही वाला था अपने मन की बात और

उसे पता चला काम्या के जीवन में कोई है।

फिर कई साल के अन्तराल में फिर एक दिन इसी शहर में दोनों मिले। दोनों शादी कर चुके थे।

जिस दिन से काम्या ने उसके साथ काम करना शुरू किया उसी दिन से काम्या को लगता रहा, राजीव कुछ कहना चाहता है। वो बार-बार स्कूल के दिनों में लौटना चाहता। उसकी बातों में स्कूल के दिन घूम-फिरकर आ ही जाते। क्या कहना चाहता है इस बात का कुछ एहसास काम्या को हो गया था। फिर भी एक दिन राजीव ने अपने मन की बात कही थी। बताया कि वो स्कूल के दिनों से ही उसे चाहता रहा था पर कभी कह नहीं पाया। काम्या को बुरा लग रहा था। वे दोनों दोस्त बन चुके थे और इस मोड़ पर ये सुनना उसके लिए मुश्किल था! उतना ही मुश्किल था काम्या के लिए कहना कि उसने कभी नहीं चाहा उसे।

उसे देर तक जगने की आदत नहीं थी। बच्चों को भी जल्दी सुला देती और आप भी जल्दी सो जाती। उस रात भी वो रोज़ की तरह जल्दी सो गई थी। पलाश भी सो चुका था। रात बारह बजे अचानक उसकी आँख खुली थी। ठीक उसी समय पलाश के फ़ोन पर मैसेज की घंटी बजी। वो एक धीमी चिड़िया की आवाज़ थी जो किसी को नींद से नहीं जगा सकती थी। वो कभी पलाश का फ़ोन नहीं देखती थी। उसने फ़ोन को उठाया और मैसेज खोला। मैसेज साशा का था। उसने लिखा था, "सो गए?"

काम्या के चेहरे पर हलकी मुस्कुराहट आई और उसने फ़ोन को वापिस रख दिया और सोने के लिए आँखें बन्द कर लीं।

साशा से वो कभी नहीं मिली फिर भी ऐसा लगता है वो उसे जानती है। पलाश से उसके बारे में सुन चुकी है। शादी से पहले साशा और पलाश एक ही जगह काम करते थे। वे दोनों कुछ सालों तक मित्र रहे। तब तक जब तक साशा ने किसी से शादी नहीं कर ली। साशा ने अपने बचपन के दोस्त से शादी की। उसके बाद पलाश ने काफ़ी सालों तक उससे बातचीत बन्द रखी। पलाश को लगता है वह उसका सबसे ख़राब समय था जिस समय साशा ने उसे छोड़कर शादी कर ली थी। पलाश की पारिवारिक स्थिति बहुत ख़राब थी। उसका परिवार एक मुश्किल समय से गुज़र रहा था। शादी करने से पहले आख़िरी बार वो

उसके कमरे पर आई थी। तब वो दिल्ली में अकेला रहता था। इस घर में अक्सर वो उससे मिलने आती थी। उस दिन भी उसने कहा था, “कुछ बढ़िया-सा नहीं खिलाओगे?” पलाश खाना बहुत अच्छा बनाता है।

उस दिन पलाश ने कहा था, “मेरा कुछ भी बनाने का मूड नहीं है पर तुम्हें खाना है तो कुछ बाहर से मँगवा सकता हूँ।”

पलाश ने उससे उसकी शादी के बारे के कोई सवाल नहीं किया। बस उस दिन के बाद संवाद ख़त्म कर दिया। उस दिन के बाद भी एक साल तक साशा का फ़ोन पलाश के एक दोस्त के पास आता रहा। वो हमेशा जानना चाहती कि पलाश कैसा है पर पलाश दुबारा संवाद शुरू नहीं करना चाहता था।

शादी के बाद पलाश अक्सर साशा के बारे में बात करता था। कुछ इसी तरह जैसे कोई अपने दोस्त से किसी पुराने प्रेम के बारे में बात करता है। पलाश जब भी उसके बारे में बात करता कभी उसके लफ़्ज़ों में नफ़रत या ग़ुस्सा नहीं महसूस होता। यही था जो काम्या को पलाश में सबसे अच्छा लगता था। पलाश को अपने पुराने प्रेम के बारे में बात करते सुनना और उसे अच्छा लगना, कुछ अजीब था एक बीवी के लिए। बहुत सालों तक साथ रहते हुए हम किसी की आदतों को अच्छी तरह समझ सकते हैं पर किसी को असल में जानने के लिए, मन की भीतरी तहों तक उतरना होता है। क्या वो उसके मन में झाँकना-भर था? एक बार शादी से पहले बात करते हुए, किसी कमज़ोर पल में पलाश ने कहा था, “प्रेम मैं कर चुका हूँ, या शायद प्रेम करने के लिए मैं बचा नहीं रह गया हूँ।” टूटने का ये एहसास उसे पलाश की ओर खींचता था। क्या हम उसी ओर खिंचे चले जाते हैं जो हमें पहुँच से बाहर लगता है?

पलाश ने काम्या को ख़ुद ही कोई तीन महीने पहले बताया था कि साशा ने उसे फेसबुक पर दोस्त बनने का आग्रह किया है। वो उन दोनों में कुछ-कुछ शुरू हुई बातचीत के बारे में भी बताता रहा है। इसे लेकर उन दोनों पति-पत्नी में हलका-फुलका मज़ाक़ होता रहता। इससे ज़्यादा काम्या ने कभी इस बारे में नहीं सोचा। सच कहें तो उसे इस बात की कभी परवाह नहीं रही।

काम्या को लगा उसे नींद नहीं आ रही और वो साशा के बारे में ही सोच रही है। सच तो यह है आज पहली बार उसने पलाश का फ़ोन पढ़ा है और इस समय उसकी दिलचस्पी अचानक उन दोनों के बीच होनेवाली बातचीत को पढ़ने की होने लगी है।

जब उसने फ़ोन फिर से उठाया था तो उसका हाथ एक बार काँपा था। वो सोच रही थी क्या ये सही होगा? क्या शादी होने से अपनी एक निजी ज़िन्दगी ख़त्म हो जाती है? पर आज मन के भीतर बैठा कोई चोर मन की बात नहीं सुनना चाहता था।

बातचीत कोई तीन महीने पहले शुरू हुई—

साशा—"सॉ द पिक्स ऑफ़ यूअर किड्स। यूअर किड्स आर रिअलि अडोरेबल।"

पलाश स्माइली के साथ—थैंक यू!

इसके बाद सारे औपचारिक सवाल जैसे आजकल कहाँ काम कर रहे हो, कम्पनी के बारे में जानकारी। साशा इस दौरान कहीं देश से बाहर भी कई बार जा चुकी है, घूमने और काम करने। उसकी भी एक बच्ची है।

फिर कुछ दिन बाद—

पलाश—नाइस पिक!

साशा—थैंक्स! कैसे हैं?

पलाश—ठीक हूँ। और तुम?

साशा—मैड विथ वर्क!

पलाश—सेम हियर।

साशा—चलो मिलते हैं आज शाम।

पलाश—आज शाम तो मुश्किल है। किसी और दिन।

साशा—आप मुझसे मिलना नहीं चाहते।

पलाश—नहीं यह बात नहीं है। बहुत काम है आज। निकल नहीं पाऊँगा जल्दी।

फिर एक दिन—

साशा—मुझे अपने घर पर ही बुला लीजिए। आपको मिलना नहीं है। मैं और काम्या मिल लेंगे।

पलाश—तुम क्यों मुझे काम्या से पिटवाना चाहती हो।

साशा—ऐसा बिलकुल नहीं है। हम दोनों अच्छी फ्रेंड्स होंगी।

पलाश—और फिर दोनों मिलकर मेरा ख़ून पीएँगी।

साशा—आपकी वाइफ़ आपका ख़ून पीती है?

पलाश—नहीं मैं ही उसका ख़ून पीता हूँ।

साशा—तो फिर कब बुला रहे हैं मुझे घर पर?

उस रात उन दोनों के महीनों से चल रहे संवाद को पूरा-का-पूरा पढ़ गई काम्या! वो पलाश को जानती है। वो हँसती रही। जब रात का बड़ा टुकड़ा उसने बिना नींद के निकाल दिया तब एक समय उसे नींद आ गई।

अगले दिन की सुबह बाक़ी सुबह की तरह नहीं थी क्या? वो रोज़ की तरह जगी और सुबह के सारे काम किए। बच्चों को स्कूल भेजा और ऑफ़िस के लिए तैयार होने लगी। पलाश भी अपने सारे सुबह के काम उसी तरह कर रहा था। सुबह की चाय, अख़बार, बच्चों को बस तक छोड़ना। काम्या बिलकुल सहज थी रोज़ की तरह पर एक सवाल मन में उठ ही रहा था, क्या कुछ बदल गया था?

ऑफ़िस रोज़ की तरह शुरू हुआ। राजीव और काम्या काम में व्यस्त रहे। काम का बोझ कम हुआ तो कॉफ़ी पीने निकल गए। अचानक बैठे-बैठे काम्या मुस्कुराने लगी। राजीव ने देखा और पूछा, "क्या हुआ?"

काम्या हँसने लगी।

राजीव ख़ुद को गौर से देखते हुए, "क्या हुआ मेरे साथ सब ठीक है? कपड़े भी ठीक से पहने हैं मैंने"

वो और ज़ोर से हँसी।

"अब तुम मुझे नर्वस कर रही हो।"

"अरे बाबा तुम पर नहीं हँस रही हूँ।"

वो बात टाल गई।

लौटकर अपने डेस्क पर काम करते-करते बीच में रुक गई काम्या। कहीं एक जगह क्या कहा था पलाश ने साशा से? कहीं एक जगह जब पलाश साशा से इश्कबाज़ी कर रहा था, साशा ने सवाल किया था, "क्या आप बीवी से प्रेम नहीं करते?"

"करता हूँ। मैं बीवी से भी प्रेम करता हूँ। तुम नहीं जानती मेरे अन्दर बहुत सारा प्रेम है।"

काम्या हँसी। वो जानती है पलाश दुनिया की किसी भी स्थिति, वस्तु, इनसान पर हँस सकता है। वो कहता है इसी बात ने उसे कठिन परिस्थितियों में बचाया। उन दिनों में भी जब उसने अपने बहुत प्यारे भाई को खो दिया था, पूरा

परिवार टूट-सा गया था। यही वे दिन थे जब वो रोज़ शाम को कमरे पर आता और अपने-आपको शराब में डुबो देता। उसने नौकरी की परवाह नहीं की। यही वो समय था जब साशा ने शादी कर ली थी। घोर निराशा के उस समय से वो ज़िन्दा निकल आया क्योंकि एक दिन उसे एहसास हुआ वो ख़त्म हो रहा है और उसने ख़ुद को बचा लिया।

दिन यूँ ही निकल रहे थे। पलाश के मोबाइल पर बातें जारी थी और काम्या का छुपकर उसे पढ़ना भी। बातों का समय बहुत अलग-अलग होने लगा। काम्या ने पलाश से इस बारे में कोई बात नहीं की। शुरू में वो ख़ुद ही कई बार उनके बीच होनेवाली बातों का ज़िक्र किया करता था। उन दिनों उसने एक बार काम्या से ही सवाल कर दिया था, "आख़िर इतने सालों बाद वो क्यों वापस आई होगी? वो क्या चाहती है? बोर हो गई है अपने पति से?"

काम्या ने उनकी बातें पढ़कर जाना साशा अक्सर मिलने की बात करती है। पलाश की बातों से लगता है वो मिलना ज़्यादा दिन टाल नहीं सकेगा। अब उनकी आपसी बातचीत एक नया मोड़ लेती लग रही है। पलाश का मज़ाक़, कहाँ मज़ाक़ है, कहाँ मज़ाक़ नहीं है इसको लेकर काम्या के मन में सवाल उठने लगे हैं। कहीं पलाश साशा से खेल तो नहीं रहा है? क्या वो उसे लेकर गम्भीर है? या अतीत में साशा ने जो उसके साथ किया था उसका बदला लेना चाहता है? अगर पलाश ने साशा से बदला लेने के लिए यह खेल शुरू किया है, तो भी इस खेल में वो हारता दिखाई दे रहा है। साशा अपना खेल फिर ख़ुद को बचाकर खेल रही है। काम्या को पलाश पर तरस आ रहा है। वो ख़ुद से ही तर्क करती रहती है दिन-भर। शायद उसका मन मानने को तैयार नहीं कि पलाश और साशा के बीच कुछ फिर से ज़िन्दा हो रहा है।

एक दिन पलाश ने साशा से पूछा था, उसने उस समय अचानक शादी करने का फ़ैसला क्यों लिया था?

साशा का जवाब साफ़ नहीं था, "मैंने शादी क्यों की मुझे भी नहीं पता। कई बार सोचती हूँ मैंने शादी क्यों की??...शायद उसने तुमसे ज़्यादा एफर्ट्स की और तुमने कम।"

साशा की बातचीत से कहीं भी नहीं लगा कि वो अपनी शादी से ख़ुश नहीं

है। क्या उसे कभी लगा पलाश इस शादी से नाख़ुश है? क्या काम्या नाख़ुश है शादी के इस रिश्ते से? पलाश के मन में क्या है, वो नहीं कह सकती, पर अब अचानक उसे एहसास हुआ पलाश उसके पूरे अस्तित्व पर छाया हुआ है, उस दिन से ही जिस दिन वे शादी से पहले, पहली बार मिले थे। उसे वो जगह भी याद है। वहाँ बहुत सारे पेड़ थे, घास का मैदान था। पलाश ने कहा था यहाँ बारिश गिरती हुई कितनी ख़ूबसूरत लगती होगी।

एक दिन पलाश ने हँसते हुए बताया साशा उससे मिलने के लिए कहती है अक्सर और आज शाम को वो साशा से मिलने जा रहा है। काम्या हँस दी और बस उसके मुँह से निकला "ओहो!"

वो दिन बहुत अजीब था काम्या के लिए। भावनाओं का कुछ अता-पता न था। वो दिन-भर कल्पनाओं में खोई रही, सोचती रही, साशा किस तरह के कपड़े पहनकर आई होगी, पलाश को इतने सालों बाद उससे मिलना कैसा लग रहा होगा।

शाम को पलाश उसी समय घर पहुँचा जिस समय वो लौटता है। उसने कोई बात नहीं की इस बारे में। कुछ देर बाद काम्या ने पूछा साशा से मिले? पलाश ने बिना उसकी ओर देखे जवाब दिया, नहीं समय ही नहीं मिला ऑफ़िस से निकलने का। बहुत काम था।

काम्या उसे जानती है। वो कहीं दुविधा में था। क्या है जो उसे साशा से मिलने से रोकता रहा?

उन दिनों चैट करते हुए पलाश और साशा पुरानी यादों की गलियों में घूम रहे थे। एक वाकया उन दोनों को याद था। ये वाकया पलाश काम्या को भी बता चुका है। एक बार वो बुख़ार में पड़ा था और ऑफ़िस नहीं गया था। उस शाम साशा उससे मिलने उसके कमरे पर आई थी। वे देर रात तक साथ थे। उस रात पहली बार पलाश ने अपने-आपको बेसब्र होते देखा। एक नशा-सा उस पर हावी हो गया और वो अनियंत्रित उसे चूमने लगा। उसे बेकाबू होते देखकर साशा ने उसे अपने-आपसे अलग किया था। पलाश ने अपना ग़ुस्सा दिखाते हुए पास पड़ा काँच का गिलास सामने दीवार पर दे मारा था। कमरे में सन्नाटा गूँजने लगा था। साशा चुपचाप उठी थी और काँच के टुकड़े चुनने लगी थी। पलाश को अपने किए पर शर्मिन्दगी महसूस हुई थी।

कल रात चैट करते हुए पलाश ने उसे चूमने की इच्छा ज़ाहिर की थी। ये पढ़कर काम्या बेचैन हुई। साथ ही उसे अपने और राजीव के बीच हुई एक घटना याद आ गई। एक दिन दोनों एक ट्रेड फेयर में साथ गए थे। उन दिनों कुछ ही दिन हुए थे जब राजीव ने अपने मन की सालों पुरानी बात काम्या से कही थी। चलते-चलते एक जगह राजीव ने अचानक उसका हाथ अपने हाथ में ले लिया। काम्या चौंक गई। वो इस स्थिति के लिए बिलकुल तैयार नहीं थी। उसने मुसकुराते हुए अपना हाथ तुरन्त छुड़ा लिया और वे दोनों आगे बढ़ गए। राजीव ने जो किया यह पहली और आख़िरी बार था। पर उस शाम वो परेशान रही और रात को सो नहीं पाई। वो पलाश की बाँहों में चुपचाप देर तक पड़ी रही, बिना कुछ बोले। उसने नींद में पलाश को कई बार चूमा। अगले दिन वो दफ़्तर भी नहीं गई। उसने राजीव को मैसेज कर दिया कि उसकी तबीयत कुछ ठीक नहीं है। राजीव परेशान था। उसे एहसास हो गया था कि उससे कुछ ऐसा हो गया है जो काम्या को अच्छा नहीं लगा शायद। काम्या किसी एक निर्णय पर पहुँच नहीं पा रही थी कि आख़िर उसे राजीव का उस पल उसे छूना अचानक एक सदमे की तरह क्यों लगा था। बिना प्रेम के शरीर से गुज़रना क्या यातना की तरह हो सकता है? क्या शरीर और मन अलग-अलग हो सकते हैं? वो अक्सर हैरान होती राजीव की उस दिन कही मन की बात पर, कि वो पिछले पच्चीस सालों से उसे चाहता आया है और उसे लगता है वो अब जीवन-भर किसी को इस तरह नहीं चाह सकता। उसे समझ नहीं आया वो क्या कहे, ख़ुश होए या उदास? क्या इन भावनाओं का उसके जीवन में कोई मतलब है? कोई उसे पिछले पच्चीस सालों से चाहता है क्या सचमुच इस बात से उसे कोई फ़र्क़ नहीं पड़ता?

इस घटना के याद आने का पलाश की आज की चैट से क्या वास्ता था कुछ समझ नहीं आया काम्या को। वो सो गई।

आज राजीव ने महसूस किया काम्या का मन काम में नहीं लग रहा। एक केस को लेकर उन दोनों में बहस हो चुकी है। जब कहीं पर सहमती बनती नज़र नहीं आई तो राजीव ने एक ब्रेक लेने की तय की। दोनों कॉफ़ी पीने चले गए। काम्या चुप है। थकी हुई भी लग रही है। राजीव ने जानना चाहा पर वो कुछ भी बता नहीं पाई। आज सुबह उसने पलाश के फ़ोन पर जो पढ़ा, उसे परेशान कर रहा

है। पलाश ने रात एक बजे साशा को मैसेज भेजा, "सो रही हो?"

कोई जवाब नहीं मिला।

"जागो मुझे नींद नहीं आ रही।"

काम्या समझ नहीं पा रही सच क्या है। क्या प्रेम के वो लमहें जो उन दोनों के बीच अचानक पनप आए थे, क्या पलाश के किसी अपराध-बोध का हिस्सा थे? रसोई में कन्धे पर उसका चुम्बन काम्या के रोम-रोम को कँपा गया था। पलाश का उसे नींद में देर रात में जगाना, उसकी देह के लिए पागल हो उठना, क्या सच नहीं था? क्या पलाश को ऐसा लगता है वो काम्या के साथ सही नहीं कर रहा और इसी की भरपाई करने के लिए उसे पहले से ज़्यादा प्रेम करता रहा? काम्या की आँखों में नमी उभर आई।

काम्या अपने ही आपसे पूछ रही है—क्या सब कुछ ख़त्म हो गया है? काम्या के अन्दर तूफ़ान मचा था आज। अचानक वो राजीव से बोली, "चलो घूमने चलते हैं।"

राजीव ने समय देखा—"कहाँ?"

"कहीं भी, रास्ते में भटकेंगे, कोई फ़िल्म देख लेंगे, बार में बैठे ड्रिंक लेंगे।"

राजीव चौंक रहा था। उसे एहसास हुआ कुछ तो सही नहीं है आज काम्या के साथ। दोनों निकल पड़े। काम्या ने पलाश को मैसेज किया वो देर से आएगी। उसने ओके लिखा।

दोनों एक रेस्टो-बार में जा बैठे। राजीव की बातों से अक्सर न चाहते हुए भी यह ज़ाहिर हो जाता कि समय ने उससे धोखा न किया होता तो काम्या और राजीव साथ होते। वो राजीव का पक्ष नहीं जानती। उसे नहीं पता राजीव किस मनःस्थिति से गुज़रा होगा साल-दर-साल। पर काम्या को लगा कुछ है जो ठीक नहीं है शादी नामक संस्था में।

"राजीव तुम्हें नहीं लगता शादी इतना कसा हुआ फ्रेम है जिसमें हम ख़ुद को फिट करने में जीवन बिता देते हैं। होना तो चाहिए कि जब दो लोग साथ जीने आएँ तो हर फ्रेम को तोड़ दें जो दुनिया ने बनाकर रखा है। जब तक वो फ्रेम टूटेगा नहीं, कुछ नया नहीं बन पाएगा।"

राजीव कुछ कह नहीं रहा था बस सुन रहा था, "एक अच्छे ख़ासे ख़ूबसूरत रिश्ते को ख़त्म कर देने का नाम शादी है।"

राजीव समझ नहीं पा रहा था क्या वो उसे यह एहसास दिलाना चाहती

क्योंकि वे अभद्र लोग थे, गालियाँ बकते थे, बदसलूकी कर सकते थे। ऐसे मामलों की जहाँ सूचना मिलती, संगठन की दो सदस्याएँ पुलिस थाने में जाकर शिकायत लिखा आतीं, उचित कार्यवाही के लिए समय-समय पर उन्हें याद दिलाती रहतीं...हालाँकि उनका संगठन, पुलिस और पीड़ित महिलाएँ भी जानते थे कि इन शराबी पतियों को सुधारना आसान नहीं था।

संगठन का काम ख़ासा फैल गया है, जिसमें अब जगह-जगह जाकर जागरूकता बनाने के कार्यक्रम भी शामिल हो गए हैं। संगठन के काम और लक्ष्य अपना 'सुखी परिवार' बनाए रखने से आगे दूर...बहुत दूर तक जाते हैं। अपने परिवार में रेखा की भूमिका तो एक पत्नी (वह भी अब क्या थी!) और दो लड़कियों की माँ होने तक ही थी। यहाँ वह अपने घर से बाहर दूसरे परिवारों, समाज के विभिन्न वर्गों और भविष्य के समाज में स्त्री की स्थिति को सुधारने...वहाँ तक जाती। रेखा की व्यस्तताएँ दिनोंदिन बढ़ती चली गई। राघव से उसके सम्बन्ध क़रीब-क़रीब ख़त्म हैं। लड़कियाँ रेखा के साथ, उसकी देखरेख में है, लेकिन शिक्षा, समाज में आते परिवर्तन, मोबाइल, इंटरनेट आदि के चलते उनके व्यक्तित्व का विकास घर-परिवार से कम, बाहर से ज़्यादा प्रभावित हो रहा था। घर में तीनों प्राणी पृथक्-पृथक् इकाइयाँ....लेकिन उनमें स्वाभाविक स्नेह, मेल-जोल था। तीनों की सुविधाओं का ख़याल रखने के लिए घर में एक पूर्णकालिक मेड थी...जिसकी तनख्वाह राघव-रेखा आधा-आधा देते थे, जैसे कि लड़कियों की पढ़ाई का खर्च, उनके जेब-खर्च भी। घर के दूसरे खर्च रेखा अकेले उठाती थी क्योंकि राघव अब यहाँ नहीं रहता। उनके बीच साफ़-सुथरा समझौता था—वे अलग बेशक रहेंगे, लेकिन लड़कियों की ज़िम्मेदारी बराबरी से उठायेंगे।

घर के तीनों सदस्य हर रोज़ एक वक़्त साथ ज़रूर हों—इसके लिए रेखा ने व्यवस्था बिठायी थी कि तीनों रात का खाना साथ खाया करेंगे...जिसके लिए तीनों को रात के आठ बजे के पहले घर ज़रूर पहुँच जाना होता था। ज़्यादातर दोनों लड़कियाँ क़रीब-क़रीब एक समय, थोड़ा आगे-पीछे पहुँच जाती थीं, रेखा को ही थोड़ी देर हो जाती। कभी उसके शाम के कार्यक्रम देर

तक चलने वाले हुए तो वह लड़कियों को सवेरे ही बता देती थी। लड़कियों का देर से घर पहुँचने का कोई कारण नहीं बनता था...लेकिन यहीं, इसी सुराख से झोंके आकर रेखा को झकझोरने लगे!

पहले उसने गौर किया कि लड़कियाँ अब अलग-अलग समय पर घर पहुँचती हैं। छोटी से पूछा—जो अब भी सबसे पहले पहुँच जाती थी। उसने बताया कि बड़ी—लक्ष्मी, क्लासेज के बाद अपने दोस्तों के साथ कैंटीन में बैठती है...इसलिए उसे देर हो जाती है। इसमें अजूबा कुछ नहीं था क्योंकि लक्ष्मी यूनिवर्सिटी में एम.ए. कर रही थी; जबकि छोटी अभी अन्डरग्रेजुएट, इसलिए कॉलेज में ही थी। फिर लक्ष्मी कभी-कभी रेखा के भी बाद घर पहुँचती दिखाई दी। एक-दो बार ऐसा हुआ तो उसने कुछ नहीं कहा। जब यह अक्सरान होने लगा तो रेखा को लक्ष्मी से पूछना पड़ा।

"ममा! मैं किसके साथ उठती-बैठती हूँ...यह मैं ही तो तय करूँगी। घर कोई क्लास तो है नहीं कि इतने बजे पहुँचना ही है। आप लोग मेरा इन्तज़ार न किया करिये।"

लक्ष्मी के जवाब में तिरस्कार था, ज़ाहिर था कि उसे इस तरह की पूछताछ पसन्द नहीं थी। रेखा की अपनी ही लड़की उसके लिए अपरिचित होती जा रही थी। वह किनके साथ सोशलाइजिंग करती है...कुछ पता नहीं...

कि एक दिन मेड ने शिकायत की—"बड़ी बेबी दोपहर को एक लड़के के साथ आई, छोटी बेबी घर पर नहीं थी। दोनों ने कॉफ़ी बाहर ड्राइंगरूम में पी...लेकिन कुछ समय वे अपने कमरे में अकेले भी थे, दरवाज़ा अन्दर से बन्द तो नहीं, अटकाया हुआ था।"

रेखा को अच्छा नहीं लगा, लेकिन उसने ख़ुद को कोसा—ये तो सोचने का पारम्परिक तरीक़ा है। मतलब अपनी तमाम सामाजिक गतिविधियों, स्त्री की स्वतंत्रता सम्बन्धी कार्यक्रमों को चलाते रहने के बावजूद उसका सोचने का अपना तरीक़ा नहीं बदला? बाहर हम चाहे जो उपदेश झाड़ते रहें, जब अपनों की बात आती है तो हमारा सोचना पारम्परिक, दकियानूसी ही होता है। उस रात रेखा ने अपने सोच को साफ़ किया—बात पारम्परिक/आधुनिक

है कि राजीव ने काम्या को न पाकर कुछ खोया नहीं था। उसका ख़ुद से बातें करना जारी रहा। फिर कुछ देर बाद नशे में ही पहली बार उसने राजीव को सच बताया। राजीव कुछ कह नहीं पा रहा था। वो इतना जानता है काम्या से बात करो तो हर तीसरी बात में पलाश का ज़िक्र न आए, ऐसा कभी होता नहीं। उन दोनों का रिश्ता उसे अच्छा लगता है। उसे अचानक पलाश पर ग़ुस्सा आया। फिर भी उसने कहना चाहा, "सब ठीक हो जाएगा। हम अक्सर भटकते हैं। कई बार बिना चाहे ही अनजाने में..."

"क्या मुझे कभी मौक़ा नहीं मिला भटकने का? क्या मैं भटक गई राजीव?"

राजीव उसकी कातर आँखों का सामना नहीं कर पा रहा।

काम्या यह सवाल ख़ुद से भी कई बार कर चुकी है। कई बार वो सोचती जो पलाश के साथ हुआ क्या उसके साथ भी हो सकता था? कोई उसके जीवन में इस तरह आता जिसके आकर्षण को वो नज़रअन्दाज़ नहीं कर पाती? अभी भी तो कई पुरुष दोस्त हैं उसके। राजीव की तरह गहरे दोस्त भी। पर अफ़सोस उनमें से कोई भी पलाश नहीं है! उफ़! क्या उसे अब से पहले पता था?

"हर रिश्ते में दोनों का अपना-अपना पक्ष होता है। हम उसका पक्ष नहीं जानते," राजीव कुछ सोचते हुए बोला था।

काम्य ने गहरी साँस ली, "हाँ हम उसका पक्ष नहीं जानते।"

"क्या तुमने उससे बात की इस बारे में?" राजीव ने पूछा।

"नहीं। समझ नहीं पा रही कैसे बात करूँ?।"

आज रविवार है और आज की सुबह धीरे-धीरे सुस्त दिन में बदलती है। आज कोई जल्दी नहीं है। काम्या को हलका-हलका सिरदर्द है जो रात की याद दिला रहा है।

रात जब काम्या घर पहुँची बच्चे सोने की तैयारी कर रहे थे। उन्होंने खाना खा लिया था। पलाश उन्हें सुलाने की कोशिश कर रहा था पर बच्चे सोने की बजाय पापा के साथ मस्ती कर रहे थे। काम्या को देखते ही बच्चे उससे लिपट गए जैसे रोज़ उसके ऑफ़िस से घर आने पर करते थे। वो कपड़े बदलकर, मुँह-हाथ धोकर बच्चों को सुलाने लगी। बच्चे कुछ ही देर में सो गए। पलाश उसके क़रीब आया तो उसके मुँह से आई गन्ध से चौंका।

"आर यू ड्रंक?"

"हाँ।"

"कहाँ पर थीं तुम?"

"राजीव के साथ।"

"कोई ख़ास दिन था क्या?"

"नहीं, बस कुछ रिलैक्स करना चाहती थी।"

पलाश की रात शायद अच्छी नहीं गुज़री। सिरदर्द के कारण काम्या का मूड भी अच्छा नहीं था। दोनों अपनी खीज एक-दूसरे पर ही उतार रहे थे। मामूली बातों पर भिड़ रहे थे। कोई और रविवार होता तो दोनों बेडरूम में ही दिन-भर टीवी देखने में गुज़ार देते या दोनों में से कोई स्नैक्स बनाता और कोई अच्छी फ़िल्म देखने में दिन जाता या बच्चों की फ़रमाइश पर कहीं घूमने निकला जाता। पर अफ़सोस दिन आज उखड़ गया था! यह खीज शादीशुदा जीवन का स्थायी हिस्सा है। क्या है यह? एक बार पलाश ने कहा था, "हर रिश्ता मोनोटोनी की कगार पर पहुँचता है?"

उस शाम उन दोनों को नाटक देखने जाना था। पर इस बारे में ज़िक्र भी नहीं हुआ। पलाश ग़ुस्से में है क्या? ग़ुस्से में है तो अपना ग़ुस्सा दिखा क्यों नहीं देता? उस रात उसने पलाश के फ़ोन पर पढ़ा, पलाश ने साशा को नाटक देखने के लिए चलने को कहा! साशा ने न आ पाने का अफ़सोस जताया। किसी मेहमान के घर आने की बात बताई।

एक शाम पलाश का फ़ोन आया, पूछा क्या कर रही हो, अगर फ्री हो गई हो तो मैं घर जा रहा हूँ, साथ में चलते हैं? काम्या ने उसे ऑफ़िस से लेने के लिए कहा। पलाश बहुत अच्छे मूड में लग रहा था उस दिन। वो गाड़ी चलाता जा रहा था और कुछ गुनगुनाता जा रहा था। अचानक पलाश का मन कुछ खाने का हुआ। आज पलाश उसे एक रेस्टो-बार में ले गया।

दोनों अब तक एक-एक ड्रिंक ख़त्म कर चुके थे। वो शाम जादुई शाम में बदल रही थी। ये व्हिस्की का असर था शायद। पीने के बाद वो और ख़ुश हो जाता। वो हँसता तो उसकी हँसी साथ वाले को छूत की तरह लग जाती। कुछ देर के लिए वे इतना हँसे कि आसपास वालों की नज़र उन पर घूम गई। आज

शाम जब पलाश का फ़ोन आया था, काम्या ने सोचा था आज वो पलाश से बात करेगी। पर इस पल सब कुछ इतना ख़ुशनुमा था, उसे तोड़ने का मन नहीं हो रहा।

बात करते-करते वे पुराने समय में पहुँच गए। तब जब पलाश अकेला रहता था। काम्या ने उसे याद दिलाया जब वो शादी से पहले उससे मिलने उसके फ़्लैट में आई थी। कितने सारे कॉकरोच के साथ रहता था वो।

"यू वर लिविंग लाइक अ पिग।"

"येस, आई वाज। बट आई वाज अ हैप्पी पिग," दोनों फिर हँसे। कुछ रुककर पलाश ने उसे छेड़ा, "बीवी! ऐसा कुछ नहीं जो हम नहीं कर सकते।"

"अपना गीला तौलिया तक तो बाहर डाल नहीं सकते सूखने के लिए।"

यूँ ही हलकी बातें चल रही थी। थोड़ी देर बाद अचानक काम्या ने सवाल किया, "साशा कैसी है?"

"ठीक है। हमेशा मिलने के लिए कहती है।"

कुछ देर चुप रहे दोनों। काम्या को नहीं पता था वो इस तरह सवाल करेगी, "क्या आपका और काम्या का रिश्ता फिर से ज़िन्दा हो गया है?"

पलाश चौंका, "क्या बात कर रही हो..."

इस पल काम्या हँस पड़ी।

"आपके चेहरे का ग्लो बताता है...दैट यू आर इन लव।"

"तुम कैसी बातें कर रही हो आज..." पलाश इस बात को हँसी में टाल देना चाहता था।

"मैंने आप दोनों की सारी बातें पढ़ ली हैं।"

एक बार पलाश के चेहरे की रंगत बदल गई। काम्या ने देखा उसकी आँखों में डर था।

"ओह! नहीं! ऐसा कुछ नहीं है हमारे बीच। हम केवल बात करते हैं। तुम जानती हो मैं बस मज़ाक़ करता हूँ..."

काम्या ने अपने-आपको सँभालते हुए कहा, "मैं आपका मज़ाक़ समझती हूँ पलाश। और मैं ये भी जानती हूँ कब आप मज़ाक़ नहीं कर रहे होते।"

"नहीं...काम्या जो तुम सोच रही हो ऐसा कुछ नहीं है..."

"देर रात में आपको उसके लिए जागते देखा है मैंने। सिर्फ़ उससे बात करने के लिए।"

इसके बाद वो बोलना चाहती थी पर बोल नहीं पाई। एक हँसती-मुस्कुराती शाम उदास हो गई थी।

उस शाम के बाद साशा के किसी मैसेज का जवाब नहीं दे पाया पलाश। एक ठंडी चुप काम्या और पलाश के बीच पसर आई थी। वो पलाश को समय देना चाहती थी ख़ुद को टटोलने का। दिन बेख़बर, बिना किसी शिकायत के रोज़ शुरू होता और ख़त्म हो जाता। काम्या ने अब पलाश का फ़ोन पढ़ना छोड़ दिया। उस शाम के बाद उसने मुक्त कर दिया था पलाश को और अपने-आपको भी। वो हैरान थी जैसे उसकी आत्मा से कोई बोझ उतर गया। ये भी एक मुक़ाम था इस रिश्ते को और जानने का। उसने जान लिया था, प्रेम मुक्त करता है, बाँधता नहीं। पर क्या पलाश भी ऐसा महसूस कर रहा था?

एक शाम वो दफ़्तर में काम कर रही थी, पलाश का फ़ोन आया और उसने बताया वो काम्या के ऑफ़िस के नीचे खड़ा है, उसका इन्तज़ार कर रहा है, जब काम ख़त्म हो तो आ जाओ. आज फिर बादल छाए हुए थे आकाश में। काम्या ने फ़ोन रख दिया, पर वो अचानक दस साल पहले उस पल में पहुँच गई, जब पहली बार उसने फ़ोन पर पलाश की आवाज़ सुनी थी। तब वो उसे मिलने के लिए बुला रहा था ताकि वे एक-दूसरे को जान पाएँ। उस दिन काम्या को उसकी आवाज़ अजनबी नहीं लगी थी। लगा था जैसे बरसों वो इसी आवाज़ का इन्तज़ार कर रही थी। अजीब-सी बात है आज इतने सालों बाद ये पल, उन्हीं पलों का हिस्सा जैसे महसूस हुए।

जब वो दफ़्तर की सीढ़ियाँ उतर रही थी उसने दूर से पलाश को, गाड़ी के पास, सड़क के उस पार रेलिंग से सटे खड़े देखा। वो अपना पसन्दीदा उनाबी रंग का कुर्ता पहने हुए था। बाल पीछे की ओर अच्छे से बनाए हुए। वो सिगरेट पी रहा था और सोच रहा था कुछ। एक पल के लिए काम्या की नज़र उस पर ठहर गई।

कुछ है उसमें जो खींचता है अपनी ओर! उनका रिश्ता एक अधूरेपन का रिश्ता है! हमेशा लगता कहीं और पहुँचना था, कहीं और चले आए हैं। रिश्ते की कोई नई पर्त अचानक खुलती है! कभी पा लेने का भ्रम होता है! कभी कुछ छूट जाने का!

वो चुपचाप गाड़ी में बैठ गई। पलाश चल पड़ा। गाड़ी चलती गई। भयानक ख़ामोशी थी। आख़िर उसने गाड़ी रोकी। वे दोनों बैठ गए खुले आसमान के नीचे। पलाश ने कहना शुरू किया, "काम्या मुझे एहसास हुआ मैं ग़लत था।" वो रुका थोड़ा सा। "इतने सालों बाद साशा से फिर से संवाद बना। बात मज़ाक़ से शुरू हुई और मुझ पर अतीत हावी हो गया। शायद...शायद कुछ अटका हुआ था। ग़ुस्से जैसा। मैं चाहने लगा वो मेरे लिए तड़पे।" उसने अपना सिर हिलाया और झल्ला उठा अपने ही ऊपर।

"मैं भटक गया था। तुम मुझे माफ़ कर सकोगी?"

हलकी-हलकी बारिश फिर से बरसने लगी। वे दोनों बैठे रहे।

दुनिया जिसे कहते हैं

उस घर में हर चीज़ क़रीने से अपनी जगह पर पड़ी थी। घर में बच्चे नहीं थे। पहली बार उसके घर गई थी तब सबसे पहले इसी ओर ध्यान गया। बच्चे हमें कितना बदल देते हैं!

हम लगभग हमउम्र ही थीं। उसने बताया नहीं था कि उसके बच्चे नहीं हुए। मैंने पूछा भी नहीं था। किसी बिन-ब्याहे आदमी या औरत से पूछना कि शादी क्यों नहीं की अभी तक और किसी जोड़े से पूछना कि आपके बच्चे नहीं हुए, ये दोनों सवाल मुझे क्रूर लगते।

वो किसी दूसरे शहर से ट्रांसफ़र लेकर हमारे दफ़्तर में आई थी। कुछ ही दिनों में हम दोस्त हो गईं। सबको लगता था शायद हम पहले से एक-दूसरे को जानती थीं।

"कभी-कभी लगता है, अच्छा है सुन नहीं पाती हूँ, कितना कूड़ा भरा है लोगों के दिमाग़ों में।"

असल में उसकी इस बात ने मेरा ध्यान खींचा था। शुरू में हमने भी नहीं सोचा था कि हम दोनों के बीच ऐसी ग़ज़ब केमिस्ट्री होगी। मशीन लगाकर भी वो ज़्यादा नहीं सुन पाती थी। ना ही मुझे 'मूक-बधिरों' की भाषा आती थी। पर मैं अपनी बात उसे समझा देती या ऐसा कहें उसे मेरी बात समझ में आ जाती थी।

"मन अजीब-सा घबरा रहा है," मैंने शिकायत की थी।

"ये ज़रूरी मीटिंग नहीं आती तो मैं भी साथ चलता," विशाल ने मुझे चूमते हुए कहा।

तरु के लिए ये दिन क्या मायने रखता होगा? मानव के बारे में तो मैं सोच भी नहीं पा रही थी। कई सालों से भाग-दौड़ कर रहा था।

उसका नाम तरुणा था, हम सब उसे तरु कहते। मैं और तरु सास-बहू वाली बातों से बचते थे। घर छोड़कर निकल आने पर हम घर के झगड़े, कलेश भी घर पर ही छोड़ आने की कोशिश करते। दोपहर का खाना बाहर करने निकल जाते या कई बार कॉफ़ी हाउस और किसी-किसी सप्ताहान्त पर बार या बियर कैफ़े। ये समय हम दोनों का अपना समय होता। पर हमेशा ऐसा सम्भव नहीं हो पाता था। कई बार घर का कोई कलेश पीछा करता हमारे साथ चला आता था।

विशाल ने मुझे तरु के घर पर छोड़ा। हम लोग तुरन्त ही एन.जी.ओ. के लिए निकल गए। हमें बहुत दूर जाना था। आंटी का मुँह बना हुआ था। वो कार में पिछली सीट पर मेरे साथ ही बैठी थीं। मानव गाड़ी चला रहा था और तरु आगे की सीट पर थी।

एक हफ़्ता पहले तरु और मानव हमारे घर पर आए थे। उस दिन मानव ने मुझे और विशाल को एन.जी.ओ. साथ चलने के लिए कहा था। उस दिन मानव की बातें सुनकर हमें पता चला कि बच्चा गोद लेना इतना मुश्किल है इस देश में। तरु का 'सौ प्रतिशत' न सुन पाना बच्चा गोद लेने के रास्ते में एक बड़ी अड़चन बन गया था। वहाँ पर 'ज़ीनत' उनका केस देख रही थी। ज़ीनत ने बताया कि एक कमेटी बनी है जिसमें कुछ सरकारी अधिकारी होते हैं और फिर वही तय करते हैं कि उनको बच्चा मिलेगा या नहीं।

तरु को बच्चा ना होना, तरु की दूसरी पहचान बन गई थी। पहली पहचान थी "तरु सुन नहीं सकती।" जहाँ दफ़्तर में सहकर्मी और घर में तरु की सास, तरु को इसी नज़र से देखते थे, वहीं तरु कभी बच्चे के बारे में बात नहीं करती थी। ये उसका 'विद्रोही' स्वभाव था या सचमुच उसे बच्चे की कमी उतनी नहीं महसूस होती थी, मैं कह नहीं सकती। वो अपने-आप में ख़ुश रहती थी। मैंने उसे सिर्फ़ एक बार इस विषय पर कुछ कहते सुना, "बच्चा नहीं हुआ तो नहीं हुआ।"

वे दोनों सादा जीवन जीते थे, पैसा बचाते थे और ख़ूब घूमते थे। कभी पहाड़ पर, कभी समुद्र के किनारे। शायद घर के तनाव भरे माहौल से बचने के लिए। जबकि मैं और विशाल नौकरी के साथ दो बच्चे पालते, स्कूल की मोटी

फ़ीस देने, घर के लोन की किश्त का जुगाड़ करते पिस रहे थे।

क्या मानव ने बच्चा गोद लेने के लिए इतनी भाग-दौड़ तरु के लिए नहीं शायद अपनी माँ के लिए की? बच्चा ना होने की वजह से घर में कलेश रहता था।

मानव की माँ पैंसठ साल की, दरम्याने क़द की, पाकिस्तान से विस्थापित परिवार की, एक ठोस महिला थी। शुरू में, मैं जब भी कभी उनके घर गई, आंटी से सहज बातचीत होती बल्कि वो बहुत अच्छी तरह बात करतीं, हाल-चाल पूछतीं थी और बिना कुछ खाए-पिए आने नहीं देती थीं। तब तक मैं सोचती थी कि आंटी तरु से इसलिए ग़ुस्सा रहती थीं कि उसे बच्चा नहीं हुआ, फिर एक दिन आंटी मुझे बाज़ार में गुरद्वारे के बाहर मिल गईं। तरु को आज तक नहीं पता कि किसी शाम मैं गुरद्वारे के बाहर कभी आंटी से मिली थी।

आंटी द्वारा एकदम चुप लगाकर बैठ जाने से कार में एक अजीब-सा तनाव खिंचा हुआ था। मैं शब्द ढूँढ़ रही थी कि अचानक आंटी फुसफुसाई, "मेरी बेटी को दो बेटियों के बाद लड़का हुआ। जब दूसरी लड़की हुई थी मैंने इसे कहा था अपनी झोली डाल ले उसकी नाल कटते ही। पर इसका दिमाग़ ही दूसरा है। अखे लूँगी तो ऐसा बच्चा जिसका कोई ना हो। हुँह...अब पता नहीं किसकी है... केहड़ी 'जात' (जाति) है।"

मेरा ख़ून खौल गया। पर उस दिन 'सरकारी पैनल' के सामने हमें आंटी का सहयोग चाहिए था। ज़ीनत ने कहा था कमेटी के सदस्य आंटी से पूछ सकते हैं कि बच्ची को पालने में वो साथ देंगी?

एक शाम तरु ने चुपके से ऑफ़िस में बैठे मैसेज भेजा मोबाइल पर, "चलो मिलते हैं। सी.सी.डी.।"

उस शाम उसने बताया कि वो सुनने की ताक़त के बिना पैदा नहीं हुई थी। बल्कि एक हादसे में उसकी सुनाई जाती रही थी। उन दिनों वो हॉस्टल में पढ़ाई कर रही थी। एक रात कमरे में रखे हीटर से उसके कपड़ों ने आग पकड़ ली। जब वो जलने लगी, उसकी रूममेट ने उस पर कम्बल डाल दिया जिससे आग तो बुझ गई पर उसका स्वेटर जलकर उसकी त्वचा से चिपक गया।

ये मेरे लिए एक झटके से कम नहीं था। मैंने कभी ध्यान नहीं दिया था कि वो हर समय 'हाई नेक' वाले पूरी बाज़ू के कुर्ते क्यों पहनती थी। उसने छाती और पीठ से जली हुई त्वचा दिखाई। मैंने उसके चेहरे को ऐसे देखा जैसे आज पहली बार देख रही हूँ। बेदाग़, चमकता हुआ चेहरा! घने, लम्बे बाल! उसने आगे बताया कि उस घटना के बाद कुछ सालों के लिए उसकी पढ़ाई छूट गई थी। ठीक-ठीक उसे भी नहीं पता चल पाया कि उसकी सुनने की ताक़त कैसे चली गई, जलने से या जलने के बाद उसे हो रहे उस भयानक दर्द के इलाज के दौरान, किसी दवा के बुरे प्रभाव के कारण। डॉक्टर कुछ बता नहीं पाए या छुपा गए।

वो शाम जल रही थी। मेरे मन में सवाल उठा "क्या मानव उसे इस हादसे से पहले से जानता था?" जवाब में वो ठहाका लगाकर हँसी, "नहीं, मानव मेरे जीवन में बाद में आया। वो भी एक कहानी है, कभी बताऊँगी।"

वो कहानी उसने बताई थी जब हम साथ में पहाड़ पर घूमने गए थे। वो बहुत नर्म शाम थी। हम लोग पहाड़ की हलकी ठंड में बाहर आग जलाकर बैठे थे। एक छोटे पहाड़ी कस्बे के एक बहुत मामूली 'होम स्टे' का अपना सुख होता है। वहाँ आप सैलानियों की भीड़ से बचे रहते हैं।

हम लोगों पर स्थानीय पहाड़ी वाइन का हलका असर था। पर दिल्ली की मारामारी से दूर उस पहाड़ी कस्बे की शान्ति का नशा वाइन से भी ज़्यादा था। दो ड्रिंक मार लेने के बाद तरु ख़ूब हँसती थी। तब मुझे विशाल की वो बात याद आ जाती जो उसने कही थी जब हमारी नई-नई शादी हुई थी, उन दिनों जब तक मैंने पीना शुरू नहीं किया था। मैंने पूछा था, "शराब पीने से हमें क्या होता है?"

विशाल ने कहा था, "कुछ नहीं, हम कुछ और ज़्यादा वही हो जाते हैं जो हम असल में होते हैं या होना चाहते हैं।"

तरु खुली लड़की थी। मानव उसके मुक़ाबले थोड़ा कम खुलता था। पर उस रात हम सब किसी अलग नशे में थे।

हमारे कॉटेज के पास एक ताल था। मैं और तरु पैदल चलते हुए उसके पास निकल गए थे। उसी समय तरु ने मुझे 'प्रेम' के बारे में बताया था। कुछ बातें उस जगह पर ठहरी रह जाती हैं जहाँ पर वे कही गई होती हैं। मुझे आज भी जब कभी तरु के अतीत की वे बातें याद आतीं तो ताल का वह शान्त पानी और उस रात का सन्नाटा याद आता।

उस रात उसने बताया कि प्रेम और तरु दोनों देहरादून में साथ में बड़े

हुए थे। प्रेम डॉक्टर बनने की पढ़ाई कर रहा था। अपनी सुनने की ताक़त खो देने के बाद उसके जीवन में एक सन्नाटा उतर आया था। दुनिया से उसकी तार कट गई थी। कुछ पुराने दोस्त मुँह मोड़ गए थे। उसे अपने ऊपर ही ग़ुस्सा आता कई बार।

एक दिन ग़ुस्से में उसने प्रेम को मैसेज लिखा था, "मुझसे अच्छे वे लोग हैं जो पैदा ही बहरे होते हैं। जिनको नहीं पता होता उन्होंने क्या खो दिया है। अगर मेरे साथ यही होना था तो अच्छा होता मैं बहरी पैदा हुई होती?"

प्रेम ने उसे जवाब भेजा था, "तुम्हें क्या लगता है वे लोग ज़्यादा ख़ुश होते होंगे जो पैदाइशी अन्धे होते हैं? या वे लोग जो धीरे-धीरे अपनी आँखों की रोशनी खो देते हैं? जो पैदाइशी अन्धे होते हैं उनके पास दुनिया कैसी दिखती होगी, की सिर्फ़ कल्पनाएँ होती होंगी?"

तरु ने लम्बी साँस ली, "उस हादसे के बाद प्रेम ने मुझे 'डिप्रेशन' से बाहर निकाला था।"

इस दौरान तरु को यह सरकारी नौकरी मिल गई। वहीं उसे मानव मिला। मानव उसे चाहने लगा और कुछ ही महीनों में उसने तरु के सामने शादी का प्रस्ताव रखा। तरु की उलझन बढ़ती ही जा रही थी। प्रेम के साथ उसका रिश्ता किसी मुक़ाम पर पहुँचता, इससे पहले उसके साथ हॉस्टल में जलनेवाला हादसा हो गया था। उसे उम्मीद थी कि प्रेम उसे शादी के लिए कहेगा। शायद इसीलिए उसने प्रेम से जा कहा था कि मानव उससे शादी करना चाहता है। उसे झटका लगा था जब प्रेम ने उसे मानव से शादी कर लेने की सलाह दी।

क्या अपने ना सुन पाने ने तरु को रोका होगा प्रेम के साथ आगे बढ़ने से?

तरु और मानव की शादी होने के बाद प्रेम दिल्ली चला गया था। उस पर काम की धुन सवार थी। वहाँ वो कई अस्पतालों में कंसलटेंट हो गया। हर दिन किसी अस्पताल में ड्यूटी करता, सुबह-शाम एक मोहल्ले में खोले अपने क्लिनिक पर काम करता। उसने शादी की, जो चली नहीं। वो किसी को समय नहीं देता था। अपने-आपको भी नहीं। जीवन में भाग-दौड़ थी या भाग-दौड़ में जीवन था, उसे कुछ होश ना था। फिर एक दिन उसे 'ब्रेन हैमरेज' हुआ। मौत के बहुत क़रीब से लौटा था वो। 'माइल्ड' ब्रेन हैमरेज था। उसके बाद उसमें कुछ भी पहले जैसा नहीं रहा।

तरु ने आगे बताया, प्रेम अब लद्दाख में रहता है। अभी भी प्रेम से उसकी

बात व्हाट्सअप पर होती है। मैं रात की हलकी रोशनी में उसका चेहरा देख रही थी। प्रेम के बारे में बताते हुए उसके चेहरे पर कोई दुख नहीं था। उदासी तो बिलकुल नहीं। वो हमेशा इतनी ख़ुश कैसे रह लेती थी?

वो शाम मेरे लिए अचानक भारी हो गई थी। ऐसे भारी पलों में वो अक्सर बात बदल देती, "तुम्हें सेक्स करने की इच्छा होती है क्या?"

वो हँसने लगी, "...साला मुझे ना जाने क्या हो गया है, सेक्स मुझे बोर करता है। मानव को मैंने कहा था मुझसे शादी मत करो, मैं तुमसे पहले बूढ़ी हो जाऊँगी।"

मानव उससे छह साल छोटा था। बात करते-करते हम कॉटेज की ओर लौटने लगे।

जब से हम पहाड़ से घूमकर वापस आए थे, आंटी का व्यवहार कुछ बदल गया था। पहले उनसे बात होती थी तो वो बहुत प्यार से बात करती थीं पर अचानक उनकी बातों में तंज़ आने लगे। और फिर गुरद्वारे के बाहर एक दिन मैं उनके हत्थे चढ़ ही गई। आंटी ने ख़ुद ही तरु की बात छेड़ दी थी।

"मेरे बच्चे दा जीवन बर्बाद कर सुट्टेया। बोत बड़ी गल्ती कीती जो इस बोली (बहरी) नाल ब्याह कर लिया। मेरा पुत्त पट (पटा) लिया इहने (इसने)।"

और फिर आंटी के अन्दर से लावा फूट पड़ा।

"कन्ना तों (कानों से) तां बोली (बहरी) है ही सी उप्परों (ऊपर से) माँ ने बच्चा पैदा करन दा चज्ज (तमीज़) वी नहीं सिखाया। इहदी उमर तक मेरे चार बच्चे हो गए सी, इह्तों इक न जम्मेया गया। जीवन बर्बाद कर दित्ता मेरे बच्चे दा। पुत्तर इसे दिन चढ़े थे, पर इसने अंडा खा लिया। चन्दरी जीभ भी तां नहीं रुकदी इसदी। मैंनू पता ओह ज़रूर मुंडा (लड़का) रेहा होवेगा। कुड़ियाँ नहीं कुख विच मरदियाँ! कुड़ियाँ तां कुख नू चिम्मबड़ (चिपक) जान्दियाँ। एह तां मैं ही हाँ जो इस बोली नू झल्ल (झेल) रही, इसनू कोई इक दिन वी ना रखदा।"

कोई ऐसे भी जीता है क्या? अपने अन्दर इतना ज़हर लेकर? मैंने आंटी से पूछा, "पर आंटी आपका बेटा तो बहुत ख़ुश लगता है तरु से और इस शादी से। वे दोनों तो दुखी नहीं हैं अपने जीवन से जितनी आप दुखी लगती हैं उन दोनों की शादी से?"

मन उखड़ गया! लगा ये दुनिया तरु के लायक़ नहीं है। उसने सही कहा था वो कितना कुछ सुनने से बच गई थी।

बहुत लम्बा सफ़र तय करके हम वहाँ पहुँचे। मेरा ये पहला अनुभव था किसी अनाथालय जाने का। गेट के बाहर एक बच्चों का पालना रखा हुआ था, उसके पास दीवार पर एक सन्देश लिखा था, "बच्चों की जगह कूड़ेदान नहीं हमारा दिल है। उन्हें मारिए नहीं, उन लोगों को दीजिए जिनकी दुनिया बच्चों के बिना सूनी है।"

वह एक तीन मंज़िला ईमारत थी पर बहुत कम जगह में बनी हुई। बाहर बहुत छोटा-सा लॉन था जिसमें बच्चों के खेलने के लिए कुछ झूले थे। लॉन में एक स्त्री कुछ बच्चों को पढ़ा रही थी। सब बच्चे अलग-अलग उम्र के थे। हमें गार्ड अन्दर ले गया जहाँ उनका ऑफ़िस था। ऑफ़िस में बहुत सौम्य मुस्कराहटवाली ज़ीनत बैठी हुई मिली। ज़ीनत उन्हें सारी प्रक्रिया समझाने लगी।

इतने में बच्चों की पाठशाला ख़त्म हो गई थी। कुछ बच्चे ऊपर के माले पर ले जाए जा चुके थे। सब बच्चों की उम्र पाँच साल से ऊपर लग रही थी। वहाँ दफ़्तर में मौजूद एक महिला कर्मचारी ने बताया कि लोग ज़्यादातर नवजात या एक साल से छोटे बच्चों को गोद लेना चाहते हैं। जो बच्चे बड़े होकर यहाँ आते हैं या किसी शारीरिक या मानसिक बीमारी या अक्षमता की वजह से गोद नहीं लिये जाते, उनका गोद लिया जाना मुश्किल होता जाता है। मैंने उनसे पूछा क्या अभी यहाँ बस इतने ही बच्चे हैं? ज़ीनत ने बताया नहीं ऊपर और भी बच्चे हैं, जिनमें से कुछ बच्चे शारीरिक या मानसिक रूप से विकलांग हैं। नर्स ने बताया बहुत छोटे बच्चे दूसरे माले पर रखे जाते हैं और नर्स उनकी देखभाल करती है। उससे भी ऊपर कुछ और बच्चे हैं जो बिस्तर पर ही रहते हैं।

नर्स हमें ऊपर के माले पर ले गई। बच्चे हमें देखकर उत्सुक दिखे। एक बच्ची हमें देखकर मुस्कुराई और पास चली आई। उसकी उम्र आठ-नौ साल के क़रीब होगी। मैंने उससे उसका नाम पूछा, उसने 'दामू' बताया। एक छोटा बच्चा जिसकी उम्र ढाई से तीन साल के बीच लग रही थी, बहुत बेचैन दिख रहा था और लगातार अपना सिर हिला रहा था। कुछ देर बाद वो अपना सिर पास पड़े लकड़ी के मेज़ से टकराने लगा। नर्स ने उसे गोद में उठा लिया और उसे लेकर दूसरे कमरे में चली गई। दामू ने जैसे ही नर्स को जाते हुए देखा, मेरे पास चली

आई। उसने मेरा हाथ पकड़कर मुझे पास पड़े बिस्तर पर बिठा लिया जहाँ और बच्चे भी बैठे थे। दामू जो उत्सुकता से मेरे मोबाइल फ़ोन की ओर देख रही थी, ने मुझसे फ़ोन माँगा। मैंने उसे फ़ोन दे दिया। एक सात-आठ साल का सरदार बच्चा तरु को देख रहा था। उसने चेक शर्ट पहन रखी थी, साथ में नेकर। उसकी आँखों में कुछ ऐसा था जो उदास करता था। अचानक वो सरदार बच्चा तरु के पास सरक आया। उसके शरीर से सटकर बैठ गया। वो अभी भी ख़ाली आँखों से देख रहा था। मेरे अन्दर हौल-सा उठा। तरु ने उसे गले लगा लिया। दीवार पर बच्चों की बनाई तसवीरें लगी थीं। मैंने उन तसवीरों के बारे में पूछना शुरू किया। बच्चे उत्साहित होकर मुझे बताने लगे कौन सी तसवीर किसने बनाई है। दामू अभी भी मेरे मोबाइल फ़ोन पर गेम खेल रही थी। तभी नर्स कमरे में वापस दाख़िल हुई। उसने आते ही ज़ोर से 'दामू' पुकारा। दामू ने मेरा फ़ोन वापस कर दिया। जब तक मैं वहाँ से उतरकर नीचेवाले दफ़्तर में आई कुछ बच्चे नर्स के मना करने के बाद भी नीचे उतर आए और वहीं खेलने लगे।

हमने उस सरदार बच्चे के बारे में पूछा कि वो कौन है? कहाँ से आया है? ज़ीनत ने बताया कि उसका कोई नहीं है एक दादी के सिवा, जो इतनी बूढ़ी हो गई है कि उसकी देखभाल नहीं कर सकती इसलिए उसे यहाँ छोड़ गई है। कमरे में एक कोने में नए पैक किए हुए कम्बलों के पैकेट पड़े थे। दूसरे कोने में बहुत सारे कपड़े, बर्तन, खिलौने और बच्चों के दूसरे कई सामान। ज़ीनत ने बताया ये लोगों और संस्थायों द्वारा दान की हुई वस्तुएँ हैं। बच्चों ने भी साफ़ और अच्छे कपड़े पहने हुए हैं। मैंने और तरु ने महसूस किया इनके लिए सामान और खाने-पीने की कमी नहीं थी। उनके जीवन में कुछ कमी थी तो प्रेम की, एक परिवार की।

मानव, तरु और आंटी के साथ, मैं भी उस कमेटी के सामने बैठी थी। पर कमेटी के लिए मेरा वहाँ होना कोई मायने नहीं रखता था। ज़ीनत बाहर अपने दफ़्तर में बैठी थी। उसके हिसाब से उसने अपना काम पूरा कर दिया था। अब सब कुछ कमेटी के हाथ में था। कमेटी के तमाम और सवालों के जवाब दे दिए थे मानव ने।

कमेटी के सदस्यों ने उनकी फ़ाइल में पड़े काग़ज़ों पर एक सरसरी नज़र दौड़ाई। कमेटी के कुछ सदस्य आंटी की ओर देख रहे थे, जैसे उन्हें इन्तज़ार था आंटी ख़ुद ही अपने मुँह से कुछ कहे कि वह है ना इस बच्ची को पालने के

लिए, मानव और तरु की मदद के लिए। आंटी इस तरह चुप थी जैसे वो वहाँ मौजूद ही नहीं हो।

हम सब अजीब-सी बेचैनी में थे और थोड़ी-थोड़ी देर में आंटी की ओर देख रहे थे कि वे कुछ कहेंगी। आख़िर उस महिला सरकारी अधिकारी ने मानव से पूछा, "तरु हंड्रेड परसेंट डेफ है तो इस बच्चे को कैसे पालेगी?"

मानव ने अपना गला खँखारने के बाद कहना शुरू किया, "हमने प्रेम-विवाह किया है। अगर हमारा अपना बच्चा होता तब भी हम उसे पालते ही। मुझे नहीं लगता तरु एक अच्छी माँ नहीं हो पाएगी सिर्फ़ इसलिए कि वो एक हादसे का शिकार हो जाने के बाद सुनने की ताक़त खो बैठी है।"

उस सवाल के बाद कोई और सवाल नहीं पूछा गया। हमें बाहर इन्तज़ार करने के लिए बोला गया। ज़ीनत को अन्दर बुलाया गया। अन्दर मीटिंग चल रही थी। हम लोग बाहर बैठे थे। दामू मेरे मोबाइल पर गेम खेल रही थी।

आधे घंटे के बाद आख़िर ज़ीनत बाहर आई। उसके साथ ही कमेटी के बाक़ी सदस्य भी बाहर निकले और तुरन्त बाहर खड़ी गाड़ी में बैठकर चले गए। हम ज़ीनत की ओर एकटक देख रहे थे। ज़ीनत ने लम्बी साँस ली और फिर मानव पर फट पड़ी, "मानव मैंने तुम्हें बहुत स्पष्ट कहा था कि अपनी मम्मी को समझाकर लाना। लेकिन तुम्हारी मम्मी तो एक शब्द भी नहीं बोलीं। अगर वो नहीं चाहती थीं कि यह बच्ची तुम्हें मिले तो तुम्हें उनको साथ लाना ही नहीं चाहिए था।"

मानव सिर झुकाए खड़ा था। आंटी ने जैसे अपने बेटे को सफ़ाई दी, "मुझे तो मानव ने ही कहा था कुछ बोलना मत मम्मी। सब कुछ मैं सँभाल लूँगा।"

मानव ने आंटी को कुछ भी 'नकारात्मक' बोलने से मना किया था। वो जानता था आंटी जो भी बोलेंगी उन दोनों के ख़िलाफ़ ही बोलेंगी। आख़िर ज़ीनत ने एक लम्बी साँस छोड़ी, "मुझे बहुत लड़ना पड़ा कमेटी से तुम दोनों के लिए। पर ख़ुशी की बात यह है कि कमेटी ने अपनी रिपोर्ट आप दोनों को बच्ची गोद दे दिए जाने के पक्ष में लिखी है। मुबारक हो!"

आह! कितनी राहत मिली थी हमें उस पल! नर्स ऊपर से बच्ची को गोद में लिये नीचे आई। साथ में उसके कुछ कपड़े, डायपर, फ़ॉर्मूला दूध भी लाई। बच्ची सबको देखकर मुस्कराई। उसके मुस्कुराने में कुछ ऐसा था कि कमरे की फिज़ा बदल गई। ज़ीनत ने बताया कि यहाँ सब उसे बहुत चाहते हैं। उसे बारी-बारी सबने गोद में लिया एक आख़िरी अलविदा कहने की तरह। वो सबके साथ

बुलाने पर मुस्कुराती रही। वरना उस उम्र के बच्चे किसी दूसरे की गोद में जाते ही सुबकने लगते हैं। पर उसे अभी तक किसी एक गोदी की आदत नहीं लगी थी।

ज़ीनत ने बच्ची तरु के हाथों में सौंप दी। तरु की आँखों के कोने भीग रहे थे। उसी पल मानव ने बच्ची को नाम दिया 'ज़ीनत।'

तरु ने कार में बैठने से पहले बच्ची को मेरे हाथों में दे दिया। तरु कार से बाहर देखने लगी जहाँ दरवाज़े पर खड़ी, दामू हाथ हिला रही थी। हम सबने उसे हाथ हिलाया।

तरु मैटरनिटी लीव पर चली गई थी। मानव ने एक दिन दफ़्तर के सब लोगों को चाय पर बुलाया। उस दिन तरु से ज़्यादा बात नहीं हो पाई। फिर एक दिन मानव और तरु घर पर आए। मैंने देखा मानव बहुत ख़ुश था। ज़ीनत का ख़याल दोनों रख रहे थे पर मानव के ध्यान का केन्द्र ज़ीनत थी। विशाल बालकनी में सिगरेट पीने निकल गया। उसने मानव के आगे सिगरेट बढ़ाई थी, पता चला मानव ने सिगरेट पीना छोड़ दिया था ताकि सिगरेट के धुएँ का प्रभाव ज़ीनत पर ना पड़े। कमरे में मैं और मानव अकेले रह गए। मैंने मानव से पूछा, "तरु का ज़ीनत से जुड़ाव हुआ?"

मानव के चेहरे पर उलझन के भाव आकर ठहर गए..."हो जाएगा।" वो मुस्कुरा दिया।

"आंटी ख़ुश हैं कि नहीं?"

मानव हँसा, "कम-से-कम पहले से शान्ति है।"

हर कोई तरु को कठघरे में खड़ा कर चुका था। विशाल भी कहता, "अगर उसे बच्चा नहीं चाहिए था तो वो कह सकती थी। इस तरह बच्चे के आ जाने पर उसे स्वीकार न करना ग़लत है।"

कोई तरु के मन में नहीं उतर सका। तरु को समय चाहिए।

वो कहती, "उन सब बच्चों को छोड़कर एक बच्चा चुनकर ले आना 'क्रुएल' है।"

मैंने तरु के आगे अपनी बात रखी, "तुम्हें नहीं लगता उन बच्चों के पास सब कुछ है सिवाय एक परिवार के। हम कम-से-कम एक बच्चे को तो परिवार दे सके हैं।"

कुछ दिन पहले मेरे और विशाल के बीच मानव और तरु को लेकर संवाद हुआ था, जो मुझे अचानक याद आ गया।

विशाल ने कहा था, "मानव तरु को ज़्यादा प्यार करता है।"

मैंने तरु का पक्ष लिया, "ऐसा नहीं है, प्यार कम या ज़्यादा नहीं होता। होता है या नहीं होता।"

विशाल ने कहा, "तो फिर ऐसा मान लो मानव उसे प्रेम करता है और तरु उसे पसन्द करती है।"

"तुम शायद ऐसा इसलिए कह रहे हो क्योंकि तरु सुन नहीं पाती है और इसके बावजूद मानव ने उससे शादी की।" मैं ग़ुस्सा हो गई थी।

विशाल ने एक लम्बी साँस ली थी, "नहीं इसलिए नहीं। ऐसा मानव की आँखों में दिखता है।"

"तुम तरु को नहीं जानते?"

"हो सकता है" विशाल ने कन्धे उचका दिए थे।

तरु अचानक ज़ीनत को लेकर पन्द्रह दिन की छुट्टी लेकर देहरादून चली गई थी। मेरी उससे व्हाट्सअप पर बात होती। जब वो वापस आई तो एक शाम हम मिले। मैंने उससे पूछा था अचानक देहरादून जाने का कार्यक्रम कैसे बना?

"बस एक ब्रेक लेने गई थी।"

उस शाम मैं अपनी उत्सुकता को दबा नहीं पाई।

"क्या प्रेम तुम्हें चाहता था?"

मेरे अचानक पूछे गए इस सवाल से वो बिलकुल भी असहज नहीं हुई।

"जब मेरी सुनने की ताक़त चली गई तब मैंने कभी उससे पूछा नहीं कि वो मुझसे प्रेम करता है। अजीब समय था। मानव मुझे प्रेम करता था, मैं प्रेम को चाह रही थी और प्रेम क्या चाह रहा था मैं नहीं जानती थी। फिर एक दिन प्रेम ने मुझे मानव से शादी करने के लिए कहा। मैं अपने-आपको प्रेम के ऊपर थोपना नहीं चाहती थी। मैंने मानव से शादी कर ली और फिर कभी पीछे मुड़कर नहीं देखा।"

"तुम आखिरी बार कब मिली थी प्रेम से?"

"मिलकर आई हूँ।"

"यूँ अचानक मिलने का कार्यक्रम कैसे बन गया?"

"हमें ऐसा लगता था जैसे कुछ अधूरा रह गया था हमारे बीच। शायद कुछ ख़त्म होना था, जिसे हम ठीक से ख़त्म नहीं कर पाए थे।" उसने एक गहरी साँस

ली। "एक आख़िरी मुलाक़ात, एक आख़िरी बात थी जिसे होना था हमारे बीच।"

"तो क्या ये आख़िरी मुलाक़ात थी?"

"हाँ...उसे दरअसल अपने 'गिल्ट' से निकलना था।"

"कैसा 'गिल्ट'?"

उसके चेहरे पर एक राहत थी।

"मेरी शादी के बाद वो ख़ुद डिप्रेशन में चला गया। क्योंकि वो जानता था मैं उससे प्रेम करती थी, इसके बावजूद उसने मुझे मानव से शादी करने के लिए कहा।"

उसने एक और बार गहरी साँस ली, "चलो उसे मुक्ति मिल गई। अब लगता है मानव से बेहतर कोई नहीं हो सकता था मेरे लिए।"

धीरे-धीरे तरु की बातें मेरी बातों जैसी होने लगीं। उन बातों में 'ज़ीनत' का ज़िक्र ज़्यादा होने लगा था। बच्चे इसी तरह हमारे जीवन का एक बड़ा हिस्सा हो जाते हैं। अचानक एक मोड़ पर आपको एहसास होता है अरे! एक जीवन निकल गया उन्हें पालते-पालते!

ज़ीनत अब दो साल की हो गई थी। आंटी ने धीरे-धीरे ज़ीनत को उतना तो अपना ही लिया था कि वो ज़ीनत को मानव की दुनिया का अहम हिस्सा मानने लगी थी। वो जान गई थी कि मानव की जान उस बच्ची में बसती थी।

एक दिन बहुत देर बाद तरु और मानव से मिलने हम उनके घर गए थे। मानव ने घर पर दरवाज़े की घंटी के साथ बल्ब भी जोड़ रखा था। जब भी घंटी बजती बल्ब जगता ताकि तरु जान सके कोई आया है। मानव और विशाल छत पर थे। दरवाज़े की घंटी बजी। दिन की रोशनी में बल्ब की रोशनी मद्धिम पड़ गई थी और तरु जान नहीं पाई कि दरवाज़े पर कोई था। मैं दरवाज़ा खोलने के लिए उठनेवाली थी कि मैंने देखा नन्ही ज़ीनत ने तरु को दरवाज़े की ओर इशारा करके समझाया कि दरवाज़े पर कोई है। तरु ने दरवाज़ा खोलकर डिलीवरीवाले से सामान ले लिया।

तरु ने प्यार भरी निगाह से ज़ीनत को देखा, ज़ीनत मुस्कुरा दी। तरु ने मुझे आँख मारी।

पहचान

जब लड़की ने अपना फ़ॉर्म काँपते हाथों से उनके सामने किया था तब किरण की नज़र लड़की की कई जगह से सिली हुई जूती पर ठहर गई थी। लड़की ने जब फ़ॉर्म किरण के हाथ में दिया था तब उसके पैरों की उँगलियाँ सिकुड़ गई थीं। किरण ने दाख़िला फ़ॉर्म को पढ़ा और श्रीमती साधना शर्मा से कहा, "मैडम कम्पार्टमेंट केस है" किरण के कहने में सवाल था।

"एस. सी. है?"

"जी।"

"ले लो।" श्रीमती साधना शर्मा ने कहा।

लड़की के चेहरे पर राहत की एक हलकी लहर आई और पैरों की सिकुड़ी हुई उँगलियाँ खुल गईं। श्रीमती साधना शर्मा उसे जाते हुए देख रही थी, "इन लोगों का सब माफ़ है। ना पढ़ना पड़ता है, ना पास होना होता है। सब भीख में मिल जाता है।"

स्टॉफ़ रूम के 'गोस्सिपिंग क्लब' का वो हिस्सा नहीं थी। पर अनीता से अक्सर किताबों को लेकर चर्चा होती। अनीता की नियुक्ति 'लीव वैकेंसी' पर हुई थी। जिसकी जगह पर उसे नियुक्त किया गया था, वो अध्यापक अपने बच्चों के पास कनाडा चले गए थे और उनके लौटने के आसार कम थे। अनीता इस कॉलेज के ट्रस्ट द्वारा किए जा रहे शोषण का शिकार हो रही थीं। उन्हें तय मानदेय से कम पैसा दिया जाता था पर हस्ताक्षर पूरे मानदेय पर कराया जा रहा था। जिस दिन तनख़्वाह मिलने का दिन होता और वो हस्ताक्षर करती तब हँसते हुए क्लर्क

से कहती "एक दिन सबको फँसा दूँगी," आगे से वो दोनों हाथ जोड़ देता और कहता, "मैं भी मालिक का नौकर ही हूँ मैडम।"

अनीता ने श्रीमती शर्मा को सपना के साथ स्टॉफ़ रूम में आते हुए देखा।

"सपना बेबी, अगर सेहत ठीक नहीं लग रही थी तो आज छुट्टी कर लेती" श्रीमती साधना ने सपना को लाड़ लड़ाते हुए कहा।

"सुबह पहले सोचा था आज नहीं आऊँ, 'बट' घर पर भी क्या करती। यहाँ आकर 'टाइम पास' हो जाता है। और फिर मेरा 'बेबी' भी ख़ुश रहता है यहाँ... इतने 'डेलीशिस' खाने भी तो मिलते हैं आप लोगों से।"

सपना अपने उभरे पेट पर हाथ फेरते हुए हँसी। सपना वशिष्ट कॉलेज प्रिंसिपल की रिश्तेदार थी उन दिनों ख़बर उड़ रही थी कि उसकी 'अस्थायी' अध्यापिका की नौकरी जल्दी ही 'स्थायी' में बदलनेवाली थी।

"प्रगतिशीलों ने इस देश को तबाह कर रखा है।" श्रीमती साधना शर्मा का पसन्दीदा जुमला बोलते हुए किरण ने अनीता को आँख मारी। दोनों खिलखिलाकर हँस दीं।

किरण सहगल जी को चोर नज़र से देख रही थी जब अनीता ने उसे पकड़ लिया।

"क्या निहार रही हो बन्नो?"

"यही कि 'मिडिल ऐज' भी काफ़ी दिलचस्प होती है। जब सहगल जी हमें पढ़ाने आते थे वो मेरे कॉलेज के शुरुआत के दिन थे...उन दिनों उनके बारे में सुनती थी कि लड़कियाँ उनके लेक्चर में ख़ाली उन्हें देखने जाती थीं, पर मुझे उनका मंच पर बोलना अच्छा लगता था।"

"सीधा क्यों नहीं कहती सहगल जी तुम्हारे 'क्रश' थे" अनीता ने छेड़ा।

"हाँ कुछ 'क्रश' जैसा ही मामला था। समाज में कुछ बदलने की बात करनेवाला हर आदमी मेरा ध्यान खींचता था तब।"

दोनों हँसती रहीं।

"बहुत बुरा हाल है। बच्चे किताब तो पढ़ना ही नहीं चाहते हैं। सिवाय कोर्स के किसी और किताब को पढ़ने में उनको दिलचस्पी ही नहीं है।" सहगल जी अनीता और किरण के पास वाली कुर्सी पर बैठते हुए गहरी साँस लेते हैं।

"इनसान की समझ पर पड़े परदे कई बार किताब पढ़ने से भी नहीं खुल पाते।"

किरण की बात पर सहगल जी मुस्कुराए। फिर उन्हें कुछ याद आ गया।

"आप दोनों से एक काम है। 'यूथ फेस्टिवल' के लिए दो बच्चों को चुनकर भेजना है कविता-पाठ के लिए। एक बच्ची को मैंने तैयार किया है, एक आप लोग बताइए।"

...

किरण ने 'लेक्चर रूम' में बैठी लड़कियों पर निगाह दौड़ाई। हर साल की तरह इस साल भी वाणिज्य पढ़नेवाली लड़कियाँ कम हो गई थीं। लड़कियों का यह कॉलेज शहर की उस बस्ती के बहुत क़रीब था जहाँ शहर के एक ख़ास व्यापारियों के घर थे। ये लोग उस बस्ती में एक समुदाय की तरह इकट्ठे रहते थे। बस्ती के पास होने की वजह से इनके घरों की ज़्यादातर लड़कियाँ इसी कॉलेज में पढ़ने के लिए आती थीं। ऐसा कहा जाता था कि ये समुदाय अपनी लड़कियों के दाख़िला के समय 'ट्रस्ट' को अच्छा-ख़ासा चन्दा भी देता था। ज़्यादातर लड़कियाँ अच्छे स्कूलों से पढ़कर आतीं। इनमें से जो लड़कियाँ अच्छे अंक लातीं वे वाणिज्य पढ़ने को चुनतीं। पर यही लड़कियाँ बाहरवीं के बाद वाणिज्य छोड़कर स्नातक में चली जाती थीं। किरण को धीरे-धीरे इसकी वजह का पता चला। इनके घरों की औरतें केवल घर सँभालतीं। उन्हें घर से बाहर जाकर काम करने की अनुमति नहीं मिलती थी। कुछ इक्का-दुक्का लड़कियाँ ज़िद्द करके घरवालों को मना पातीं बाक़ी हार मान लेतीं। जो हार मान लेतीं वो लड़कियाँ बाहरवीं कक्षा के बाद वाणिज्य छोड़ होम साइंस, चित्रकला या स्नातक के दूसरे विषय चुन लेतीं।

शुरुआती परिचय के बाद किरण ने लड़कियों से एक सवाल किया कि जीवन में वो आगे क्या करना चाहती हैं?

कुछ लड़कियों ने आगे चलकर 'चार्टर्ड अकाउंटेंट' बनने की इच्छा जताई, कुछ ने अध्यापिका बनने की, तो कुछ को पता नहीं था उन्हें क्या करना है, कुछ ने कहा मौक़ा ही नहीं मिलेगा क्योंकि आख़िरी साल तक पहुँचते-पहुँचते घरवाले उनकी शादी कर चुके होंगे। फिर एक लड़की झिझकते हुए अपनी बारी आने पर खड़ी हुई। उसने अपने दुपट्टे को सँभाला और किरण की ओर देखते हुए बोली, "मैं बहुत पढ़ना चाहती हूँ। तब तक पढ़ती रहना चाहती हूँ जब तक मेरा मन करे। इस पढ़ाई के लिए साथ में कुछ काम करूँगी, कुछ ऐसा काम जो मेरी पढ़ाई के

ख़र्चे को चला पाए। और फिर एक दिन मैं अपनी बस्ती में एक स्कूल भी खोलना चाहती हूँ ताकि मेरी बस्ती की लड़कियों को पढ़ने के लिए दूर ना जाना पड़े।"

पीछे के बेंच पर बैठी कुछ लड़कियाँ हँस पड़ीं। वो लड़की झिझककर अपनी बेंच पर बैठ गई। किरण ने उस लड़की को पहचाना। ये वही लड़की थी जो उस दिन फ़ॉर्म जमा करने आई थी।

उस दिन के बाद किरण ने कई बार उस फ़ॉर्म वाली लड़की को कॉलेज में देखा। ज़्यादातर वो लाइब्रेरी के एक कोने में बैठी पढ़ रही होती। जिस तरह की पत्रिकाएँ और किताबें वो पढ़ती, वो किरण का ध्यान खींचती थीं। एक दिन जब वो लड़की लाइब्रेरी में बैठी पढ़ रही थी, लड़की ने आँख उठाकर किरण की ओर देखा, किरण ने उसे इशारे से बुलाया। लड़की थोड़ा-सा घबरा गई थी।

"क्या नाम है तुम्हारा?"

"मैडम, गीता।"

"किस विषय में कम्पार्टमेंट है तुम्हारी?"

"गणित में।"

"तुमने वाणिज्य पढ़ने का निर्णय आप लिया था या किसी के कहने पर यह विषय चुना था?"

"मैंने आप ही चुना था।"

"तुम चाहो तो इस विषय को बदल सकती हो अभी भी?"

"नहीं मुझे इस विषय को बदलना नहीं है।"

किरण कुछ देर उसके चेहरे के भाव पढ़ती रही।

गीता ने कॉलेज के 'नोटिस बोर्ड' पर कविता-पाठ प्रतियोगिता के बारे में पढ़ा। सबसे नीचे लिखा था कि भाग लेने के लिए किरण या सहगल जी को अपनी कविता के साथ सम्पर्क करें। कुछ पल वो वहीं खड़ी सोचती रही, फिर आगे बढ़ गई।

किरण ने गीता को कल गणित की किताब लेकर 'स्टडी रूम' में आने के लिए कहा था। गीता 'स्टडी रूम' की ओर चल पड़ी।

"आज सचमुच बहुत बुरा लगा जिस तरह लड़कियों ने सभागार में 'हूटिंग' की। इतने बड़े शास्त्रीय संगीत के कलाकार आए और इन लड़कियों ने सभागार में जो किया बहुत बुरा सन्देश गया।"

आज 'स्टॉफ़ रूम' में चर्चा का विषय यही था। श्रीमती सिंघल जो कि संगीत पढ़ाती हैं ने किरण की ओर इशारा करते हुए कहा, "ये सब 'साइंस' और 'कॉमर्स' के विद्यार्थी ही होते हैं जो कलाकारों के प्रति ऐसा रवैया रखते हैं।"

जब भी कॉलेज में कोई शास्त्रीय संगीत का कार्यक्रम होता ऐसा आम ही देखने को मिलता था कि सभागार में लड़कियाँ कम होतीं। पिछली बार प्राध्यापक ने ऐसे ही किसी कार्यक्रम के बाद 'नोटिस बोर्ड' पर प्राध्यापक का आदेश लगवाया गया था कि ऐसे सभी कार्यक्रम में उपस्थित होना सब विषय के विद्यार्थियों के लिए अनिवार्य होगा। तब से लड़कियाँ, जिन्हें ज़बरदस्ती वहाँ बिठाया जाता वे कार्यक्रम में कई बार 'हल्ला' करती पाई गईं।

"जब ये लड़कियाँ शास्त्रीय संगीत नहीं सुनना चाहतीं तो उनको ज़बरदस्ती वहाँ भेजना भी ग़लत है। इन कलाओं की क़द्र वही कर सकता है जिसे इन कलाओं की पर्याप्त जानकारी दी जाए। हम बच्चों को सब तरह की कलाओं की जानकारी अगर दें तब शायद उनमें से कई इन्हें सुनना पसन्द करें। और मैं ऐसे बहुत लेखकों को जानती हूँ जिनकी पृष्ठभूमि 'साइंस' और 'कॉमर्स' जैसे विषयों में है और वे अच्छे लेखक हैं।"

किरण ने अपना पक्ष रखा। पर इस चर्चा के बहाने उसे अपने महिला कॉलेज की याद हो आई। कॉलेज भी स्कूल जैसा लगता था। लड़कियों के सब कॉलेज में दोपहर के एक निश्चित समय तक गेट बन्द रखे जाते थे ताकि लड़कियाँ जब एक बार कॉलेज में दाख़िल हो जाएँ तब बाहर ना जा पाएँ। हफ़्ते में एक दिन स्कूल की तरह वर्दी पहनना अनिवार्य होता था। लड़कों के कॉलेज में ऐसे कोई नियम नहीं थे जो लड़कियों के कॉलेज में थे। हर छोटे शहर में लगभग यही स्थिति थी। बल्कि इससे भी बुरी।

"मुझे याद है एक बार मेरा एक मित्र मुझे कोई किताब देने मेरे कॉलेज पहुँच गया। वो तय समय से पहले आ गया और मैं गेट के इस पार उसको देख पा रही थी पर मुझे किसी ने बाहर जाने की अनुमति नहीं दी। उस दिन वो मुझे ग़ुस्से में बोला अगर मेरी कोई बेटी हुई तो मैं उसे कभी इस तरह के कॉलेज में पढ़ने नहीं भेजूँगा।"

सहगल जी और अनीता के चेहरे पर मुस्कराहट थी। श्रीमती साधना ने चिढ़कर कहा, "ऐसा कुछ लड़कियों की वजह से करना पड़ता है। ये 'छोटी जाति' के लोग भी अब पढ़ने आने लगे हैं पर इनके संस्कार तो बने नहीं। संस्कार तो घर से बनते हैं।"

किरण कुछ नहीं बोली इसके बाद।

कुछ दिन गीता को पढ़ाने के बाद किरण जान गई थी कि गीता पढ़ने में कमज़ोर नहीं थी। एक दिन उसने गीता की कॉपी में लिखी कुछ पंक्तियाँ पढ़ीं,

"आसमान भी मेरी तरह चुप है
मुझ पर भी एक कोहरा-सा छाया है..."

उस दिन दोपहर में उसने गीता से पूछा "क्या तुम मंच पर कविता पढ़ोगी?" गीता की आँखों में चमक आ गई थी।

पूजा जैन ने अपनी कविता आत्मविश्वास के साथ पढ़ी। सहगल जी ने गर्वपूर्ण नज़रों से किरण को देखा। जैसे ही सहगल जी ने गीता से कविता पढ़ने के लिए कहा, उसकी साँसें तेज़-तेज़ चलने लगीं, माथे पर पसीना बह आया। वो कुछ भी बोल नहीं पाई। किरण ने गीता के सिर पर हाथ रखा और उसे जाने के लिए कहा।

"कॉलेज की प्रतिष्ठा का मामला है" सहगल जी धीमे से बोले।

दोनों लड़कियों को भेज दिया गया तब किरण ने सहगल जी से कहा।

"नारी की महानता और ममता का महिमामंडन करती कविताएँ मुझे पका देती हैं।"

सहगल जी हँस पड़े।

"पूजा का उच्चारण अच्छा है। कविता बदली जा सकती है।"

"तुम मेरी बहन की शादी में क्यों नहीं आई?" सरबजीत ने उलाहना देते हुए पूछा।

"मुझे लड़कियों की शादी में जाना पसन्द नहीं है।"

"क्यों पसन्द नहीं है?"

"लड़कियाँ जब विदा हो जाती हैं, घर में एक मनहूस-सा सन्नाटा छा जाता है।"

सरबजीत की आँखों में बूँदें छलक आईं।

"तुम्हारी दीदी की शादी हो चुकी है न?"

"हाँ" गीता ने धीरे से जवाब दिया।

आज फिर गीता को कविता पढ़नी थी। पूजा और उसके साथ आईं उसकी दो सहेलियाँ गीता को आते देखकर अजीब तरीक़े से हँसने लगीं। गीता जब पास आकर खड़ी हुई, किरण का ध्यान आज फिर उसके पैरों पर गया। उसके पैर की उँगलियाँ जूते के अन्दर सिकुड़ रही थीं और वो बार-बार अपने होंठों पर जीभ घुमा रही थी। किरण ने देखा जैसे ही पूजा ने कविता पढ़नी शुरू की, गीता के माथे पर पसीना बहने लगा।

उसने गीता को बैठने के लिए इशारा किया। गीता को पानी पिलाया गया। उस दिन किरण को पता चल गया था कि गीता को 'पैनिक अटैक' होते थे।

"बेकार मेहनत कर रही हो किरण," जाते-जाते सहगल जी किरण से कह गए।

अगले दिन जब गीता पढ़ने के लिए 'स्टडी रूम' में किरण के पास आई, किरण ने गीता से बातें करना शुरू किया। वो उससे तब तक बातें करती रही जब तक कि गीता उसके साथ कुछ सहज नहीं हो गई। इसी दौरान बातचीत में उसे पता चला उसकी दो बहनें और एक बड़ा भाई था। एक बहन उससे छोटी थी और एक बड़ी। पिता एक फैक्ट्री में काम करते थे।

"तुम्हारी औक़ात नहीं है इस कॉलेज में पढ़ने की!"

गीता के भाई को कॉलेज के पहले ही दिन जब यह सुनना पड़ा था तब उसका पढ़ाई से मन उचट गया था। यही नहीं उसकी ख़राब अंग्रेज़ी और टाट वाले सरकारी स्कूल की पढ़ाई उसे कुंठित करने लगी थी। उसे एहसास हुआ कि 'आरक्षण' से उस कॉलेज में दाख़िला ले लेने-भर से समस्याओं का हल नहीं हो गया था बल्कि ये शुरुआत थी। आख़िर तंग आकर एक दिन उसने पढ़ाई छोड़ दी और पिता के साथ होज़री मिल में काम करने जाने लगा।

इससे पहले कि कोई गीता से कविता पढ़ने के लिए कहता, किरण ने पूजा की सहेलियों को वहाँ से जाने के लिए कह दिया। पूजा अब एक मशहूर साहित्यकार की एक लम्बी कविता याद करके आई थी। सहगल जी ने मुस्कुराते हुए किरण की ओर देखा तब किरण समझ गई थी उनका मतलब। उसने पूजा के नाम पर सहमती दे दी थी।

सहगल जी जब उठकर चले गए तब किरण ने गीता से कहा, "गीता, ये तुम्हारी कविता है और तुम्हें इसे महसूस करते हुए बोलना है। बस!"

उसने गीता से कविता पढ़ने के लिए कहा। गीता ने झिझकते हुए कहा, "मैं कविता याद नहीं कर पा रही हूँ। क्या मैं अपनी कविता पढ़कर बोल सकती हूँ?"

उसने हाथ में एक पन्ना पकड़ रखा था जिस पर कविता लिखी थी। सहगल जी ने उसे कविता पढ़कर ही बोलने के लिए कहा।

उस दिन गीता ने पहली बार सहज होकर कविता पढ़ी। किरण को पता था सहगल जी जानते थे कि कविता में कुछ बात थी। उस दिन वे स्वयं कह रहे थे "आख़िर कितने बच्चे स्वरचित कविता बोलते हैं?"

बात सहगल जी ने ही शुरू की थी। उन्होंने 'स्टॉफ़ रूम' में कम्बोज जी से उनके बच्चे के कॉलेज में दाख़िले के बारे में पूछा था।

"सर नहीं हो पाया।"

"ओह! प्रतिस्पर्धा बहुत बढ़ गई है" सहगल जी ने कहा।

"प्रतिस्पर्धा तो ठीक है पर इन 'आरक्षणवालों' ने भी तो कब्ज़ा कर रखा है हमारे बच्चों की सीटों पर" कम्बोज जी ने ग़ुस्से में कहा था।

किरण को पता था बात यहीं पहुँचेगी। उसके अन्दर कुछ दहकने लगा था।

"सर आपके बच्चे के कितने नम्बर थे?" किरण ने कम्बोज जी से पूछा।

"अस्सी प्रतिशत।"

"और 'कट ऑफ़' क्या रहा?

"पचासी प्रतिशत।"

"तो फिर उसे और मेहनत करनी होगी।"

"पर आरक्षण से आनेवाले बच्चों के साठ प्रतिशत थे और उनको दाख़िला मिल गया।"

"सर आप अनुसूचित जाति से हैं क्या?"

"नहीं-नहीं मैडम" कम्बोज जी उखड़ गए।

"फिर आप उनसे अपना मुक़ाबला क्यों कर रहे हैं। वे वंचित वर्ग के लोग हैं।"

"क्या वंचित वर्ग मैडम। हरामख़ोर हैं। इनकी और कितनी पीढ़ियों को आरक्षण चाहिए?"

"सर सदियों का फ़ासला है, कुछ समय तो लगेगा साथ आने में।"

उसके बाद श्रीमती साधना भी बहस में कूद पड़ीं। कम्बोज जी तो लगभग गाली पर उतर आए। वही-वही बातें—आरक्षण एक भीख है, ये लोग ख़ाली वोट बैंक हैं, इस देश की नाकामी का कारण आरक्षण से भर्ती हुए लोग हैं, आरक्षण से बने डॉक्टर से कितने लोगों की जान को ख़तरा है, कितने पुल गिरते हैं इन आरक्षणवालों की वजह से आदि-आदि...

बहस से स्टॉफ़ रूम गर्म हो गया। और अन्त में वो बहस में एक तरफ़ अकेली ही रह गईं। इस देश में हर बहस 'आरक्षण' पर आकर ख़त्म होती है। पूरा देश 'आरक्षण' का मारा हुआ है। पड़ोसी शुक्ला जी की बीवी परेशान थी "देखो शहरों में अब कहाँ ये लोग हमारे घरों के पाखाना साफ़ करते हैं। सब हमें ख़ुद ही करना पड़ता है।" स्कूल के मास्टर उसकी सहेली को जो हरियाणा के एक सरकारी स्कूल में पढ़ाती थी, कहते थे "बेटी इन छोटी जातवालों को ज़्यादा मत पढ़ाया कर। बड़े होकर हमारे ही बच्चों के लिए मुश्किल बनेंगे।"

किरण को सब लोगों का कम्बोज जी के पक्ष में बोलना उतना नहीं खला था जितना सहगल जी का चुप लगा जाना। चुप्पियों की राजनीति!

"समय अब बदल चुका है। हमारे बाप-दादाओं की ग़लती की सज़ा हमारे बच्चे क्यों भुगतें?" कम्बोज जी ने सबका समर्थन मिल जाने के बाद कहा।

"समय इतना भी नहीं बदला कम्बोज जी। कॉलेज में मेरा पहला दिन था और आपका मुझसे पहला सवाल था, "आपकी कास्ट क्या है?"...आप क्यों जानना चाहते थे मेरी जाति?..जब जाति का कोई महत्त्व नहीं रहा तब हम क्यों अभी तक अपनी जातिओं में शादी करते हैं? क्यों हम अपनी जाति के लोगों को नौकरी पर रखते हैं?"

किरण ने एक ठंडी साँस ली।

"कॉलेज के पहले ही दिन आपका 'मेरी जाति क्या है' पूछना मुझे काफ़ी निराश कर गया था। सोच रही थी इस सवाल को मेरी शैक्षणिक योग्यता क्या है

होना चाहिए था। मैं आज बता देती हूँ मेरी जाति क्या है कम्बोज जी। मैं उसी जाति से हूँ जिसे अभी आप 'हरामख़ोर' कहकर सम्बोधित कर रहे थे।"

श्रीमती साधना हकलाईं..."आ...आ...आप तो नहीं हो सकतीं।"

"क्यों नहीं हो सकती? क्योंकि मैं आपके बराबर आ बैठी हूँ?"

'स्टॉफ़ रूम' में शमशान-सा सन्नाटा छा गया।

उस शाम किरण अपने कमरे में कम रोशनी में अकेली बैठी थी। जब भी उसका मन ठीक ना होता, वो अपने कमरे में अपनी पसन्द का संगीत सुनती या किताब पढ़ती। पर 'स्टॉफ़ रूम' में हुई बहसों का शोर अभी भी उसके अन्दर हाहाकार मचाए हुए था।

उसे कॉलेज के दिन याद आए। जब दूसरी लड़कियाँ लड़कों की बातें करतीं, लड़कों के ख़याल में गुम रहती थीं, किरण अख़बार और किताबों में डूबी रहती थी। जिन दिनों लड़कियाँ नए फैशन के सूट सिला रही थीं, किरण अपने सरकारी स्कूल की पढ़ाई की कमियाँ दूर करने में लगी रहती थी। जिन दिनों लड़कियाँ नए-नए शहर, पहाड़ी इलाक़े घूमने जाती थीं, वो लाइब्रेरी की ख़ाक छानती घूमती थी। जिन दिनों लड़कियाँ ब्यूटी पारलर जाकर अपने बाल सीधे करवाने में लगी थीं, किरण अंग्रेज़ी भाषा को सीखने में लगी थी ताकि पंजाबी माध्यमवाली स्कूल की पढ़ाई के ठप्पे से पीछा छुड़ा पाए। जब लड़कियाँ अपनी शादी की तैयारियों में व्यस्त थीं, किरण अपने पैरों पर खड़े होने की जद्दोजहद में लगी थी। 'आरक्षण की सीट' ने उसे इतना झिलाया था कि हर समय उसे लगता उसे सारी दुनिया को कुछ साबित करना है।

और जल्दी ही एक नौकरी पा लेने के बाद उसे प्रेम हो गया था। किरण का 'पहला प्यार' जो शादी तक पहुँच जाने के पहले टूट गया था। वो एक ब्राह्मण परिवार से था, उसने कहा था, "बुरा मत मानना। अब देखो मेरे घरवाले जब एक 'छोटी जाति' की लड़की को बहू स्वीकार कर रहे हैं तो तुम्हारे माँ-बाप को भी उनकी कुछ शर्तें माननी होंगी।"

एक सवाल उसके ज़हन में बार-बार उठ रहा था। आज तक क्यों उसमें इतनी हिम्मत नहीं आ पाई थी कि वो कॉलेज में अपनी जाति बता पाती? क्यों इस सवाल को वो टालती रही थी?

उसे अपने मामा के बेटे की बात याद आई जो उसने कही थी जब उसने अपनी नई नौकरी शुरू की थी, "यह कोई सरकारी नौकरी नहीं है। निजी क्षेत्र में काम करते हुए तम्हें बहुत ख़याल रखना होगा। अगर तुम हर जगह अपनी जाति बताती रहोगी, ये ब्राह्मण और बनिया लोग तुम्हें कभी आगे नहीं बढ़ने देंगे। सफल होना है तो अपनी जाति छुपाओ।"

गीता ने उसके अन्दर ऐसा क्या बदल दिया था कि अब और वो उस कॉलेज में अपनी जाति छुपाकर नहीं रखना चाहती थी?

गजब दिन था वो भी। लड़कियों में उत्साह था। निर्णायक मंडल में एक जाने-माने साहित्यकार भी थे। सहगल जी मंच के सामने कुर्सियों की दूसरी क़तार में बैठे थे। किरण भी उनके साथ बैठी थी। श्रीमती साधना शर्मा के साथ कॉलेज के कई अध्यापक मौजूद थे।

सहगल जी उस दिन 'स्टॉफ़ रूम' में हुई चर्चा के बाद जैसे किरण से आँखें नहीं मिला पाते थे। आज कार्यक्रम शुरू होने से पहले किरण के पास आए और कुछ देर जैसे शब्द ढूँढ़ते रहे।

"आप सही कहती थीं कि किताबें भी हमारी सोच पर पड़े पर्दों को नहीं उतार पाती कई बार। मैं गीता के बारे में ग़लत था।"

लड़कियाँ बड़ी-बड़ी कविताएँ याद करके आई थीं और उन कविताओं को बहुत आत्मविश्वास के साथ मंच पर बोल रही थीं। आख़िरकार गीता का नाम बोला गया। वो हलके गुलाबी रंग का सलवार-सूट पहनकर आई थी और उसके बाल लम्बी चोटी में गुँथे हुए थे। वो मंच पर जा खड़ी हुई। अभी दो दिन पहले पता चला गीता ने गणित की परीक्षा पचपन प्रतिशत अंकों से पास कर ली थी। एक पल के लिए किरण के ज़हन में वही समय उभर आया जब गीता काँपते हाथों से फ़ॉर्म जमा करने आई थी।

गीता ने जब शुरुआती सम्बोधनों के साथ अपनी स्वरचित कविता का शीर्षक 'पहचान' बताया, अभी तक एक भी लड़की ने स्वरचित कविता नहीं पढ़ी थी। गीता ने कविता पढ़ना शुरू किया।

उसने दुनिया को जब
अपनी निगाह से देखना शुरू किया था

उसे लगा था
दुख से गहरा कुछ न होगा दुनिया में
और ग़रीबी से बड़ी कोई मार ना होगी
पर ज्ञान का सूरज उगेगा जब देश में
फिर बीच में कोई दीवार न होगी
लेकिन दुनिया की अलग थी हक़ीक़त
दुख से ज़्यादा मारक थी नफ़रत
किसी का अपना पूरा शहर था
किसी के हिस्से सदियों का सफ़र था
मेरी माँ के हाथों में कालिख लिखी थी
मेरे पिता के तन पे किसी और की मिट्टी थी
हिस्से में हमारे कोई खेत नहीं था
हमारे नाम का तो कोई देश नहीं था
अपने होने से ज़्यादा पहचान ज़रूरी थी
हमारे बीच अभी सदियों की दूरी थी।

सभागार तालियों से गूँज उठा। उस कविता को सुनने के बाद किसी के भी कानों में कुछ और नहीं जा रहा था।

माँ डरती है

यह एक बड़ा शहर है। महँगे बाज़ार, ऊँची इमारतें, बहुत-सी गाड़ियाँ और महँगाई! बड़े शहरों की सरहदों पर कुकुरमुत्तों की तरह बिछी होती हैं यह बस्तियाँ। इन बस्तियों में रहनेवाले लोग न गाँववासी हैं, न शहरवासी। ये लोग हैं बस्तियों में रहनेवाले आम लोग। इस शहर की सरहद पर बसी एक बस्ती के एक छोटे से घर में माँ रहती है। शमशान घाट के पास कुछ घर बने हुए हैं। इन्हीं घरों में उसका भी एक कमरे वाला छोटा-सा घर है। छोटा-सा आँगन है। चाहरदीवारी नहीं है। माँ आँगन में लगे पेड़ के नीचे चारपाई पर बैठी है। चाहरदीवारी न होने के कारण वहीं आँगन में बैठे-बैठे गली के अन्त तक देखा जा सकता है। माँ की नज़र बार-बार घूमती, गली के अन्त तक हो आती फिर निराश होकर उसी तरह वापस लौट आती। गर्मियों की इस नीरस दोपहर को और भयानक बना रहा है सुनसान गली का सन्नाटा। कोई भी बाहर दिखाई नहीं देता। उसकी बेचैनी बढ़ने लगी। वो उठकर बाहर गली में आकर खड़ी हो गई और फिर देखने लगी गली के अन्त में। वहाँ कोई नहीं है। उसकी नज़र को उम्मीद है कि गली के अन्त में जसबीर साइकिल पर सवार आ रही है। खड़ी-खड़ी वो पसीने से तर हो गई। वापस मुड़ी थी कि तभी पास के मकान के दरवाज़े में खड़ी पड़ोसन की आवाज़ उसके कानों में पड़ी, “क्या हुआ, तुम यहाँ खड़ी हो?”

माँ ने अन्दर की खीज को ज़ाहिर न करते हुए कहा, “कुछ नहीं। टिंकू अपने मामा के घर गया था, अभी तक नहीं लौटा।”

माँ ने बड़ी सफ़ाई से झूठ बोला, पर वो अगला वार करना नहीं भूली, “जसबीर आ गई क्या?”

“नहीं, आज उसे ज़रा देर से आना था, बताकर गई थी।”

माँ फिर जाकर चारपाई पर बैठ गई। सामने शमशान घाट दिखाई देता है। एक क्रूर-सी चुप्पी है, सुनसान है। उसे झुरझुरी-सी हुई। आज जसबीर को लौटने में बड़ी देर हो गई है। सच तो यह है कि वो आज कुछ बताकर भी नहीं गई कि देर से लौटेगी। माँ ने उसके लिए कब का खाना बनाकर रखा हुआ है।

ज़िम्मेदारियों से बँधी हुई दिनचर्या है जसबीर की। बी.ए. फ़ाइनल की परीक्षा देकर भी उसे घर बैठना नसीब नहीं है। कॉलेज दूसरों के लिए बन्द है, पर उसे फिर भी जाना पड़ता है। जसबीर जूडो की कोच है। कॉलेज की तरफ़ से बहुत सी प्रतियोगिताओं में खेली है और बहुत से इनाम जीते हैं उसने। अब पढ़ाई के साथ-साथ एक स्कूल में कोच भी है।

माँ ने अन्दर जाकर दुबारा घड़ी देखी। चार बजने को है। उसने सोचा, पाँच बजे तो उसे ट्युशन पढ़ाने दूसरी जगह जाना है। माँ को याद आया, जसबीर ने किस तरह ज़िद करके, कभी समझाकर माँ, पापा और भाई को राज़ी किया था ट्युशन पढ़ाने के लिए। रोज़गार की तलाश और बच्चों को पढ़ाने की ख़ातिर वे लोग गाँव से शहर आए थे। वैसे भी दलितों के लिए गाँव में क्या रखा था? ना किसी के पास अपनी ज़मीन थी कि खेती करके पेट पाल लें, ऊपर से दूसरों के खेतों में काम करके ख़ाली दानों का जुगाड़ होता था। बच्चों की पढ़ाई, बीमारी आदि का ख़र्च उठाना मुश्किल होता था। टिंकू अभी स्कूल में ही पढ़ता है। पिता ने यहाँ आकर हौज़री के कारख़ाने में मशीन चलाने का काम कर लिया। घर का ख़र्चा कितनी मुश्किल से चलता है, इसका एहसास जसबीर को था। एक दिन उसे दो लड़कों को इक्नोमिक्स पढ़ाने का प्रस्ताव आया। जसबीर किसी भी तरह इसके लिए माँ-पापा को तैयार कर लेना चाहती थी। सबसे बड़ी दो ही बाधाएँ थीं। पहला, ट्युशन लड़कों को पढ़ानी थी। दूसरा, ट्युशन बस्ती के पास लगते एक छोटे से गाँव में उनके घर जाकर पढ़ानी थी। पर फिर भी बहुत समझाकर आख़िर उसने अपने माँ-पापा को राज़ी कर ही लिया था। उन लड़कों के पिता ख़ुद आकर जसबीर के माँ-बाप को आश्वस्त करके गए थे।

इस तरह रोज़ शाम पढ़ाने साइकिल से जाने लगी जसबीर। आस-पड़ोस का माहौल लड़कियों के लिए बेहद घुटन भरा था। हर कोई एक-दूसरे के जीवन में दख़ल देता था। छोटे कस्बों में हर किसी की बेटी पर नज़र रखी जाती। लड़कियाँ इतने बन्द माहौल में पाली जातीं कि आत्मविश्वास की कमी उनमें जीवन-भर के लिए रह जाती। जसबीर को अपनी निजी ज़िन्दगी में किसी का दख़ल पसन्द नहीं।

हैरत की बात थी कि यह लोग कभी पूछने नहीं आते कि आपका लड़का कहाँ गया और कब आएगा? इन्हें बर्दाश्त नहीं कि कोई लड़की इस तरह निर्भीक होकर पढ़ती है। आत्मनिर्भर बनने की कोशिश करती है। एक दिन जसबीर को कुरेदकर पूछनेवाली एक औरत को उसने बुरी तरह डाँट दिया था। तब से यह लोग और भी जलते हैं। जसबीर को इन औरतों की परवाह नहीं थी पर कभी-कभी उसे इन औरतों पर तरस आती। इनका दोष इन्हें अज्ञान बनाकर रखा जाना है। शिक्षा से दूर रखा जाना है। बचपन से घर-परिवार, चूल्हा-चौका, पति-बच्चे सँभालना ही उनका मक़सद है ये इनकी ट्रेनिंग में शामिल रहा। इनकी दुनिया यहीं से शुरू और यहीं पर ख़त्म होती थी।

माँ अगर कभी 'लोग क्या कहेंगे' वाली कोई बात करती तो जसबीर कहा करती है, "माँ तुम यह बातें सोचना छोड़ दो कि चिड़िया क्या कहेगी, कौवा क्या कहेगा।"

उसकी यह बात याद करके माँ के होंठों पर हँसी फैल गई। पर माँ क्या करे? जसबीर घर में रहती ही कितना है और बच्चों का पिता अपने काम पर चला जाता है। लड़का अपने दोस्तों में मस्त रहता है। रह जाती है अकेली माँ। उसे तो आख़िर इन्ही लोगों में रहना है। जसबीर के मन में बहुत रोष भरा रहता है इन लोगों के लिए। माँ को याद आ रही है जसबीर की कही बातें—"माँ तुम किन लोगों की परवाह करती हो? किन लोगों से शर्म करना चाहती हो? यह सब नंगे हैं! यह कुंठाओं के शिकार लोग हैं। इनका न अपना कुछ बना है न ये दूसरों का बनने देना चाहते हैं। वो अपने मुहल्ले की बबली तुम्हें याद है। बबली जब स्कूल में पढ़ती थी, जब वो दो ऊँची बेढंगी चोटियाँ बनाकर, ऊँची सलवार बाँधकर, सिर झुकाकर चलती थी, तब यह मोहल्ले की जजें (जो तय करती हैं कौन सी लड़की शरीफ़ है और कौन ख़राब) को नमस्ते करने के लिए सिर उठाती थी, उस बबली को मोहल्लेवाले 'बहुत शरीफ़ लड़की है' कहते थे और वही बबली जब कॉलेज जाने लगी थी, जब उसने इस बस्ती के बाहर क़दम रखा था, जब उसे पहनने-ओढ़ने का शऊर आ गया था, वो ख़ुद को सँवारना सीख गई, गली में सिर उठाकर चलना सीख गई, तब वही बबली इनके लिए बिगड़ गई थी। यह लोग अपने लड़कों को उसके पीछे भेजते थे देखने के लिए कि वो कहाँ-कहाँ जाती थी। कॉलेज के बहाने कहीं और तो नहीं जा रही। ताकि एक अच्छा-ख़ासा स्कैंडल बना के उसे घर बैठने पर मजबूर किया जा सके। मैं गली में खड़े चार

वाहियात लड़कों को देखकर नज़र नीचे नहीं करूँगी। मैं इनसे नहीं डरती।"

फिर भी माँ आज जसबीर को पूरा सहयोग करती है। लोगों की बातों का जवाब भी देती है और उसका हौसला भी बढ़ाती है। क्योंकि वह चाहती है उसकी बेटी अपने पैरों पर खड़ी हो। माँ को हैरत होती है कि वह अपने दिनों में अपने अधिकारों के लिए न घरवालों से लड़ पाई, न बाहर वालों से। उसमें शायद इतनी हिम्मत ही नहीं थी। पर आज अपनी बेटी के लिए वो किस तरह डटकर खड़ी हो गई है। माँ ने एक कष्ट भरी ज़िन्दगी जी है। पति के मुक़ाबले वो बिलकुल अनपढ़ थी। तमाम उम्र अपने-आपको दूसरों पर बोझ की तरह महसूस करती रही। माँ चाहती है जसबीर काम करे, तब ही उसकी शादी हो। कोई भी माँ की ख़ुशी का अनुमान नहीं लगा सकता जब जसबीर को कॉलेज में सम्मान मिलता है, वो जीतकर आती है कविता, ड्रामा, जूडो-कराटे की प्रतियोगिताएँ!

पर चिन्ता का यह कैसा ज़हर है जो उसकी रग-रग में दौड़ने लगा है? उसे रह-रहकर पसीना आ रहा है। धड़कन बढ़ने लगी है। अपने-आपको सहज करने के लिए वो ख़ुद को दिलासा देने लगी, "भला मैं इतना क्यों डर रही हूँ? उसे देरी हो जाने के कई कारण हो सकते हैं। ख़ुद जसबीर मुझे सौ बार कह चुकी है कि अगर उसे देर हो जाए तो मैं चिन्ता न किया करूँ।" इस सोच से उसे ज़रा सी राहत मिली।

अपने डर को टटोलने के बाद वो इस नतीज़े पर पहुँची कि उसका डर एक घटना के साथ जुड़ा हुआ है। ये ऐसी घटना थी जिसके कारण सब जसबीर की प्रशंसा करते हैं। जिस घटना की ख़बर अख़बार ने भी छापी थी। वह ख़ुद भी इस घटना के बाद अपनी बेटी पर गर्व महसूस करती है। फिर भी डर है कि माँ को जब-तब घेर लेता था।

आज से चार-पाँच महीने पहले की बात है। जसबीर कॉलेज से घर वापस आ रही थी। शहर के सबसे सुन्दर और शान्त जगह पर है जसबीर का कॉलेज। सिविल लाइंस में से निकलते हुए उस पर एक अजीब-सा उन्माद छाने लगता। साफ़ चौड़ी सड़कों पर कहीं कोई गड्ढा दिखाई नहीं देता। अगर कहीं गड्ढा दिखाई देता भी है तो कुछ ही दिनों में सड़क फिर समतल कर दी जाती है। लोग वहाँ तेज़ रफ़्तार से चलते हैं। फिर भी यहाँ कोई ख़तरा नहीं। उसको इन सड़कों पर तेज़ साइकिल चलाना अच्छा लगता है। सबसे ज़्यादा अच्छा उसे यह लगता है कि इस जगह से गुज़रते हुए उसके साथ बहुत कम छेड़छाड़ की घटनाएँ होती थीं।

इसके बाद शुरू होती है भीड़-भरी तंग सड़कें, बाज़ार और सब्ज़ीमंडी। यहाँ हर कोई ऐसे चलता है जैसे उसे कोई इंटरव्यू देने जाना है और वह लेट हो रहा है या कोई ऐसे काम से जाना है जो उसके बिना सम्भव नहीं। किसी स्कूटर वाले, कारवाले, रिक्शावाले को परवाह नहीं कि उसका वाहन किसी को साइड मारकर जा रहा है या किसी का सन्तुलन ख़राब करके जा रहा है। और अगर वह लड़की है तो साइड मारने में और भी मज़ा आता है। जान-बूझकर नज़दीक से सटकर जाना इनका अधिकार है। इसके कई फ़ायदे होते हैं मसलन शरीर का गुदगुदा स्पर्श भी मिल जाता है या फिर वे अस्त-व्यस्त हो जाती हैं। कई बार उनका दुपट्टा सरक जाता है या उनके चेहरे पर इस अचानक हमले से घबराहट के कई रंग आते-जाते हैं। इन रंगों से खेलना इनका शौक़ है। और ज़्यादातर वे आगे से कुछ कहती भी नहीं हैं। कहती हैं तो कुछ कर नहीं सकतीं और अगर झगड़ा करने पर उतरती हैं तो मुँह से इतनी गन्दी गालियाँ बको कि वे शर्म से पानी हो जाएँ। इससे ज़्यादा कुछ नहीं कर पाती हैं लड़कियाँ।

इस भीड़ भरे बाज़ार की ही तो बात है। जब एक दिन वो कॉलेज जा रही थी। एक स्कूटरवाला उसके पास से अन्धाधुन्ध चलता हुआ सटकर निकल गया। उसे कपड़ा फटने की आवाज़ सुनाई दी। उसने देखा, उसके कमीज़ की पूरी बाज़ू कन्धे तक फट गई है जो उसकी बाँह को पूरा नंगा कर चुकी है। उसने ग़ुस्से से आगे बढ़ गए स्कूटरवाले को देखा। उसे कभी भूल नहीं सकती वो ज़लील और ज़हरीली हँसी। वो अब कुछ नहीं कर सकती थी। वो अब तक बहुत आगे निकल चुका था। उसने अपना आधा दुपट्टा बाँह के ऊपर लपेट लिया और आधा गले में ही रहने दिया। बड़ी मुश्किल से वो कॉलेज पहुँची थी।

कितना अपमानित महसूस किया था उसने! एक बार तो उसे दुनिया की हर शय से नफ़रत-सी हो गई थी। उसके आसपास के लोग कुछ ख़ुश हुए थे, कुछ उसकी नंगी बाँह को देख रहे थे। उसे लगा, सबके चेहरों पर आँखें नहीं काँटे उगे थे।

"हमने ऐसा कौन सा गुनाह किया कि हम यह ज़लालत सहें?" उसके अन्दर ग़ुस्सा-ही-ग़ुस्सा भर गया था।

इस तरह की घटनाओं पर घरवालों या सुननेवालों का जवाब अक्सर यही होता है, "तुमने उसे जूते क्यों नहीं मारे? तुमने उसे थप्पड़ क्यों नहीं मारा?" पर कितनी लड़कियाँ असल में ऐसे लोगों से भिड़ पाती हैं? वो नहीं समझा सकती

उन्हें कि वह किस-किसको जूते से मारे? छोटी बस्तियों से आनेवाली लड़कियाँ, दूर-दराज़, गाँव-देहातों से आनेवाली लड़कियाँ रोज़ न जाने क्या कुछ झेलती हैं। क्या रास्ते-भर वो अपना जूता उतारकर चलें? पर वो चाहती ज़रूर है! चाहती है वो इक्कीसवीं सदी की ओर बढ़ते और कीड़े-मकोड़ों की तरह विचरते इस समाज के मुँह पर थप्पड़ मारना, जिसने अभी तक स्त्री को देह से अलग समझना शुरू नहीं किया।

ख़ैर! उस दिन भी जसबीर इस बाज़ार से बचती-बचाती निकलकर अब अपनी बस्ती की सरहदों पर पहुँचनेवाली थी। उसे लगा कोई स्कूटर उसका पीछा कर रहा है। बहुत धीमी रफ़्तार से स्कूटर उसके पीछे चल रहा है। वो बिलकुल वैसे ही चलती रही जैसे चल रही थी, जैसे कुछ भी नहीं जानती। तभी स्कूटर तेज़ करके आगे निकाल लिया गया। उस पर दो लड़के सवार थे। उसने सोचा चलो राहत मिली पर अब स्कूटर बहुत धीमी रफ़्तार से उसके आगे चलने लगा। फिर कई बार उन्होंने स्कूटर कभी आगे कभी पीछे करके उसे तंग किया। जसबीर को बहुत खीझ उठी, पर वो अच्छी तरह से जानती है इस तरह के लड़कों को। अब अगर वो इन्हें कुछ कहेगी तो यह लोग कहेंगे, "हमने तुम्हें कुछ नहीं कहा। हमने क्या किया? हम तो आराम से जा रहे हैं" और यह सच है कि वे कुछ कह नहीं रहे। कुछ देर यह खेल खेलकर मन बहलाकर वे चले गए।

अब अपनी बस्ती में पहुँच चुकी है वो। खीझ और ग़ुस्से से भरी हुई है। पता नहीं सड़क पर जगह-जगह बने गड्ढों पर कि पुरुष जाति पर! साइकिल चलाते-चलाते अब उसके पैर भी थक गए हैं। तभी पीछे एक साइकिल पर सवार दो लड़के उसके साथ चलने लगे। वो सोच रही है कि मैं इनको नज़रअन्दाज़ कर दूँगी, क्योंकि अब घर आने ही वाला है।

पहले एक बोला, "सोहणेओ की हाल है जी?"

उसने कोई जवाब नहीं दिया।

"बोलोगी नहीं," दूसरा बोला।

अब की बार उसे बहुत ग़ुस्सा आया, फिर भी वो चुप रही। इसके बाद उन लोगों ने एक गन्दी गाली बोलते हुए गन्दा इशारा किया। जसबीर को अपने ग़ुस्से पर क़ाबू नहीं रहा। उसने ग़ुस्से में कहा, "बता ही दूँ तुम्हें?"

वो बेख़ौफ़ बोले थे, "क्या बताएगी?"

जसबीर ने रुककर अपनी साइकिल छोड़ दी, जो ज़मीन पर गिर गई और

उनकी साइकिल को एक ज़ोर के झटके के साथ इस तरह धक्का दिया कि वे दोनों धड़ाम से ज़मीन पर आ गिरे। उस सड़क के साथ-साथ दुकानों की लम्बी क़तार थी, वहाँ पर मौजूद लोगों ने चौंककर उधर देखा। इससे पहले वे लोग सख़्त सड़क पर गिरने से सँभल पाते, जसबीर ने उनको बुरी तरह पटकना शुरू कर दिया। जूडो की खिलाड़ी के भारी वार सह पाना उन लोगों के बस की बात नहीं थी। जसबीर ने उनके पेट पर कई वार किए। अब काफ़ी भीड़ इकट्ठा हो चुकी थी। कुछ दुकानदारों ने उन लड़कों को छुड़ाया। उन दोनों की नाक और मुँह से ख़ून बह रहा था। एक सरदार जी जसबीर से लगातार पूछ रहे थे, "पुत्तर होया की है?" जसबीर ने जब छेड़छाड़वाली बात बताई तो सरदार जी ने एक ज़ोरदार थप्पड़ ख़ुद भी दे मारा लड़कों को। वे दोनों डर गए, रोने लगे और माफ़ी भी माँगने लगे।

वहाँ मौजूद लोगों के मुँह हैरानी से खुले रह गए थे। उन्होंने जसबीर को शाबाशी दी।

उस दिन के बाद यह बात जंगल की आग की तरह उस बस्ती में फ़ैल गई। इस घटना की ख़बर अख़बारों में भी छपी। जसबीर के कॉलेज में भी पहुँची। अध्यापकों ने भी उसकी तारीफ़ की। जसबीर हम सब लड़कियों की नायिका बन गई थी।

अब तो बहुत देर हो गई इस घटना को। पर माँ को आज भी किस बात का डर सताता रहता था? जसबीर के इतनी देर तक घर न लौटने के कारण उसे बुरे ख़याल आते थे। "मैं नकारात्मक ही क्यों सोचती हूँ?" माँ ने अपने-आपसे पूछा। अख़बार की ख़बरें हमारी दिनचर्या का हिस्सा हो गई हैं। हम उन्हें सुनते हैं, पढ़ते हैं, अफ़सोस ज़ाहिर करते हैं और भूल जाते हैं। पर क्या हम सचमुच भुला पाते हैं? जब हमारा कोई अपना बिना सूचना देर तक नहीं लौटता, यही ख़बरें परत-दर-परत हमारे सामने उधड़ने लगती हैं, माँ को डर है कहीं वे लड़के जसबीर से बदला लेने की कोशिश न करें। नहीं, वो ऐसा नहीं कर सकते। उनकी इतनी हिम्मत नहीं हो सकती। वे बहुत डरे हुए थे उस दिन। अब तो शायद वे किसी लड़की को देखने की कभी हिम्मत भी नहीं कर पाएँगे। माँ ने इस ख़याल को झटकने की कोशिश की। वो थककर चारपाई पर बैठ गई। इतने में माँ ने देखा, जसबीर आ रही है।

माँ ने बहुत बेसब्र होकर पूछा, "सब ठीक तो है?"

जसबीर बहुत थकी हुई थी। माँ को एहसास हुआ कि उसने आते ही उससे

सवाल करके भूल कर दी थी। वह अक्सर घर आकर कुछ देर बात नहीं करती। रास्ते में न जाने वो कितना ग़ुस्सा लेकर आती थी।

"ठीक है" उसने थके हुए स्वर में कहा। माँ का चेहरा देखकर उसे तरस आया। माँ उसके लिए पानी लेकर आई थी।

"इतनी देर कैसे हो गई? कम-से-कम बताकर तो जाया करो। तुम्हें नहीं पता क्या हाल हुआ है मेरा। मैं तो तुम लोगों की फ़िक्र करते-करते ही मर जाऊँगी किसी दिन।"

"माँ, मेरे कुछ स्टूडेंट परसों कम्पीटीशन में जा रहे हैं। समय बहुत कम है। उन्हें इसकी सूचना आज ही मिली थी। आज प्रैक्टिस करना ज़रूरी था। मैंने पड़ोसियों के घर फ़ोन मिलाया भी था पर किसी ने फ़ोन उठाया ही नहीं। और मैंने तुम्हें कितनी बार कहा है मुझे देर हो तो चिन्ता मत किया करो। तुम चिन्तित होगी, यह सोचकर मैं भी वहाँ परेशान रही।"

जसबीर ने फिर देखा, माँ का चेहरा मुरझाया हुआ था। वो बहुत बीमार-सी लग रही थी। उसे फिर एक बार उस पर दया आई।

"माँ तुम बैठो यहाँ पर। बताओ, तुम्हें आख़िर क्या हो जाता है? तुम्हें डर क्यों लगता है?"

"बेटी तुम्हें नहीं पता इस दुनिया का। समाज में औरत होना इतना आसान नहीं है। किसी का कुछ पता नहीं, मन में क्या पाले बैठा हो। वे लड़के न जाने किस घर के थे? बैर पड़ने में समय नहीं लगता।"

जसबीर अन्दर तक तड़प उठी।

"अच्छा! तो तुम यह सब सोचती रही हो! माँ सहना किसे कहते हैं तुम्हें तो पता है? इन लड़कों को क्या पता कि कैसा लगता है एक लड़की को जब उस पर फब्तियाँ कसी जाती हैं, गन्दे इशारे किए जाते हैं, गन्दी गालियाँ बकी जाती हैं, उसको ठोकर मारी जाती है, उस पर ज़हरीली हँसी फेंकी जाती है, उसका कपड़ा फाड़ा जाता है, उसके अंगों को छुआ जाता है! क्या हम तमाशा हैं माँ? या चलती फिरती लाशें? आज यह सड़क पर कपड़ा फाड़ते हैं, कल बाज़ार में नंगा करेंगे हमें, तालियाँ बजाएँगे! क्या मैं तमाशा हूँ?"

माँ आश्चर्यचकित और भयभीत जसबीर के फड़कते हुए होंठों को देखती रही!

"ये लोग ऐसे घूरते हैं जैसे असंख्य, गन्दे, लिजलिजे कीड़े मेरे शरीर पर रेंग रहे हों।"

बेटी की बातों को सुनकर माँ के रोंगटे खड़े हो गए।

"मैं घर में क़ैद होना नहीं चाहती। माँ ज़्यादा सोचा मत करो, किसी से डरा भी न करो।"

जसबीर हँसती है, माँ भी।

"अब तुम हाथ-मुँह धो लो। मैं खाना गरम करती हूँ।"

अब माँ उस लड़की से भी डरने-सी लगी है।

इतिहास

मैं किताब की दुकान में खड़ी कुछ किताबें देख रही थी कि कन्धे पर किसी का हाथ महसूस हुआ और कानों में एक जानी-सी आवाज़ पड़ी।

"हैलो!"

मुड़कर देखा तो ऋतु थी।

"हैलो ऋतु कैसी हो?"

"मैं तो वैसी ही हूँ, तुम सुनाओ कैसी हो?"

"बस ठीक हूँ..."

फिर हम एक रेस्तराँ में जाकर बैठ गए।

कॉलेज के दिनों में हम दोनों अच्छी सहेलियाँ होते-होते रह गई थीं। इसके पीछे भी वो घटना थी जिसने मेरे जीवन को बदल दिया था। यह भी सच था कि हमारे परिवारों की आर्थिक स्थितियों में बहुत अन्तर था, उसके और मेरे दोस्तों के दायरे बहुत अलग थे। मेरे दायरे की मेरी सहेलियों ने उसका अच्छा स्वागत किया था पर मेरा जब पहली बार ऋतु की सहेलियों से वास्ता पड़ा था तो उनके सवाल कुछ ऐसे थे, "तुम्हारे नाम के पीछे क्या लगा है?"

"मेरा सरनेम।"

"कभी सुना नहीं" उसने अजीब-सा मुँह बनाकर कहा। ये सवाल अगले सवाल की पृष्ठभूमि था।

"वैसे आपकी कास्ट क्या है?"

"शड्यूल्ड कास्ट"

बहुत सहानुभूति के साथ उसने दूसरी लड़कियों से कहा, "वैसे ये लगती नहीं है।"

मुझे याद है जिस चवन्नी छाप सरकारी स्कूल में मैं पढ़ी थी, वहाँ हमने कभी एक-दूसरे से जाति नहीं पूछी थी, हम एक ही समाज के लोग थे। यहाँ इस शहर के सबसे बड़े सरकारी कॉलेज में आकर सब कुछ वैसा नहीं रह गया था।

हम दोनों कुछ देर तक कॉलेज के दिनों की बातें करती रहीं। कुछ हैरत के साथ मैं सोच रही थी कॉलेज के दिनों के बारे में। कॉलेज का समय मेरे जीवन की महत्त्वपूर्ण पाठशाला साबित हुआ था। रूह को झिंझोड़ देनेवाले दिन, नंगी सचाइयों से आँख मिलाकर देखने के दिन। यह वह समय था जिसने हमें हक़ीक़त के ठोस धरातल पर ला पटका और अपने-आपको टटोलने को मजबूर किया कि हम ज़िन्दा हैं? अगर हैं तो क्या यही जीना है?

बातचीत जैसे अचानक ख़त्म हो गई और हम दोनों चुप हो गईं। कुछ देर में वो चुप्पी अखरने लगी। हम दोनों एक ही बात सोच रही थीं। उसी ने चुप्पी को तोड़ा, "मैं न जाने कब से तुम्हें एक बात कहना चाह रही थी।"

"क्या?" मुझे अन्दाज़ लग गया था पर फिर भी मैंने पूछा।

"यह बात कॉलेज की है, तुम्हें याद होगा, कॉलेज का दूसरा साल था और तुम्हारे साथ एक घटना हुई थी?"

मेरे चेहरे पर व्यंग्यात्मक मुस्कान थी।

"हाँ, मुझे याद है।"

मैं असहज हो जाऊँगी ऐसी कोई परवाह किए बिना उसने कहना शुरू किया।

"तुम्हें याद है जब नीतू ने तुम पर चोरी का इल्ज़ाम लगाया था। उस दिन हम सब लड़कियाँ इसी पर बातें कर रही थीं। वहाँ पर नीतू, पूजा और क्लास की और कई लड़कियाँ भी बैठी थीं। मुझे याद है वहाँ मौजूद सब लड़कियाँ नीतू की बात का समर्थन कर रही थीं। तुम्हें क्या पता है उन लोगों ने किस आधार पर तुम्हें दोषी ठहरा दिया था? यही बात मुझे भीतर से कचोट रही थी कि क्या सिर्फ़ जाति के आधार पर किसी पर ऐसा इल्ज़ाम लगाया जा सकता है? तुम्हें तो पता भी नहीं होगा उन्होंने इस बात को किस तरह फैला दिया था?"

"मुझे सब पता था।"

मेरे चेहरे पर ग़ुस्सा देखकर अब वो मुझे समझाने की तरह कहने लगी, "अच्छा चलो छोड़ो कॉलेज लाइफ़ में ऐसा बहुत कुछ होता है।"

ऋतु को वह घटना कितनी निर्दोष लग रही थी। पर वह घटना इतनी निर्दोष नहीं थी। इस घटना की पृष्ठभूमि थी, इतिहास था।

वो चुप हो गई। मुझे आज भी सब कुछ याद है जब मैं कॉलेज में दाख़िल हुई थी। मैं एक मध्यम वर्गीय परिवार की लड़की, एक ऐसे सरकारी स्कूल में पढ़ी थी जहाँ से सिर्फ़ एक या दो लड़कियाँ ही इस कॉलेज में पहुँच पाती थीं। जहाँ उस बस्ती की अधिकतर लड़कियाँ दसवीं कक्षा के बाद आगे की पढ़ाई जारी ही नहीं रख पाती थीं, वहाँ उस सरकारी कॉलेज में दाख़िला लेना आगे पढ़नेवाली लड़कियों का सपना होता था। मैं भी बहुत बेचैन थी उस कॉलेज में दाख़िला लेने के लिए। यह लड़कियों का कॉलेज था। अमीर घरों की लड़कियों के लिए यह कॉलेज प्रतिष्ठा का चिह्न बन चुका था। यहाँ अमीरी का दिखावा ख़ूब होता था। उनमें से ज़्यादातर लड़कियों को कुछ नहीं करना था जीवन में सिवाय शादी के। ऐसे में उन लड़कियों के बीच हमारी बस्ती की लड़कियाँ एक दिन अपने पैरों पर खड़े होने का सपना लिये 'आरक्षण' से दाख़िल होतीं और ये ताना सुनतीं "आप लोगों का क्या है, कहीं भी दाख़िला मिल जाता है।"

उन्हें एक फ़र्क़ मालूम था कि हम आरक्षणवाले थे। हमें उनसे कम अंक लाकर दाख़िला मिल जाता है। पर क्या उन्हें पता था एक टाटवाले सरकारी स्कूल से पढ़ने और एक कॉन्वेंट स्कूल से पढ़नेवाले बच्चे में क्या अन्तर था? क्या उन्हें नहीं पता था कि उनकी और हमारी पढ़ाई के स्तर में कितना अन्तर था? क्या मेरी बस्ती के लोग अपने बच्चों को महँगी ट्यूशन की सुविधा दे सकते थे? उन्हें नहीं पता था कि कितने सवाल हमारे और उनके बीच खड़े थे? "तुम लोगों का क्या है? तुम लोगों को तो दाख़िला मिल ही जाता है" इस बात से उनकी बात ख़त्म हो जाती है और हमारी कहानी यहीं से शुरू होती है।

कॉलेज का पहला दिन मैं कभी भूल सकूँगी? पन्द्रह साल की भावुक, नादान लड़की! दुनिया की हक़ीक़त से अनजान! जिसने बस्ती के बाहर की दुनिया नहीं देखी थी। जिसने सरकारी स्कूल से आगे कुछ नहीं जाना था। और कॉलेज में उसे मिले मगरूर चेहरे, बेरुखी से भरे लोग और चमक-दमक से भरी कोई दूसरी दुनिया। उसके अन्दर कुछ सिकुड़-सा गया था।

फिर एक दिन जब कक्षा में कोई अध्यापक नहीं था, कुछ लड़कियाँ अन्धाधुन्ध

दाख़िल हुईं। बिलकुल फ़िल्मी दृश्य था। उन्होंने ब्लैकबोर्ड पर लिखा 'वेलकम न्यू कमर्स।' पर उनके चेहरों से नहीं लग रहा था कि वे हमारा स्वागत करेंगी। फिर वे चुन-चुनकर लड़कियों की रैगिंग करने लगीं। उन्होंने अपने ही जैसी लड़कियाँ चुनीं। आधुनिक परिधान में सजी सुन्दर चेहरोंवाली लड़कियाँ। फिर उन्होंने पूजा खन्ना को बुलाया। उसके बालों को कुछ इस तरह बाँधा कि उसका चेहरा देखकर सब लड़कियाँ हँसने लगीं। पूजा आहत थी। "हँसो हँसो सब हँसो...मेरी बेइज़्ज़ती जो हो रही है" उसने लगभग रोते हुए कहा।

मुझे ग़ुस्सा आया और मैं ख़ुद को रोक नहीं पाई। मैंने उनसे कहा, "यह ठीक व्यवहार नहीं है।" उसके बाद तो जैसे मुझ पर पहाड़-सा टूट पड़ा। मैं अकेली रह गई। कोई मेरे लिए नहीं बोला। मेरा जितना हो सकता था मज़ाक़ उड़ाया गया। तब तक जब तक कि मैं रोने-सी ना हो गई।

बहस करते-करते अचानक वे लड़कियाँ मेरे ऊपर अपना दबाव बनाने के लिए इतना क़रीब आ गईं कि उनमें से एक ने मेरे हाथ पर हाथ रख दिया जिसे मैंने झटके से हटा दिया। उसने मुझ पर व्यंग कसा, "ऐसे हाथ क्यों झटका मेरा? आई एम नॉट अ सेड्यूल्ड कास्ट।"

मैं बस देखती रह गई। एक कसक दिल में आज भी है। मुझे इतना धक्का लगा था कि मैं कुछ कह नहीं पाई। मेरा दिल तब टूट गया जब ख़ुद पूजा ने भी एक बार मेरे पास आना ज़रूरी नहीं समझा।

कुछ दिनों बाद मैंने कॉलेज के नोटिस बोर्ड पर कॉलेज की प्रिंसिपल की ओर से नोट लगा देखा, "रैगिंग इज़ स्ट्रिक्टली प्रोहिबिटेड।"

वह तो कॉलेज के पहले दिन की घटना थी। पर उस कॉलेज में मेरा कोई भी दिन आसान न था। उसके बाद एक सिलसिला-सा शुरू हो गया उपेक्षित होने का। ऐसा करके उन्होंने दिखा दिया हमारे बीच सदियों के फ़ासले हैं। कि जाति से अलग हमारी कोई पहचान नहीं है। पर भविष्य में इसी उपेक्षा ने हमें आग दी थी कुछ कर गुज़रने की। हमारे संघर्ष और तेज़ हो गए थे। यह भी सच था कि अगर हम आरक्षण से यहाँ नहीं पहुँचे होते तो आज हम जो हैं वे नहीं होते। हम अपनी बस्ती के ही राजा होते। यहाँ आने से हमारे संघर्षों को तेज़ी मिली। मुझे आज भी याद आती हैं मेरी बस्ती की लड़कियाँ। साइकिल से दूर कॉलेज पढ़ने जाती एक साथ निकलती, अकेले निकलती लड़कियाँ। इनमें से कुछ लड़कियों को तो घर से कोई प्रोत्साहन भी नहीं मिलता था पढ़ने के लिए। अपनी मुश्किलें

भी वो किसी से कह न पातीं। घरवाले ख़ुद ही इतनी दयनीय हालत झेल रहे होते थे कि उन लड़कियों को आगे बस शादी ही दिखती थी जिसके बाद सारे रास्ते लगभग बन्द हो जाते थे।

ठीक एक साल बाद घटी थी ये घटना जिसकी याद ऋतु मुझे दिला चुकी थी और भूल जाने को कह रही थी। भूल जाना मेरे लिए इतना आसान नहीं था। वो ऐसे ज़ख़्म थे जो मैंने अपनी आत्मा पर झेले थे। एक दिन कॉलेज में हम सबको सौ रुपये लाने को कहा गया था। यह बिल्डिंग फंड के लिए डोनेशन माँगा गया था। हमारी क्लास की तक़रीबन सभी लड़कियाँ दूसरे दिन सौ रुपये लेकर आईं। श्रीमती जोशी का लेक्चर चल रहा था। तभी क्लास की एक लड़की नीतू अग्रवाल ने श्रीमती जोशी को बताया कि उसका सौ रुपये का नोट चोरी हो गया था। उसने यह भी कहा कि उसे अपने नोट की पहचान है और वो बाक़ी लड़कियों के नोट को देखना चाहती है। श्रीमती जोशी ने इजाज़त दे दी। उन लड़कियों को खड़ा होने को बोला गया जिनके पास सौ का नोट था। मैं भी उनमें से एक थी। मैं भी खड़ी हो गई। मेरे अलावा पाँच और लड़कियों के पास सौ का नोट था। उसने बारी-बारी सबके नोट जाँचे। मेरे ज़ेहन में यह चल रहा था कि कैसे उसे अपने नोट की पहचान रही होगी। क्या उसे पता था कि उसका नोट गुम हो जाने वाला था?

उसके बाद नीतू ने श्रीमती जोशी से कुछ कहा और अपनी सीट पर जा बैठी थी। श्रीमती जोशी का लेक्चर ख़त्म हो गया था। क्लास की कुछ लड़कियाँ मुझे देख रही थीं और आपस में कुछ धीरे-धीरे बतिया रही थीं। तभी नीतू और पूजा मेरे आस आईं और कहने लगीं हमारे साथ क्लास के बाहर आओ। मैं उनके साथ बाहर चली गई। उसने मुझसे कहना शुरू किया—

"अगर तुमने मेरा सौ का नोट चुराया है तो चुपचाप वापस कर दो, हम तुम्हें कुछ नहीं कहेंगे। अगर तुमने हमारी बात नहीं मानी तो तुम्हारी बहुत बेइज्ज़ती हो सकती है।"

ऐसा लगा कोई पहाड़ मुझ पर टूट पड़ा हो। मैं पहले सकपकाई और फिर मेरा ग़ुस्सा ज्वालामुखी-सा फूट पड़ा।

"तुम्हारी हिम्मत कैसे हुई मुझ पर इल्ज़ाम लगाने की?"

मेरा ग़ुस्से से लाल चेहरा देखकर वे दोनों बिना कुछ कहे वहाँ से चली गईं। ग़ुस्सा कुछ शान्त हुआ तो मुझे एहसास हुआ कि क्लास में सौ का नोट लेकर आई और कहने पर खड़ी होनेवाली हम छह लड़कियों में से केवल मैं ही अनुसूचित जाति से थी। कहानी मेरी समझ में आ गई थी। मैं क्लास में वापस आई तो हर लड़की की नज़रें मुझे घूर रही थीं। इतनी सारी ख़ामोशियाँ चीख़ रही थीं...चोर... चोर...चोर...मुझे नहीं पता मुझे क्या हुआ। मेरी आँखों से आँसू टप-टप बहने लगे और मैं क्लास से, कॉलेज से बाहर चली गई।

पापा दुखी हुए। मैं फिर कभी उस कॉलेज में, उस क्लास में, उन घूरती बर्बर आँखों के बीच दुबारा जाना नहीं चाहती थी। मुझमें उस झूठे इल्ज़ाम और उन घूरती आँखों का सामना करने की हिम्मत नहीं थी। अपमान के कारण ग़ुस्सा लावे-सा फूट रहा था। मेरे अन्दर एक बहस छिड़ी हुई थी। आख़िर क्या सोचकर केवल मुझ पर ही इल्ज़ाम लगाया गया था? इसलिए कि बाक़ी की पाँच लड़कियाँ तो सवर्ण जाति की थीं, अमीर परिवारों की औलादें थीं? और दूसरी तरफ़ मैं 'आरक्षण' से आनेवाली। गन्दी बस्तियों में रहनेवाले हम लोग इनकी नज़र में हीन थे।

कुछ सालों बाद मैंने एक घटना के बारे में सुना था। एक बड़े उद्योगपति की बेटी कॉलेज के अन्दर बनी स्टेशनरी की दुकान पर बैठे बूढ़े का सामान चुराती पकड़ी गई थी। वो ऐसा शरारत में करती थी।

अगले दिन पापा ने एक पत्र श्रीमती जोशी के नाम लिखा। पापा ने पत्र में लिखा कि मेरी बेटी पर झूठा इल्ज़ाम लगाया गया है और इससे वो बहुत आहत हुई है। आपसे निवेदन है कि आप उस लड़की को मेरी बेटी से माफ़ी माँगने के लिए कहें।

मैंने सबसे पहले नीतू से मुझसे माफ़ी माँगने के लिए कहा। नीतू ने तनकर कहा, "मैं माफ़ी नहीं माँगूँगी।" मैंने उसे बताया कि फिर मुझे यही बात श्रीमती जोशी को कहनी होगी। उसने कोई परवाह ना की। मैंने वह पत्र श्रीमती जोशी को उनके लेक्चर में दिया। श्रीमती जोशी ने पत्र पढ़कर मुझे सिर से पाँव तक घूरा। फिर पत्र मुझे देती हुई बोलीं, "आई कांट डू दिस। हाउ योर फादर डेयर्ड टू राईट मी दिस लैटर?"

मुझे और पापा को धक्का लगा। हमें ये अहसास हो गया था कि जाति का भेदभाव समाज के सबसे शिक्षित, सुसंस्कृत समझे जानेवाले प्रबुद्ध बुद्धिजीवी समाज में कहीं अधिक होता है। पापा ने मुझे इस कॉलेज को छोड़कर किसी और

कॉलेज में पढ़ाने तक सोच डाला। पर मुझे पता था इस देश में हम जहाँ भी जाएँगे यही दुनिया हमें मिलेगी, यही संघर्ष हमारे हिस्से आएगा।

ऋतु मुझे बता रही थी कि उसकी शादी एक बिजनेसमैन से तय हो गई है। उसे लगा मैं कुछ और सोच रही थी। उसने पूछा, "तुम कहाँ चली गई थी?"

"इतिहास में"

"किसके?"

मैंने बात टाल दी।

पगडंडियाँ

आज माला की आँख सुबह चार बजे खुल गई और दुबारा उसे नींद नहीं आई। सुबह चार बजे का समय भी अजीब होता है। ना रात ख़त्म हुई होती है ना दिन शुरू। वो पाँच बजने का इन्तज़ार कर रही थी कि उसे भूख महसूस हुई। उसे याद आया रात का खाना भी वो अच्छी तरह नहीं खा पाई थी। माला ने कभी बिना सुबह की पूजा किए अन्न मुँह में नहीं डाला था। उसने बिस्तर छोड़ दिया, दिन को आज पाँच की बजाय चार बजे शुरू कर लिया।

आज उसके बेटे का प्रवेश परीक्षा का नतीज़ा आनेवाला है। उसने कोई व्रत नहीं छोड़ा अपने बेटे के लिए। उसकी जेठानी के दोनों बेटे कम्प्यूटर इंजीनियर हो चुके हैं। बड़ावाला तो इंजीनियर बन के, फिर देश के सबसे बड़े मैनेजमेंट स्कूल से डिग्री करके निकला और आजकल अपनी कम्पनी की तरफ़ से किसी प्रोजेक्ट के लिए अमेरिका में है। माला को लगा सारा देश इंजीनियर बनानेवाले किसी कारख़ाने में तब्दील हो गया है। कुछ राज्यों में तो घर-घर इंजीनियर बनानेवाले कारख़ाने खुल गए हैं। माँ-बाप बैंकों से लोन ले के मोटी फीस देते हैं और बच्चों को इंजीनियर बनने भेजते हैं। इन संस्थानों से हर साल बच्चे भेड़ों के झुंड की तरह इंजीनियर बन के निकलते हैं, जिनके लिए बाज़ार के पास नौकरी नहीं है। फिर इनमें से कई भाड़े पर रखे जाते हैं छोटी-बड़ी कम्पनियों द्वारा। इसलिए दौड़ अब इंजीनियर कॉलेज में दाख़िला लेने-भर की नहीं रह गई। दौड़ अब ऐसे संस्थान में दाख़िला लेने की है जो बाज़ार में उनकी सबसे अच्छी बोली लगा सके। उसके लिए भी 'कोचिंग संस्थान' नाम से कारख़ाने खुले हैं।

माला की जेठानी को अपने बेटों के बारे में बात करती तो ऐसा लगता जैसे उसके जीवन की कुल जमा कमाई उसके बेटे थे। जब वो अपने बड़े बेटे

से मिलने अमेरिका गई थी, उसने आकर बताया, "वो घर में रहे या ऑफ़िस में लैपटॉप पर काम हमेशा चलता रहता है। इतना पैसा कमा रहा है पर उस पैसे को ख़र्च करने जितना समय नहीं है उसके पास।"

विपुल का नतीज़ा माला की जेठानी के बच्चों जितना अच्छा ना सही पर माला के हिसाब से अच्छा ही था। माला ने वैष्णो देवी माता से प्रार्थना की कि उसे अच्छा कॉलेज मिल जाए फिर वो वैष्णो देवी माता के दर्शन करने जाएगी। पिछले पाँच साल उसने काँटों पर चलते हुए काटे हैं। एक तरफ़ पति के ताने सुने "सर पे चढ़ा रखा है इसे। जीवन में कुछ भी नहीं कर पाएगा" और दूसरी तरफ़ बेटे के ताने, "इतना पैसा और प्रॉपर्टी किस काम की? एक बाइक तक नहीं लेके दे सकते मुझे।" उसने भी शर्त रख दी, "इंजीनियर कॉलेज में दाख़िला लेके दिखाओ।" उसने कई बार बाप का बेटे पर उठता हाथ रोका था।

माला सब्ज़ी लेने के लिए पहुँची तो उसे सब्ज़ी की दुकान पर संजय बैठा दिखाई दिया। उसे देखते ही माला को ख़याल आया कि प्रवेश परीक्षा तो संजय ने भी दी थी। संजय और विपुल एक ही स्कूल में पढ़ते थे। संजय आर्थिक रूप से कमज़ोर वर्ग के लिए आरक्षित सीट पर उस बड़े स्कूल में दाख़िला पा सका था। उसने संजय से पूछा, "बेटा तुम्हारा एंट्रेंस एग्ज़ाम का रिजल्ट कैसा रहा?"

संजय आलू की भरी बोरी में से बहुत करीने से छोटे आलू अलग कर रहा था। उसने माला को नमस्ते किया।

"अच्छा रहा आंटी।"

माला ने उससे रैंक पूछा तो पता चला उसका रैंक विपुल से अच्छा था। उसने संजय के पिता की ओर देखते हुए कहा, "मंगत राम जी आपको बधाई हो। संजय का दाख़िला आराम से कम्प्यूटर साइंस में हो जाएगा। आरक्षण का बेनिफिट तो है ही तुम लोगों के पास।"

संजय के पिता ने हाथ जोड़ दिए पर उनके माथे पर चिन्ता की लकीरें उभर आईं।

अगले पन्द्रह दिन माला के लिए बहुत भाग-दौड़वाले रहे। जगह-जगह कॉलेज में फ़ॉर्म भरने में समय बीत गया था। फ़ॉर्म के लिए तमाम सारे दस्तावेज़ जुटाए गए और फिर काउंसलिंग में विपुल को एक प्राइवेट कॉलेज में कम्प्यूटर साइंस तो नहीं पर सिविल इंजीनियर में दाख़िला मिल गया।

उस दिन काउंसलिंग के समय माला को अरक्षित कोटे से दाख़िला लेनेवालों

पर बहुत ग़ुस्सा आया। अक्सर दफ़्तर में 'आरक्षण' पर होनेवाली बहसों में भी उसका ग़ुस्सा फूट पड़ता था। पिछले हफ़्ते तो उसने अपनी बॉस को जो 'अरक्षित कोटे' से सरकारी नौकरी में आई थी, ही सुना दिया था, "हम लोगों के पूर्वजों ने अगर कुछ ग़लत किया था तो उसकी सज़ा हमारे बच्चे क्यों भुगतें?"

माला का यह ग़ुस्सा कहाँ से जन्म लेता था? क्योंकि अन्दर से तो वो ख़ुश थी। जिस तरह पिछले पाँच साल उसने विपुल को पढ़ाई से उखड़ते देखा था, उसे इतना भी बहुत लग रहा था कि विपुल ने प्रवेश परीक्षा निकाल ली थी। वो सोच रही थी शहर में एक जगह उनकी प्रॉपर्टी है जहाँ अगर वे लोग दुकानें बनवा देंगे, तब दुकानों से आनेवाले किराये से भी उनके बेटे का जीवन चल जाएगा। पर जेठानी के बच्चों के बारे में सोचकर उसका भी मन होता कि विपुल भी इंजीनियर बने।

दो-तीन दिन तो उसकी थकान ही नहीं उतरी। उसने इतने दिन से ऑफ़िस से छुट्टी ले रखी थी। शाम को वो सब्ज़ी लेने निकली तो देखा संजय आज भी दुकान पर ही था। मंगत राम ने माला को आते देख सब्ज़ी छाँटने के लिए टोकरी उसके आगे रख दी। संजय दुकान का पिछला हिस्सा साफ़ कर रहा था।

संजय को देखकर माला ने सोचा संजय को ज़रूर कम्प्यूटर साइंस मिल गया होगा। उसने संजय से पूछा, "बेटा तुम्हारा किस कॉलेज में दाख़िला हुआ?"

संजय ने पहले माला को 'नमस्ते' किया फिर उसके सवाल का जवाब दिया, "आंटी मैंने अभी किसी भी कॉलेज में दाख़िला नहीं लिया।"

माला का मुँह हैरानी से खुला ही रह गया, उसने जब तेज़ आवाज़ में "क्यों????" पूछा तो उसे भी नहीं पता चला उसकी आवाज़ कितनी दुकानों तक सुनी गई।

"आंटी मैं अगले साल दाख़िला लूँगा" संजय ने सहजता से जवाब दिया और काम में व्यस्त हो गया। माला हकबकाई-सी रह गई।

विपुल ने माला को बताया कि संजय के पिता के पास उसके दाख़िले के लिए पैसे नहीं थे इसलिए संजय ने अगले साल दुबारा प्रवेश परीक्षा देने का निर्णय लिया था।

अगले दिन सुबह से शाम हो गई पर माला के दिमाग़ से संजय वाली बात निकल नहीं पाई थी। संजय को वो अपने बेटे के साथ पढ़ते और बड़ा होते देखती

आई थी। उसे वो दिन भी याद आया जब संजय के पिता ने ये सब्ज़ी की दुकान किराये पर ली थी।

वे लोग गाँव में ज़मींदारों के खेतों में काम करते थे। मंगत राम की बीवी ज़मींदार के मवेशिओं की देखभाल करती थी। उस गाँव में किसी भी दलित के पास ज़मीन नहीं थी। सब मंगत राम की तरह ज़मींदारों के खेतों में काम करते थे। ज़मींदार के घर से उन्हें खाने-भर को अनाज मिल जाता था। लेकिन जहाँ पैसा चाहिए होता है वहाँ पैसा ही काम आता है। न बच्चों को ढंग से पढ़ा पा रहा था मंगत राम और ना ही बीमारी-ठिमारी में कोई मदद मिलती थी। मंगत राम को समझ में आ गया था कि भविष्य सुधारना है तो गाँव को छोड़ना होगा और शहर जाना होगा। जब वे लोग गाँव छोड़ रहे थे, ज़मींदार ने उसे काफ़ी डराया था कि भूखों मरोगे गाँव छोड़कर। पर मंगत राम ने निर्णय ले लिया था। उसका एक चचेरा भाई शहर में एक मॉल में कई सालों से काम कर रहा था। शुरू में उसके भाई ने उसे शहर में काम दिलाया था। मंगत राम को खेती के सिवाय कुछ और आता नहीं था। आख़िर उसने सब्ज़ी बेचने का काम शुरू किया।

माला को संजय अक्सर स्कूल के बाद शाम को सब्ज़ी की दुकान पर पिता का हाथ बँटाता दिखता। माला सोचती थी कि संजय पढ़ता कब होगा? एक उसका बेटा था जिसने सातवीं कक्षा तक पहुँचते ही उसे हर महीने स्कूल बुलावे दिलवाए। हर महीने टीचर वही-वही रोना लेकर बैठ जाती कि तुम्हारा बेटा पढ़ता नहीं है और कक्षा में हर टीचर के लिए सिरदर्द बना हुआ है। नित नई शिकायत। किसी से झगड़ा कर लिया तो किसी से मारपीट, कभी टीचर को उलटा जवाब दे दिया तो कभी स्कूल में मोबाइल फ़ोन पकड़ा गया।

शाम को घर लौटते हुए मंगत राम की दुकान के आगे उसके पैर ठिठक गए। संजय सब्ज़ी तौल रहा था। उसने संजय को दुकान से बाहर बुलाया, "बेटा तुमसे एक बात करना चाहती हूँ" संजय माला को देखता रहा। वो यूँ भी कभी किसी से ज़्यादा बात नहीं करता था।

"विपुल से मुझे पता चला कि तुम दाख़िला नहीं ले पाए। तुम मेरे बेटे जैसे ही हो। मेहनती भी हो। बचपन से तुम्हें देखती आ रही हूँ। मैं तुम्हारे दाख़िले के पैसे भर देती हूँ। तुम कॉलेज में दाख़िला ले लो। यह बात कभी विपुल को पता नहीं चलेगी। हम दोनों के बीच में रहेगी।"

संजय ने मना कर दिया। माला ने उसे समझाया भी कि उसकी मदद लेके

वो अपना एक साल बचा सकता है पर वो अपनी बात पर टिका रहा कि दाख़िला अगले साल ही लेगा।

अगली सुबह पाँच बजे संजय पसीने से तर-बतर बिस्तर से उठा। वो सपना देख रहा था। उसके सपने में एक पुल था। लकड़ी का पुल। हिलता, झूलता हुआ, जिसके कई तख़्ते लटके हुए थे। उसे न केवल वो पुल पार करना था बल्कि पुल पर से अपनी सभी बकरियों को भी सुरक्षित उस पार ले जाना था। जितना वो बकरियों को इकट्ठा चलाने की कोशिश करता, बकरियाँ उतनी ही छितराती जातीं। अचानक एक बकरी टूटे हुए एक तख़्ते से गिरने लगी। वो उसे बचाने की कोशिश में हाथ बढ़ाता है कि उसकी आँख खुल गई।

दाख़िले की आख़िरी तारीख़ से पहले उसने कई बैंकों के चक्कर लगाए थे ताकि कहीं से क़र्ज़ मिल जाए। उन दिनों उसे पता चल गया था कि बैंक अमीरों के लिए काम करते हैं। रेहड़ी-ठेलेवाले और छोटी-मोटी दुकान करनेवाले लोगों के लिए ये बैंक नहीं थे।

विपुल इंजीनियर की पढ़ाई करने हॉस्टल चला गया। माला को यह डर बराबर लगा रहता था कि कहीं हॉस्टल में रहकर विपुल बिगड़ ना जाए। कहीं नशे के चक्कर में ना पड़ जाए। माला ने इस दौरान वैष्णो देवी जाकर माता के दर्शन कर लिये और माँगी हुई मन्नत के लिए चढ़ावा भी चढ़ा दिया। और यही नहीं विपुल को किए वादे के मुताबिक उसे बाईक भी लेके दी। उसने फिर से व्रत रखने शुरू कर दिए थे। इस बार उसने मन्नत माँगी कि उसका बेटा इंजीनियर की पढ़ाई ठीक-ठाक पूरी कर ले फिर वो अमरनाथ यात्रा पर जाएगी।

इधर माला ने अपनी बड़ी बेटी की शादी भी तय कर दी थी। लड़का मल्टी नेशनल कम्पनी में काम करता था और अक्सर विदेशों में रहता था। शादी के इतने काम थे और माला की नौकरी भी थी। वो नहीं चाहती थी कि विपुल की पढ़ाई में किसी तरह की बाधा आए। उसे संजय का ख़याल आया। उसने संजय और उसकी माँ से मदद माँगी। संजय की मम्मी दरअसल माला के घर के पास ही एक घर में काम करती थी। माला ने जिस तरह से आग्रह किया, संजय की मम्मी मना नहीं कर पाई। शादी के दिन पास ही थे। संजय की मम्मी घर के कामों में मदद करवाने के लिए माला के घर आ जाती और कई बार शाम ढलने के

बाद ही जाती। संजय को भी माला बाज़ार के छोटे-बड़े कामों के लिए भेजती।

शादी की भाग-दौड़ ने माला को थका रखा था। घुटनों का दर्द बढ़ता ही जा रहा था। कभी वो साड़ियाँ ख़रीदने निकलती तो कभी सुनार की दुकान पे भागती। जहाँ लड़कों की शादी की ख़रीदारी दो दिन में ख़त्म हो जाती है, वहीं लड़की की शादी के दिन तक कुछ-न-कुछ रह ही जाता है ख़रीदनेवाला। शादी में दो ही दिन बचे थे। रात में उसने अलग-अलग लिफ़ाफे बनाकर रखे थे उन लोगों के लिए जिनको उसने अभी पैसे देने थे। सुबह एक लिफ़ाफा उसने अपने पति को दिया था जो सुनार को देना था जिससे उसने समधिन की अँगूठी बदलवाई थी और दूसरा लिफ़ाफा दर्जी के पैसे का था। उसके पति को लिफ़ाफा उसने सुबह ही दे दिया था जब वे मार्किट के लिए निकले थे। संजय को उसने दर्जीवाला लिफ़ाफा देकर भेज दिया था। कुछ देर बाद उसने देखा संजय मार्किट से वापस आ गया था और सिले हुए कपड़े भी लेकर नहीं आया था। उसे बहुत तेज़ ग़ुस्सा आया, "बेटा मैंने तुम्हें कहा था कुछ भी हो जाए कपड़े लेकर ही लौटना, चाहे तुम्हें उसके सिर पर बैठ के काम करवाना पड़े, तुम ख़ाली हाथ लौट आए? मुझे समझ नहीं आ रहा कैसे निपटेंगे आज काम।"

संजय ने झिझकते हुए पैसों का लिफ़ाफा माला के हाथ-पकड़ा दिया और जो हुआ वो कह सुनाया, "आंटी मुझे लगा पैसे देने से पहले मैं एक बार गिन लूँ। आपने दस हज़ार रुपये कहा था पर जब मैंने गिने तो इसमें पच्चीस हज़ार रुपये थे। मुझे लगा पहले मुझे आपको बताना चाहिए। इसलिए मैं कपड़े लिये बिना ही इस लिफ़ाफे को लेकर लौट आया।"

माला एकदम ठंडी पड़ गई। उसे कहानी समझ में आ गई। उसने सुनारवाला लिफ़ाफा संजय को और टेलरवाला लिफ़ाफा अपने पति को थमा दिया था।

माला की बेटी की शादी ख़ूब धूमधाम से हो गई थी। उसने दान-दहेज की कोई कमी नहीं रखी थी। अब वो काफ़ी निश्चिन्त थी। लड़की को पढ़ाया भी था उसने। यही नहीं पढ़ाई के साथ-साथ उसे एक अच्छी गृहिणी बनने के लिए तैयार भी किया था, नवरात्रे के सारे व्रत वो माँ के साथ बहुत छोटी उम्र से रखती आई थी। ससुराल में उसकी बहुत बड़ाई हो रही थी।

माला ने संजय की मम्मी को उसके काम के बदले में पैसे देने चाहे पर

संजय की मम्मी ने इनकार कर दिया। माला के बहुत कहने पर भी वो नहीं मानी। माला की बिटिया उसकी भी बिटिया जैसी है, वो कहती रही। माला ने आख़िर उसे एक साड़ी और मिठाइयाँ देकर उसका धन्यवाद किया।

एक दिन विपुल मोहल्ले के एक-दो लड़कों के साथ एक ख़ाली बिल्डिंग के पीछे सिगरेट के कश लगा रहा था कि उसे संजय आता दिखाई दिया। संजय को देखते ही विपुल के चेहरे पर एक नुकीली मुस्कान आ जाती। उसने अपने दोस्तों से कहा, "लो 'टिंडा' आ गया।"

वे लोग संजय को पीठ पीछे 'टिंडा' कहते थे। ऐसा नाम उसे सब्ज़ी बेचने के कारण दिया गया था। संजय इस समय उन लोगों से बचकर निकल जाना चाहता था पर ऐसा करना मुश्किल था क्योंकि विपुल ने उसे बुला लिया था।

"क्यों बे...तुम्हारे तो मज़े हैं। न पढ़ाई की चिन्ता, न कोई प्रोजेक्ट, न फील्ड वर्क" विपुल ने सिगरेट का कश मारते हुए कहा।

संजय ने मुस्कुराकर छोड़ दिया।

"...और बे क्या करता है दिन-भर घर पे?" विपुल ने पूछा फिर ख़ुद ही जवाब दे दिया, "अच्छा तुम तो सब्ज़ियाँ बेचते हो दुकान पर...कितना कमा लेते हो शाम तक?"

संजय ने सवाल के जवाब में उसको ही सवाल कर दिया, "तुम बताओ तुम्हारी पढ़ाई कैसी चल रही है हॉस्टल में रहकर?"

"व्हाट द फक...पढ़ता कौन है हॉस्टल में रहकर?"

सब लड़के एक साथ हँसे। संजय को देर हो रही थी। विपुल ने सिगरेट का पैकेट संजय की ओर बढ़ाया। संजय ने मना कर दिया।

"साले ज़्यादा 'आदर्शवादी' मत बनाकर।"

संजय जानता था विपुल ने उसे 'आदर्शवादी' क्यों कहा था। उसने विपुल की मम्मी का मदद का प्रस्ताव जो ठुकराया था।

"तुम्हें अपनी पढ़ाई पर ध्यान देना चाहिए। अपने लिए ना सही, अपनी मम्मी के लिए ही। कितनी अच्छी हैं वो।"

विपुल ने ग़ुस्से में सिगरेट को एक कोने से चबा दिया और थूक दिया। संजय ने यह बात कहकर उसे स्कूल के वो दिन याद दिलाए थे जब उसकी मम्मी अक्सर संजय को बुलाकर उससे विपुल की स्कूल की हरकतों की टोह लिया करती थी।

करते-करते एक साल निकल गया। विपुल एक पेपर में फेल हो गया था। माला इतनी भाग-दौड़ में रही कि विपुल की छुट्टियाँ कब ख़तम हो गईं उसे पता भी ना चला। अब कुछ ही दिनों बाद विपुल को वापस हॉस्टल लौट जाना था। आज ही उसने माला को बताया कि संजय ने इस बार फिर से प्रवेश परीक्षा निकाल ली थी और इस बार उसका रैंक पहले से अच्छा आया था। माला ने सोचा चलो एक साल ख़राब हुआ पर इस साल वो दाख़िला ले लेगा। अभी उसकी उम्र ही क्या थी?

मंगत राम की दुकान के आस-पास दुकानों में जिस कोने में देवी-देवतायों के फ़ोटो और मूर्तियाँ लगी थीं, संजय ने अपनी दुकान के उसी कोने में किताबें रखी थीं। मंगत राम दुकान पहुँचे तो संजय फलों की ख़ाली हुई लकड़ी की पेटियों में कीलें ठोंक रहा था। उनके चेहरे पर मुस्कान आ गई और उन्होंने सोचा, "बचपन से ऐसा ही है। कोई धुन सवार हो जाती है तो कुछ कर ही डालता है।" शाम तक लकड़ी का एक रैक बन के तैयार हो गया।

माला भी पिछले एक साल से संजय को देखती आ रही थी, वो दुकान पर ख़ूब मेहनत करता था और ख़ाली समय में दुकान पर ही पढ़ता था। उसने दुकान की शक्ल ही बदल दी थी। उसने फल और सब्ज़ियाँ रखने के लिए नए खाँचे बना दिए थे। उसे देखकर वो अक्सर सोचती "एक मेरा बेटा है जो इतनी सुख-सुविधाओं में पला है कि कोई काम करने की आदत नहीं रही उसे। एक काम मार्केट जाने का कोई कह दे तो जवाब दे देता है।" माला को स्कूल के दिन याद आते थे। उसने एक दो-बार से ज़्यादा कभी मंगत राम को स्कूल में नहीं देखा था। ये लोग ना पेरेंट-टीचर मीटिंग में आते थे ना ही किसी ओरिएंटेशन प्रोग्राम में। आकर करते भी क्या? पेरेंट-टीचर मीटिंग से लेकर सारे ओरिएंटेशन प्रोग्राम अंग्रेज़ी में होते थे जो इन लोगों को समझ नहीं आते थे।

इधर माला के घुटनों में दर्द रहने लगा था। ज़्यादा चलना-फिरना मुश्किल होने लगा। लेकिन सरकारी नौकरी है कि छोड़ते भी नहीं बनती। अब वो घर तक ऑटो रिक्शा ले आती। सब्ज़ी की दुकान पर रुकना कभी-कभार ही हो पाता था। सक्सेना जी ही अक्सर दफ़्तर से लौटते हुए सब्ज़ी ले आते।

विपुल से ही उसे पता चला कि संजय इस साल भी इंजीनियरिंग कॉलेज में

दाख़िला नहीं ले पाया। माला को संजय की मूर्खता पर हँसी आई। "केवल मूर्ख ही नहीं घमंडी भी है संजय," उसने सोचा, "शहरों में आकर यह लोग ऐसे हो गए हैं। वरना गाँव-देहात में तो अभी तक ये लोग हमारे खेतों में काम करके ही गुज़ारा करते हैं। जो भी हमारे घरों से मिल गया वही खाते हैं।"

महीनों बाद माला का मंगत राम की दुकान पर जाना हुआ था। घुटनों के दर्द की दवा ख़त्म हो गई थी और सक्सेना जी अपने भाई के यहाँ गए हुए थे। माला ख़ुद ही दुकानों तक पैदल चल पड़ी थी। उसने देखा मंगत राम की दुकान का तो काया-कल्प ही हो गया था। ग्राहक भी पहले से इतने बढ़ गए थे कि मंगत राम ने गाँव से अपने भतीजे को भी मदद के लिए बुला लिया था। अब उसकी दुकान पर कई विदेशी फल और सब्ज़ियाँ भी दिखाई दे रहे थे। यही नहीं संजय ने दुकान का एक बड़ा हिस्सा 'आर्गेनिक' सब्ज़ियों का भी बना लिया था। मंगत राम एक और दुकान किराये पर लेने के बारे में सोच रहा था। माला ने सब्ज़ी लेने के बाद संजय के पिता से संजय की तारीफ़ की, "जब से संजय आपकी दुकान को सँभालने लगा है, आपने काफ़ी तरक्की कर ली है"

मंगत राम जी ने कहा, "बहन जी बहुत मेहनती लड़का है।"

माला ने कहा, "अच्छा ही है। इंजीनियर बनकर क्या करना था संजय ने? अपने बाप-दादा का धन्धा अपनाने में ही अच्छा है। समाज में जो व्यवस्था बनाईं गई थी वो सही ही थी।"

निकलते-निकलते एक और साल निकल गया। इस दौरान विपुल ने वो पेपर भी पास कर लिया था जिसमें वो पिछले साल फेल हो गया था। उसके जीजा जी जो बड़ी कम्पनी में काम करते थे, उन्होंने कह दिया था कि विपुल अपनी डिग्री पूरी कर ले फिर वो विपुल का प्लेसमेंट किसी अच्छी कम्पनी में करवा देंगे। तब से माला और निश्चिन्त हो गई थी। यूँ तो वो लड़की के घर का पानी भी नहीं पीती थी पर दामाद की इतनी मदद उसके विपुल का जीवन सँवार सकती थी। विपुल के जीजा जी के एक मित्र विपुल के कॉलेज में पढ़ाते थे। उन्होंने मित्र को फ़ोन करके विपुल का ख़याल रखने को भी कह दिया था।

इसके बावजूद विपुल इस साल फिर एक विषय में फेल हो गया। माला को बहुत ग़ुस्सा आया पर वो क्या कर सकती थी? पिछले साल तो उसने पति से

उसके एक विषय में फेल होनेवाली बात छुपा ही ली थी। पर इस बार ऐसा करना सम्भव नहीं था क्योंकि उनके दामाद के मित्र को सब पता था।

माला दुखी मन से शाम को घर से निकली। उसे पति का ग़ुस्सा झेलना पड़ा। जीवन-भर नौकरी के साथ-साथ घर देखा, बच्चे पाले। दफ़्तर, घर और बच्चों के बीच दौड़ती रही पर फिर भी उसके पति बच्चों की हर नाकामी उसी के ऊपर डाल देते थे। उसके पिता रेलवे में नौकरी करते थे। उन्होंने माला को उस समय में पढ़ाया था जब ज़्यादातर लड़कियों की पढ़ाई को या तो कोई महत्त्व नहीं दिया जाता था या फिर एक बड़े तबके तक शिक्षा अभी पहुँची ही नहीं थी। लेकिन उसकी पीढ़ी की कामकाजी औरतों को पुरुष के बराबर कमाने के बावजूद बराबरी कभी नहीं मिली। उसे इस सामाजिक भेदभाव और ग़ैर-बराबरी पर ग़ुस्सा आया।

वो रास्ते-भर सोचती ही रही कि आख़िर उससे कहाँ ग़लती हो गई? हर सुख- सुविधा दी उसने अपने बच्चों को। फिर भी विपुल पढ़ाई में उसकी उम्मीद पर खरा नहीं उतरा। विपुल को इंजीनियर बनाने के सपने का अब ना जाने क्या होगा?

सामने संजय उसे सब्ज़ी की दुकान पर बैठा दिखा। मंगत राम जी भी वहीं बैठे थे। माला को देखकर उन्होंने हाथ जोड़कर नमस्ते की। फिर उन्होंने मिठाई का डिब्बा माला के आगे कर दिया, "बहन जी मुँह मीठा करिए।"

माला ने मिठाई को छुआ भी नहीं। शुगर का बहाना बना दिया और पूछा किस ख़ुशी में मिठाई खिला रहे हैं।

"बहन जी संजय का इंजीनियर की पढ़ाई में दाख़िला हो गया है सरकारी कॉलेज में और वह भी कम्प्यूटर साइंस में।"

आज मंगत राम बहुत ख़ुश थे। माला ने संजय को देखा, वो अभी भी काम में लगा था, उसने संजय से ही कहा, "चलो अच्छा ही हुआ आख़िर दाख़िला मिल गया। पर संजय जब दो साल पहले मैं तुम्हारी दाख़िला फीस भर रही थी, तुमने तब ही मेरी मदद ले ली होती तो तुम्हारे दो साल बच गए होते।"

मंगत राम ने भरी आँखों से अपने बेटे को देखा। मंगत राम को पता भी न था कि माला ने कभी संजय की मदद करनी चाही थी। इस बच्चे की मेहनत से उसकी दुकान का मुनाफ़ा पहले से दोगुना हो गया था। उसी पैसे को उसने बैंक में रखकर जमा किया था अपनी पढ़ाई के लिए। मंगत राम को भरोसा है संजय ज़रूर एक दिन कुछ बड़ा करेगा।

माला घर पहुँची तो विपुल मोबाइल फ़ोन पर किसी से बात कर रहा था। माला को देखकर उसने फ़ोन बन्द कर दिया। माला ने उससे पूछा कि क्या उसे संजय के कॉलेज में दाख़िले के बारे में पता था? विपुल ने हाँ में सिर हिलाया और कहा, "पागल है। दो साल बर्बाद कर लिये उसने।"

माला ने उसे सख़्त निगाह से देखा और फिर ठंडी साँस भरते हुए रसोई की ओर चल पड़ी।

कसक

जीवन में इतना आराम था, सुकून था, कि उसे 'बोरियत' होने लगी थी। 'बोरियत' सही शब्द नहीं था। एक ख़ालीपन-सा था। हर समय उसे लगता उसे कुछ करना है। पर करने को कुछ होता नहीं था।

कल जब वो अपनी बड़ी बेटी पिया से बात कर रही थी, पिया ने कहा था "माँ तुम 'एम्प्टी नेस्ट सिंड्रोम' का शिकार हो गई हो।"

पिया मनोविज्ञान पढ़ाती है। जब उसने पूछा 'एम्प्टी नेस्ट सिंड्रोम' क्या होता है तब उसने बताया, "माँ यह एक ऐसी मानसिक अवस्था है जो माँ-बाप महसूस करते हैं जब बच्चे घर को छोड़ते हैं अपना कैरियर बनाने के लिए या आगे की पढ़ाई करने के लिए। इसका शिकार ज़्यादातर माँएँ होती हैं क्योंकि बच्चे को पालने में उनका रोल ज़्यादा ख़ास होता है।"

वो उसकी बात को ख़ारिज करती हुई सी कहती है, "नहीं बेटी, अब वो समय नहीं रहा। बच्चे अब घर से बँधे नहीं रहते। वो कहाँ जाकर रहेंगे, कौन जानता है। हाँ अकेलापन लगा था जब तुम्हारे दादा-दादी भी चले गए थे।"

"हाँ मम्मी पहले लड़कियाँ घर छोड़कर जाती थीं, अब तो लड़के भी जाते हैं।"

माँ-बेटी हँसती हैं।

वो एक बड़े संयुक्त परिवार में शादी करके आई थी। शादी के बाद उसका ज़्यादा जीवन सास-ससुर के साथ ही निकला था। सास-ससुर ख़ूब बूढ़े होकर इस दुनिया से गए थे। इतने कि ऐसा लगता था उनका केवल शरीर ज़िन्दा रह गया था। उसने उनके आखिरी दम तक उनकी सेवा की। घर में उनके अलावा एक कुँवारी ननद

थी जो उसके पति से भी बड़ी थी। जिसकी मानसिक हालत बचपन से सही नहीं थी। उसके सास-ससुर के जाने के बाद ननद भी बीमार रहने लगी और एक दिन उसे ब्रेन स्ट्रोक हुआ और वो भी चल बसी थी। उसके पति एक सरकारी नौकरी में थे। हमेशा बाहर ही रहे। शादी के बाद उसे कह दिया था उन्होंने, "मैं अकेला लड़का हूँ, तुम्हें साथ नहीं रख पाऊँगा और ये लोग इस जगह को छोड़ने को तैयार नहीं हैं।"

अब उसके पति रिटायर हो चुके हैं। वो ज़्यादा नहीं पढ़ी थी। पर उसे पढ़ाई का महत्त्व पता था। उस छोटे से क़स्बे में उसके बच्चे पढ़ने में अच्छे निकले। दोनों बेटियाँ मुम्बई में बस गईं। बेटा अमेरिका पढ़ने गया, वहीं बस गया। घर ख़ाली हो गया है। अब ना बच्चों की पढ़ाई की चिन्ता थी, ना माँ-बाबू जी की सेहत की, ना एक बड़े परिवार को तीन समय का खाना खिलाने की। बेटा फ़ोन पर कहता है, "माँ यहाँ चली आयो, बाबा तो आएँगे नहीं।"

वो हँस देती, "अब क्या ही जाऊँगी इस घर से। मुझे तो इस घर की नींव में दफ़ना देना। मेरा जन्म इस घर के लिए हुआ था।"

बेटा माँ की उस हँसी को जानता था। उस दुख को भी जो हँसी के आवरण में था।

शायद इसीलिए बाप-बेटे में छत्तीस का आँकड़ा था। दोनों एक-दूसरे के साथ पाँच मिनट भी बैठ नहीं सकते थे। वे पल बोझ बन जाते। ये एक शिकवा कि "आप किसी समय भी हमारे साथ नहीं थे," दोनों के बीच ठहर गया था।

वो अपना दिन गुज़ारने के लिए फ़ोन पर बात कर लेती थी। बच्चे लगभग रोज़ ही बात करते। फिर आजकल वीडियो कॉल तो ऐसे लगता है जैसे पास ही बैठे बात कर रहे हों। एक दिन वो अपनी छोटी बहन माया से बात कर रही थी। माया कह रही थी, उम्र की ढलान पर जब बच्चे कहीं दूर अपना घर बसा लेते हैं और पति-पत्नी अकेले हो जाते हैं, ये दूसरी पारी होती है वैवाहिक जीवन की। उसने माया से कहा था, "मुझे तो लगता है ये मेरी पहली पारी की शुरुआत है।"

"बुढ़ापे में जीवन घर के स्टोररूम जैसा ही हो जाता है। बीते जीवन की पुरानी यादों से भरा..."

स्टोर की सफ़ाई करते-करते वो सोचती है।

"कहाँ फँस गई हो यार तुम? स्टोर में कौन सा खज़ाना है तुम्हारा। आज स्टोर के पीछे ही पड़ी हो।"

वो जानती है उन्हें अब चाय चाहिए।

"क्या मैं चाय बनाऊँ तुम्हारे लिए?" वो झिझकते हुए पूछते हैं।

"पता भी है चाय बनती कैसे है?"

"बना तो लूँगा बस वो चाय ही होगी इसकी कोई गारंटी नहीं है।"

दोनों हँसते हैं।

"यार तुम एक नौकर क्यों नहीं रख लेती हो इन सब कामों के लिए?"

"जीवन-भर नौकर से काम नहीं कराया। अब क्या कराऊँगी" वो बुदबुदाती। पिताजी और माताजी को नौकर का घर में होना नागवार था।

अब तो इतना समय था दोनों पति-पत्नी के पास कि काम नहीं हो तो दिन काटना मुश्किल हो जाए। एक दिन उसने अपने पति से कहा था, "मैं आपकी तरह पढ़ी-लिखी होती तो इस उम्र में बच्चों को पढ़ाती, एक स्कूल खोलती।"

"हूँ"...वो कुछ कहते नहीं।

"आप क्यों नहीं पढ़ाते आसपास के बच्चों को? यहाँ कोई बच्चों को पढ़ानेवाला भी नहीं है। हमारे बच्चे तो बाहर पढ़ने निकल गए वरना यहाँ क्या है पढ़ाई के लिए?"

"सुषमा मैं थक गया हूँ। तुम्हें क्या लगता है जीवन-भर घर से दूर रहना और कभी घर की ओर भागना, कभी दूसरे शहर ऑफ़िस की ओर, आसान था मेरे लिए? ऐसा लगता था कोई एक ठिकाना नहीं बना पाया हूँ जीवन में।"

वो चाय लेकर आई तो वे चुपचाप बैठे थे।

"क्या हुआ?"

"मिन्नी का कोई फ़ोन आया?" वो छोटी बेटी मिन्नी की बात कर रहे थे। मिन्नी तीनों बच्चों में सबसे छोटी थी। उतनी ही लाड़ली भी थी जितना बच्चों में छोटा बच्चा होता है।

"नहीं। आप ही क्यों नहीं कर लेते?"

"जब भी फ़ोन करो रसोई के काम में लगी होती है।"

"उसे अपनी पढ़ाई का इस्तेमाल करना चाहिए। कोई नौकरी करनी चाहिए... ऐसा लगता है शायद दामाद बाबू को उसका नौकरी करना पसन्द नहीं।" वो ख़ुद से बात करती-सी कहती है। छोटी बेटी मिन्नी की शादी हुए अभी एक साल भी नहीं हुआ। बड़ी की तरह वो भी शादी के बाद मुम्बई में बस गई।

वो ग़ुस्से में आ गए दिखते हैं। पर उसने देखा वो ग़ुस्सा ज़ब्त करते हैं। वो अपने पति को ग़ुस्से में देखकर मन में ख़ुश हुई।

उन्होंने लम्बी साँस ली और कुर्सी से उठ खड़े हुए।

"मैं सब्ज़ी ले आता हूँ।"

टेलीफ़ोन की घंटी बजी।

"हेलो!"

"मम्मी कैसी हो?" बड़ी बेटी पिया का फ़ोन है।

"ठीक हूँ पिया।"

"पापा कैसे हैं?"

"वो ठीक हैं। सब्ज़ी लेने गए हैं।"

"मम्मी ये पापा को सब्ज़ी लेनी आती भी है?"...पिया खिलखिलाकर हँसती है।

"अब लाते तो हैं। बस जो मैं कहती हूँ वो नहीं लाते। कुछ और ही उठा लाते हैं। पता नहीं कहाँ की सब्ज़ियाँ यहाँ ढूँढ़ते रहते हैं। अब वो सब्ज़ियाँ यहाँ इतने से क़स्बे में थोड़ी ना मिलेंगी।"

"पापा का समय कैसे कटता है? बाहर जाते हैं अपने पुराने मित्रों से मिलने? गुप्ता अंकल के यहाँ जाते हैं?"

"जाते हैं कभी-कभी। ज़्यादा समय घर पर गुज़ारते हैं। मुझे आज कह रहे थे नौकर रख लूँ।"

"ठीक ही तो कह रहे हैं मम्मी। रख लो। अब काम-वाम करना छोड़ो।"

"समय कट जाता है काम करते-करते। तुम्हारे पापा मिन्नी को लेकर चिन्ता कर रहे हैं।"

"अब क्या हुआ मिन्नी को?"

"कुछ नहीं। बात नहीं करती ज़्यादा। बचपन से उसकी आदत है पहले चुप रहती है, फिर एक ही बार बम फोड़ती है। तुम्हारी कोई बात हुई उससे?"

"हाँ...बात तो हुई थी। मनु कुछ अलग 'नेचर' का है। कह रही थी बहुत 'डोमीनेटिंग' है।"

उसने लम्बी साँस ली।

"बिटिया उससे बात करती रहना।"

दरवाज़े पर आहट होती है।

"लो तुम्हारे पापा आ गए।"

वो फ़ोन उन्हें पकड़ा देती है।

दोनों बाप-बेटी बातें करते हैं।

"आप कैसे हैं पापा?"

"ठीक हूँ। दिन-भर तुम्हारी मम्मी से डाँट खाता हूँ। कहती है मुझे कोई काम करना नहीं आता।"

"पापा झूठ मत बोलो। मम्मी ने कभी हमें नहीं डाँट लगाई। आपको क्या लगाएँगी?"

"आज एक घंटा स्टोर की सफ़ाई में लगी रही। भला स्टोर को चमकाने की क्या ज़रूरत पड़ी थी?"

"पापा मुझे भी समझ नहीं आता मम्मी की जनरेशन की स्त्री को सफ़ाई का इतना ओबसेशन क्यों है? हर समय सफ़ाई में लगे रहना है इन्हें। यहाँ गन्दा है, वहाँ गन्दा है। बचपन की कंडीशनिंग और ट्रेनिंग तो है ही पर कई बार इसका कारण एंक्ज़ाइटी और ओब्सेसिव कम्पल्सिव डिसऑर्डर भी होता है।"

"तुम साइकोलोजिस्ट के साथ बड़ी दिक्क़त है। हर बात में कोई थ्योरी ढूँढ़नी होती है तुम लोगों को।"

"पापा हर इनसानी बिहेवियर के पीछे कोई 'थ्योरी' काम करती है।"

पिता-पुत्री का संवाद चलता रहता है।

"सुषमा मैं बात कर आया हूँ लाला की दुकान पर। उनके पास एक विश्वासवाली लड़की है जो घर का सारा काम कर जाएगी।"

वो तमतमा जाती है।

"आप अपने काम से काम क्यों नहीं रखते?"

बेटा उसे फ़ोन पर बताता है कि विदेश में सब लोग अपना काम ख़ुद करते

हैं। वहाँ कोई नौकर नहीं मिलता घर का काम करने के लिए। वो सोचती है एक हमारा देश है जहाँ कुछ लोगों को जन्म से विशेषाधिकार प्राप्त हैं। उनके काम करने का इन्तज़ाम जाति-व्यवस्था ने कर दिया है। उसके सास-ससुर को किसी और जाति के नौकर से काम नहीं करवाना था, इसलिए नौकर घर में नहीं रखे गए।

दूसरी तरफ़ नई पीढ़ी की स्त्री को स्त्रियों ने ही सहायता दी है वरना वो घर, बच्चे और नौकरी साथ में कैसे सँभालती। पर क्या इस व्यवस्था में भी लाभान्वित पुरुष ही नहीं हुआ है? वो साफ़ बच गया है घर, बच्चे की ज़िम्मेदारी से। उनकी जगह घर में हाउस मेड काम करती है।

वो चिढ़कर, उठकर चली गई।

वो चुप हो जाते हैं। जब भी वो ग़ुस्से में होती है वो चुप रहते हैं। वो समझ नहीं पाते आख़िर अचानक उसे इतना ग़ुस्सा क्यों आने लगा है?

*

आजकल वो टुकड़ों में अतीत को जीती है। मन भी अजीब पहेली है। जब उसे बहुत ख़ुश रहना चाहिए वो खोद-खोदकर पुराने ज़ख़्म ताज़ा करती है। क्या है जो उसे ग़ुस्से से भरा रखता है?

कितना ग़ुस्सा किया था उसने अपने बापू पर जब शादी के बाद वो अपने मायके गई थी। बोली थी इतनी दूर 'देश निकाला' दे दिया मुझे? हाँ वो 'देश निकाला' ही कहा करती थी। बड़े अफ़सर से शादी करते समय उन्होंने भी नहीं सोचा था कि उनकी बेटी हमेशा दूर-दराज इस क़स्बे में पड़ी रहेगी, जहाँ न कोई सीधी ट्रेन जाती थी, न ही सीधी बस।

बापू कुछ नहीं कहते थे। शर्मिन्दा होते थे बस। जीवन-भर शर्मिन्दा ही रहे। वो भी जीवन-भर इस शर्मिन्दगी को ढोती रही। पिता का और उसका दुख साझा था। नहीं भूल पाती है वो पिता का रुआँसा चेहरा जब आख़िरी बार वो उसके ससुराल से जा रहे थे।

"बिटिया माफ़ कर देना मुझे। और निभा सको तो निभा लेना, नहीं निभा पाए तो लौट आना। पर अब मैं इस दहलीज़ पर कभी क़दम नहीं रखूँगा। माफ़ कर देना मुझे अगर हो सके तो..."

शाम की चाय का समय था।

"पिया की छुट्टी ख़त्म हो रही है।" वो चाय सुड़कते हुए बोले।

"हाँ। अब कॉलेज ज्वाइन करना होगा उसे। कोई बात नहीं। रुद्र साल-भर का हो गया है।"

"हाँ पर फिर भी अभी छोटा ही है।" वो ज़ोर देकर कहते हैं।

"क्या कुछ कहा पिया ने?" वो चाय पीते-पीते रुक जाती है।

"नहीं। वो नहीं कहेगी। वो तो कहती है—आपने अपने बच्चे पाल लिये हैं, हमारे बच्चे पालने की ज़िम्मेदारी आपकी नहीं है। थोड़ा अपना जीवन जी लो। जीवन-भर काम ही किया है।"

वो हँसती है। पिया ने इस घर में पहली बार सवाल करना शुरू किया था। जब वो कॉलेज जाने लायक हो गई थी, छोटी तब सात साल की थी। एक बार वो रसोई में चाय बना रही थी। घर में ससुर जी के जान-पहचानवाले आए हुए थे। घूँघट में उसे पता न चला कब छोटी मिन्नी उसके पीछे आ खड़ी हुई, वो उबलती चाय का बर्तन गैस से उतारकर पीछे मुड़ी, छोटी से टकराकर चाय के बर्तन में से गर्म चाय का एक छलका मिन्नी के कन्धे पर जा पड़ा। वो दर्द से चीख़ उठी।

उस दिन बड़ी ने अपने दादा जी से जाकर सवाल किया था, "बाबा, माँ को अपना चेहरा छुपाकर काम करना ज़रूरी है क्या? आज मिन्नी का चेहरा जल गया होता।"

उसे अच्छा लगता है उसकी दोनों बेटियाँ उसकी तरह कमज़ोर नहीं हैं। उसी के जीवन से सीखा है उन दोनों ने कि क्या नहीं बनना है उन्हें।

वो बात आगे बढ़ाते हैं।

"तुम एक बार पिया से पूछ लो क्या तुम्हें आना है मुम्बई?"

"मेरी बात हो गई है पिया से। उसे कोई औरत मिल गई है जो रूद्र की देखभाल करती है।"

"सुषमा मैं कई बार सोचता हूँ, पता नहीं औरतों ने घर से बाहर निकलकर काम करने का फ़ैसला लेकर अच्छा किया या बुरा? हालाँकि अगर मेरी बेटियाँ काम करना चाहती हैं तो किसी का भी उन्हें रोकना ग़लत है। मैं इसका समर्थक नहीं हूँ।"

"औरत का काम पर निकलना इसलिए मुश्किल है कि घर और बच्चों की ज़िम्मेदारी ख़ाली उसकी मानी जाती है।"

"पर इसकी ज़िम्मेदारी औरतों पर भी है। संयुक्त परिवार को तोड़ने का फ़ैसला उसके पक्ष में नहीं था। अब तो परिवार संस्था भी चरमरा गई है।" वो नाराज़गी में बुदबुदाते हैं।

"कौन सा परिवार? कौन सी परिवार संस्था? औरत इस परिवार संस्था में एक मशीन का पुर्जा-भर है।"

वो तिलमिलाकर रह जाते हैं।

"अच्छा एक बात बताइए। अगर मैं शादी के बाद बाहर निकलकर काम करना करना चाहती, क्या तब भी आप मेरा समर्थन करते और अपने परिवार के ख़िलाफ़ जाकर मेरा साथ देते?"

वो जैसे फँस गए।

"हमारा समय अलग था। अब का समय अलग है।" वो टालने की कोशिश करते हैं।

"क्यों क्या तब आपके साथ आपके दफ़्तर में औरतें काम नहीं करती थीं? अब ये मत कहिएगा कि बहुत कम औरतें थीं। मैं उन कम औरतों में ही होना चाहती तो?"

वो अपने सवाल पर ही हँसती है। कितना बेकार है उनसे ऐसा सवाल पूछना।

"कई बार लगता है किसी नए आदमी के साथ रह रही हूँ। जैसे जानती ही नहीं इनको। साथ रहने पर आदमी बदल जाता है क्या?"

उसने एक दिन माया को फ़ोन पर कहा था। माया को प्रोफ़ेसर पति मिले। वो उसकी तरह कम पढ़ी-लिखी नहीं थी बल्कि बी.ए. पास थी। पर वो घर पर ही खपकर रह गई थी।

"जीजा जी बदल गए हैं तो तुम भी पिछली बातों को भूल जाओ दीदी।"

"पता है कई बार ख़ुद पर ग़ुस्सा आता है। मैं इतनी कमज़ोर क्यों थी?" वो लम्बी साँस लेती है।

छोटी भी एक लम्बी साँस लेती है, "दीदी ऐसा लगता है जब तक हम मजबूत हो पाती हैं, तब तक इसका कोई फ़ायदा नहीं रहता। विमल जीवन-भर

मुझे नीचा दिखाते रहे कि मैं उनके बराबर पढ़ी नहीं, बौद्धिक नहीं हूँ। मैं इसी गिल्ट में जीती रही। भाग-भागकर अकेली घर-बाहर के काम करती रही, बच्चों को पढ़ाने में लगी रही। सोचती थी मुझे बहुत अच्छा करना है। अच्छी माँ, गृहिणी और पत्नी बनना है। अब जाकर समझ आया, ये केवल मेरी ज़िम्मेदारी नहीं थी। मेरे बौद्धिक पति की भी उतनी ही थी, जिन्होंने कुछ भी योगदान नहीं दिया। बस हर काम में कमी निकालते रहे।"

दोनों बहनें अपना मन हलका कर लेतीं।

सुषमा चाहती है अतीत को भूल जाना जैसे कि माया उसे कहती है अक्सर। पर वो नहीं भूल पाती है। आख़िर क्या गुनाह कर दिया था उसके बापू ने? घर में पहली शादी थी। वो सबसे बड़ी थी सभी भाई-बहनों में। उसके ग़रीब बापू से बड़े अफ़सर दामाद की बारात की सेवा में कहीं चूक हो गई थी। अचानक बापू को बुआ के गाँव जाना पड़ गया था। वहाँ फूफा किसी बात पर नाराज़ हो गए थे और उन्होंने शादी में आने से मना कर दिया था। बुआ परेशान थी। भाई बहुत छोटा था। सँभाल नहीं पाया। उन दिनों गाँव-देहात में बारात रात भी रुकती थी। बारात के कुछ लोगों को सोने के लिए ठीक से बिस्तर नहीं मिल पाए।

उसके बाद बापू जब दामाद के घर आए, उन्हें जो अपमान सहना पड़ा, वे जीवन-भर नहीं भूले। वो तो अपने हिस्से का सहकर चले गए, बाक़ी बेटी के हिस्से में आया अपमान जीवन-भर तानों में उसे चुभाया गया। सास-ससुर का जीवन ख़त्म हो गया पर उनके तरकश में तीर ख़त्म नहीं हुए। अभी तक चुभते हैं।

आजकल वो सुषमा का ख़याल रखते हैं। उसे समय पर डॉक्टर के पास ले जाते हैं। वो दवा समय पर लेती है कि नहीं, देखते रहते हैं। एक आम स्त्री की तरह सुषमा को परिवार के हर आदमी का ख़याल रखने की ट्रेनिंग मिली थी। उसका ख़ुद का शरीर कब बीमारियों का घर बन गया, उन्हें पता भी नहीं चला। पर उनके इतना कहने पर भी वो मानती नहीं। सारा काम ख़ुद करती है।

"सुषमा तुम बहुत ज़िद्दी हो गई हो। सुना था बुढ़ापे में लोग ज़िद्दी हो जाते हैं।"

"आपको बुढ़ापे में मेरी इतनी चिन्ता क्यों होने लगी?" वो चिढ़कर बोली।

वो गम्भीर हो गए।

“तुम्हें क्या लगता है मैंने कभी तुम्हारी चिन्ता नहीं की? आख़िर ये कैसा ग़ुस्सा है? मैं समझ नहीं पा रहा हूँ सुषमा।”

“मुझे भी नहीं पता ये कैसा ग़ुस्सा है...”

“मैं क्या कर सकता था तुम ही बताओ? अच्छा पति बनने की कोशिश करता तो बेटा नालायक़ कहलाता। कहीं तो मुझे हारना ही था।”

“ऐसा लगता है मेरा जीवन मुझसे हिसाब माँग रहा है। कहाँ गए मेरी जवानी के दिन?”

“हाँ। मैं ज़िम्मेदार हूँ इसका। पर तुमने कभी पहले कहा भी तो नहीं था। तुम चुप रही। तुम कह सकती थी।”

“चुप रहने के पीछे शायद बचपन की ट्रेनिंग या कंडीशनिंग रही होगी। मैं चुप थी पर आपने भी तो कभी मेरी घुटन को देखा नहीं?”

सुषमा के सवाल उनके दिल पर लगते। पर वो कर ही क्या सकते थे?

उसने घी से चुपड़ी गरमा-गरम रोटी उन्हें परोसी। रोटी और घी की ख़ुशबू से उनकी भूख और बढ़ गई। उनसे रुका नहीं जा रहा था, “तुम भी आ जाओ फिर खाते हैं”

“आप खाइए। मैं आ जाऊँगी।”

“पता है सुषमा, ‘कुक’ खाना बनाकर रख जाता था। पर जो स्वाद तुम्हारे हाथ की बनी ताज़ी, घी से चुपड़ी रोटी में है वो कभी कहीं नहीं मिला।” पहला निवाला उनके मुँह में घुल गया था।

“आपका बेटा भी यही कहता है फ़ोन पर।” उसने बेटे का ज़िक्र छेड़ तो दिया, अब वो झिझक गई थी।

“तभी विदेश जाकर बैठ गया है।” वो ताना देने से रोक नहीं पाए।

“सबको अपना जीवन तय करने का हक़ है। उनके अपने सपने हैं। मैं चाहती हूँ मेरे बच्चे ख़ुश रहें। मैं उनके ऊपर बोझ नहीं बनना चाहती। फिर हम पुरानी पीढ़ी हैं, कितना भी अपने-आपको समय के साथ बदलें, हम कहीं-ना-कहीं पिछड़ ही जाते हैं सोच में। जब तक हाथ-पैर चलते हैं, किसी पर निर्भर नहीं रहना चाहिए।”

“मैं भी किसी पर निर्भर नहीं रहना चाहता।”

"तो क्या दिक़्क़त है? ख़ुश रहिए न।"

"ख़ुश ही हूँ।"

रात का खाना खाकर, रसोई समेटकर वो बिस्तर पर गई तो कमर दर्द से अकड़ गई, उसके मुँह से 'हाय' निकला तब उनका ध्यान अख़बार से हटा।

"थक गई ना आज। सुनती भी तो नहीं हो। चलो कल से मैं घर के काम सीखता हूँ।"

"फिर कहोगे मुझे नौकर बना लिया अपना।"

"नौकर तो बीवी का हर कोई होता ही है।"

"यह सब कहने की बातें हैं।"

वो उसके पास सरक आए। हलके हाथों से उसकी कमर दबाने लगे। उसने कुछ नहीं कहा, उन्हें रोका भी नहीं। कुछ देर में उसे दर्द से आराम मिलने लगा।

उसे अपने मोबाइल का होश नहीं रहता कहाँ रख देती है। बच्चों ने तभी घर का लैंडलाइन फ़ोन बन्द नहीं करने दिया था। सुबह-सुबह फ़ोन की घंटी बजी तो दोनों एक-दूसरे को देखने लगे। इतनी सुबह किसका फ़ोन हो सकता है। बड़ी वाली इतनी सुबह फ़ोन नहीं करती, उसे ऑफ़िस जाने की भाग-दौड़ होती है। बेटा है क्या?

उन्होंने फ़ोन उठा लिया। वो दूर रसोई की खिड़की से देख रही है। हलकी आवाज़ें आ रही हैं। बड़ी ही है। क्या हुआ होगा? ये क्या? बड़ी ने फ़ोन मिन्नी को पकड़ा दिया। क्या मिन्नी बड़ी के पास आई है? बात करते-करते ये परेशान और ग़ुस्से में क्यों दिखाई दे रहे हैं? वो पास जाकर खड़ी हुई ही थी कि उन्होंने फ़ोन उसे पकड़ा दिया।

"मिन्नी कैसी हो बिटिया?"

"ठीक हूँ मम्मी। आप कैसी हैं?"

"मैं भी ठीक हूँ। तुम बड़ी के पास कब आई?"

"मम्मी मैं कल शाम को आई थी।"

"कल शाम को फ़ोन क्यों नहीं किया तुम दोनों ने?"

"बहुत लेट हो गया था। हमने सोचा आप लोग यूँ ही परेशान होंगे।"

"क्या हुआ बिटिया? तुम्हारा मनु से झगड़ा हुआ है क्या?"

मिन्नी ने लम्बी साँस ली।

"यहाँ चली आओ मिन्नी।"

"मम्मी मैं जॉब करूँगी।"

"ठीक है बिटिया। जॉब देखो। तुम जब भी कहोगी, मैं और पापा तुम्हारे पास आ जाएँगे।"

"ठीक है मम्मी बाद में बात करती हूँ।"

फ़ोन रखकर वो उनके पास बैठ गई। उसने बहुत कम उनको ऐसे परेशान देखा है। उन्होंने बताया मिन्नी ने ससुराल का घर छोड़ दिया है। वो मनु से कहकर आई है कि वो कोई जॉब करेगी और वो जब आना चाहे उसके पास आ सकता है पर वो उस घर में नहीं रहेगी। उसके नौकरी करने के फ़ैसले को लेकर मनु के माँ-बाप बहुत नाराज़ हो गए हैं। मिन्नी की सास ने पिया को मिन्नी के बारे में ना जाने क्या-क्या बोला है फ़ोन पर।

"मिन्नी जैसी इतनी अच्छी बेटी से किसी को कैसे दिक्क़त हो सकती है? सुषमा...मिन्नी?"

उनकी आवाज़ काँप रही थी। वो अपने-आपसे बोलते जा रहे थे, "मिन्नी ने मुझे कभी कोई तकलीफ़ नहीं दी। कभी कोई डिमांड नहीं की मुझसे। पढ़ाई में इतनी अच्छी रही। कभी कोई शिकायत नहीं आई उसकी। कोई कैसे कह सकता है कि मिन्नी को तमीज़ नहीं है? मिन्नी को कुछ सिखाया नहीं गया है? उसके सास-ससुर ने पिया से ये कैसे कहा सुषमा?"

"रहना मनु और मिन्नी को है। मिन्नी समझदार है। अगर उसने घर छोड़ा है किसी बात पर तो वो बात जायज़ ही होगी। शादी आसान नहीं होती। उसे जॉब ढूँढ़ लेने दीजिए। फिर हम चलेंगे मुम्बई। जाकर देखेंगे।"

वो चश्मे के ऊपर से देख रहे थे सुषमा को। हैरान! कैसे वो इतनी सहज थी मिन्नी के घर छोड़ने को लेकर?

उनका ग़ुस्सा सुषमा को अपने बापू की बेबसी में बदलता नज़र आया। सुषमा को एक क्रूर-सी राहत महसूस हुई।

सेनिटाइज़र

"लूसिया सारा घर सेनिटाइज़र से साफ़ करो!"

जब वे लोग सिम्मी के चाचा, चाची और छोटू को घर के दरवाज़े तक विदा करने गए, वापस आकर सिम्मी के पापा ने लूसिया को यह आदेश दिया।

सिम्मी की मम्मी ने उनकी ओर देखा तो सिम्मी के पापा ने सफ़ाई दी, "भाई है मेरा, मैं क्या कहता उसे?"

लूसिया ने सोफ़ा, बेड, कुर्सियाँ, मेज़ सब कुछ सेनिटाइज़र से साफ़ करना शुरू कर दिया।

सिम्मी ने मम्मी से कहा "मॉम छोटू कितना ज़्यादा क्यूट है न? क्या वो कुछ दिन और नहीं रुक सकता था हमारे साथ?"

श्रीमती निरुला लूसिया की प्रतीक्षा कर रही थीं कि कब वो कमरे की सफ़ाई ख़त्म करे और खाने की मेज़ पर पड़े बर्तन रसोई में जाएँ।

सिम्मी अपने कमरे में आ गई। उसने अपना कम्प्यूटर खोल लिया और गेम खेलने लगी।

दादी ने फुँकनी से चूल्हे में बुझी आग में फूँक मारी, जली हुई लकड़ी लाल होकर सुनहरी हो गई। फिर अचानक कहीं से आग जल उठी और लकड़ियाँ फिर सुलगने लगीं, सिद्धार्थ को ये जादू-सा लगता। इतनी गर्मी में दादी के इतना ग़ुस्सा होने पर भी वो चूल्हे के पास बैठा रहता। दादी उसे कभी आलू भूनकर खिलाती, कभी भुट्टा।

इतने में सिद्धार्थ ने देखा बाबा बाहर जा रहे हैं। पसीने से नहाया हुआ वो

साथ हो लिया बाबा के। जाते-जाते उसने शेखर भैया के कमरे की खिड़की से गिलहरी की तरह झाँका। भैया कोई किताब पढ़ रहा था। उसने खिड़की से पूछा, "भैया फ़ोन रिचार्ज हुआ?"

शेखर भैया ने बिना किताब से निगाहें हटाए जवाब दिया, "आज हो जाएगा चीकू!"

शेखर भैया ने ही उसे 'चीकू' नाम दिया था। यूँ तो सिद्धार्थ नाम भी शेखर भैया का ही दिया हुआ था पर शेखर भैया जब उसे चीकू कहते तो उसे बहुत अच्छा लगता था।

बाबा ने देखा, गाँव के चौराहे पर चौधरी दो और लोगों के साथ बैठा था। उसने बाबा को आवाज़ लगाई। बाबा उधर हो लिये, पीछे-पीछे सिद्धार्थ। चौधरी बाबा से बातें करने के लिए उत्सुक दिखा। उसे दिल्ली के बारे में बहुत कुछ जानने की इच्छा रहती। वो ख़ुद भी कई बार दिल्ली गया था।

"दिल्ली में तो हालात बहुत ख़राब हो रहे हैं।"

"हाँ कुछ नहीं पता क्या होगा दुनिया का" बाबा ने लम्बी साँस ली। चौधरी ने सिद्धार्थ को देखकर पूछा, "किस किलास में पढ़ रहे हो?"

"सेवेंथ में" सिद्धार्थ ने जवाब दिया।

"सातवीं में गया है इस साल" बाबा बीच में बोल पड़े।

"किस स्कूल में पढ़ते हो?"

"डेफोडिल्स इंटरनेशनल स्कूल।"

"ये तो कोई बड़ा अंग्रेज़ी स्कूल लग रहा है मोहन?" चौधरी ने बाबा से पूछा।

"शेखर ने ही इसका नाम लिखा दिया बड़े स्कूल में। घर के पास ही है। ख़ुद तो वो सरकारी स्कूल में पढ़ा। इसे 'कोटा (ई.डब्ल्यू.एस.)' में दाख़िला मिला है।"

"अब तो सब स्कूल बन्द पड़े हैं।"

"हाँ। मोबाइल पे कुछ पढ़ाई होती है।"

सिद्धार्थ के पापा दिल्ली में ऑटो-रिक्शा चलाते थे। लॉकडाउन में लोग डर के मारे ऑटो-रिक्शा में सफ़र नहीं कर रहे थे। ऊपर से जितना कुछ जमा किया था लॉक डाउन में सब ख़र्च हो गया। बाबा, सिद्धार्थ, भैया और माँ को लेकर गाँव आ गए थे।

जिस समय उनकी अध्यापिका, अनुष्का ऑनलाइन हाज़िरी ले रही थी, सिम्मी 'चैट बॉक्स' में अपनी सहेलियों के साथ अपने जन्मदिन पर होनेवाली 'ऑनलाइन पार्टी' के बारे में बातें कर रही थी।

सिद्धार्थ आज ग़ैरहाज़िर था। शेखर भैया आज मोबाइल फ़ोन में 'इंटरनेट डेटा पैक' डलवाएँगे। वैसे ही सिद्धार्थ ने 'ऑनलाइन' पढ़ाई दो महीने देरी से शुरू की। लॉकडाउन की शुरुआत में वो महीना-भर कोई कक्षा नहीं कर पाया था। स्कूल से उसका कोई सम्पर्क नहीं हो पाया था। उसकी तरह और भी कई बच्चे थे जो उसकी तरह 'ऑनलाइन' कक्षा नहीं कर पा रहे थे। फिर एक दिन शेखर भैया के फ़ोन पर उसके एक सहपाठी का सन्देश आया कि अध्यापिका अनुष्का उसके बारे में पूछ रही थी। उसने अनुष्का को फ़ोन किया तब उसे एक ई-मेल का अकाउंट और पासवर्ड दिया गया जिसमें ऑनलाइन पढ़ाई से सम्बन्धित सारी सूचनाएँ भेजी गईं। उसने शेखर भैया के मोबाइल से ही उस ई-मेल को खोलना शुरू किया। सिद्धार्थ भैया के कमरे में गया।

"भैया रिचार्ज हुआ?"

"हाँ।"

सिद्धार्थ के चेहरे पर चमक दिखी। शेखर भैया ने फ़ोन सिद्धार्थ को दे दिया। वो 'माइक्रोसॉफ्ट टीम्स' पर अपना साइंस के पेपर का नतीज़ा देखकर थोड़ा निराश होता है। शेखर भैया भाँप लेते हैं।

"क्या हुआ?"

"भैया साइंस का रिजल्ट आ गया। केवल 15 अंक आए हैं।"

शेखर भैया ने लम्बी साँस ली।

"कोई बात नहीं। इस साल सब कुछ ऐसे ही चलेगा। अगले साल ठीक हो जाएगा...मैथ्स में कितने थे?"

"भैया मैथ्स का नहीं दे पाया था ना...दो दिन तक बत्ती कहाँ आई!"

"हम्म...आगे मेहनत कर...लेकिन इस बार पेपर के नम्बर पच्चीस कैसे? पहले तो पचास का होता था?"

"भैया स्कूल ने परीक्षा के नम्बर कम कर दिए हैं। कुछ ऑनलाइन 'गूगल फ़ॉर्म' भी आता है, जिस पर 'मल्टीपल चॉइस' प्रश्न आते हैं, बाक़ी 'प्रोजेक्ट' और 'असाइनमेंट' के भी नम्बर लगते हैं।"

"हम्म...कोई बात नहीं। सब ठीक हो जाएगा" भैया ने लम्बी साँस ली।

साइंस का नतीज़ा देखकर सिम्मी कुर्सी पर से उछली, "येस्स..."

मम्मी, "कितने?"

"ट्वेंटी फोर।"

मम्मी ने सिम्मी को चूम लिया।

"और सिद्धार्थ के कितने आए?"

"फिफ्टीन।"

मम्मी के चेहरे पर हलकी मुस्कान आई। पिछले साल सिद्धार्थ ने हर पेपर में पहला स्थान पाया था।

सिम्मी के पापा, निरुला जी का 'वर्क फ्रॉम होम' सुबह 11 बजे शुरू होता और रात तक चलता। वो अपने विभाग के ही अफ़सर शर्मा जी से फ़ोन पर बात कर रहे थे।

शर्मा जी—क्या लाइफ़ हो गई है निरुला जी। कभी सोचा था घर में डरकर बैठना पड़ेगा?

निरुला जी—घर जेल बन गया है शर्मा जी। ये भी कोई अफ़सरी है? दिन-भर फ़ोन घुमाते रहो, कम्प्यूटर चलाते रहो। घर में अफ़सरी का एहसास ही नहीं होता। ऑफ़िस जाओ, दस लोगों से काम कराओ। वहाँ बाबू हैं, मैनेजर हैं। यहाँ क्या है? घर बैठे हैं घरेलू बनकर।

शर्मा जी को श्रीमती निरुला की याद आई।

शर्मा जी श्रीमती निरुला के बारे में पूछते हैं—"और मैडम ठीक हैं?"

निरुला जी—"ठीक है। बस वही चल रहा है—कुकरी। किसी दिन पिज़्ज़ा, कभी चयनीज़ कभी समोसे।"

शर्मा जी—"वैसे औरतों की लाइफ़ बहुत 'टफ' हो गई है लॉकडाउन में। उन पर सारा काम का बोझ आन पड़ा है।"

निरुला जी—"किस बात का बोझ? आजकल औरतें काम कहाँ करती हैं? सबने नौकर रखे हुए हैं।"

शर्मा जी—"आपके यहाँ मेड आती है?"

निरुला जी—"एक यहीं रहती है चौबीस घंटे वाली। एजेंसी से ली थी कुछ

साल पहले। ये झारखंड के लोग अच्छे नौकर होते हैं। ट्राइबल है। अच्छा, शर्मा जी आपकी वाइफ तो वर्किंग हैं। उनका 'वर्क फ्रॉम होम' कैसा चल रहा है?"

शर्मा जी—"वो इसे 'वर्क फॉर होम' कहती हैं। कहती हैं कि घर पर बस घर के काम हो सकते हैं।"

श्रीमती निरुला जो इस बातचीत को सुन रही थीं, के चेहरे पर एक व्यंग्यात्मक मुस्कान आ गई थी।

सिम्मी ने खिड़की से बाहर देखा। सुबह जो मूँगफली के दाने उसने रखे थे अब वहाँ नहीं थे। वो बाहर आँगन में निकल आई। मुट्ठी में भरे कच्ची मूँगफली के दाने बोगनवेलिया की जड़ों में रख दिए। वो दूर कुर्सी पर बैठकर इन्तज़ार करने लगी। थोड़ी देर बाद एक गिलहरी बोगनवेलिया से नीचे उतरी और मूँगफली के दाने दाँतों से कुतरने लगी। उनके इस सरकारी बँगले के बड़े से आँगन में और भी पेड़ थे जैसे आम का पेड़, जामुन का पेड़। सब पर कोई-ना-कोई गिलहरी रहती थी। वे सब मिलकर एक-दूसरे के पीछे भागतीं। एक बिल्ली भी अक्सर उनके आँगन में दीवार कूदकर आती थी। उसके आते ही बोगनवेलिया से उतरनेवाली गिलहरी उसके कमरे की छत पर खड़ी होकर कान फोड़नेवाली आवाज़ में तब तक चिल्लाती जब तक बिल्ली आँगन की दीवार कूदकर चली नहीं जाती। सिम्मी को हैरानी हुई कि लॉकडाउन से पहले उसने कभी आँगन से आनेवाली चिड़ियों की आवाज़ को क्यों नहीं सुना था? क्यों कभी इन गिलहरियों को नहीं देखा था?

"जब मैं दिल्ली आई तब मुझे हैरानी हुई गिलहरियों को इनसानों के पास आते देखकर" सिम्मी के पीछे आ खड़ी लूसिया ने कहा।

"क्यों लूसिया?" सिम्मी ने पूछा।

"हमारे यहाँ गिलहरियाँ इनसानों को देखकर भाग जाती हैं।"

"क्यों?"

"हम इनका शिकार करते हैं।"

"ओह!"

सिम्मी ने आगे पूछा, "लूसिया, क्या तुम्हारे गाँव में भी लॉकडाउन लगा है?"

"नहीं। गाँव में ऐसा कुछ नहीं है। शहर हमारे गाँव से दूर है। हमारा गाँव जंगल में है। पर अब हर घर में कोई-ना-कोई मुम्बई, सूरत, पंजाब, दिल्ली गया

है। कल मैंने बात की तो वो लोग बताए बहुत लोग गाँव वापस आ रहे हैं। शहरों में सब फैक्ट्री बन्द हो गया है।"

सिम्मी को जन्मदिन पर एक नया 'टेबलेट' मिल गया। दोस्तों के साथ 'ऑनलाइन' पार्टी शाम को है ही। सब अपने-अपने कम्प्यूटर या मोबाइल फ़ोन से 'ज़ूम' मीटिंग के ज़रिये मिलेंगे और सब कुछ-न-कुछ खाएँगे और पिएँगे। सिम्मी के लिए चिप्स, नमकीन, चॉकलेट, जूस, केक आदि सब ऑनलाइन मँगवा दिया गया है पर फिर भी वो उतनी उत्साहित नहीं है जितनी पिछले साल अपने जन्मदिन पर हुई थी। पापा ने एक बड़े रेस्तराँ में पार्टी दी थी। उसके स्कूल के दोस्त भी आए थे। शाम को सिम्मी ने पापा से कहा।

"पापा मुझे बाहर जाना है"

"सिम्मी तुम्हें अच्छी तरह पता है तुम बाहर नहीं जा सकती। बाहर कोरोना का ख़तरा है। जानती हो दिल्ली का क्या हाल हुआ पड़ा है। लोग मर रहे हैं" उन्होंने तेज़ आवाज़ में कहा।

सिम्मी चुप हो गई। पापा थोड़ी देर बाद शान्त हो गए।

"ठीक है। तुम गाड़ी से बाहर नहीं निकलोगी। हम इंडिया गेट का एक चक्कर लगाकर वापस आएँगे।"

उसी समय सिम्मी की मम्मी का मोबाइल फ़ोन बजा। सिम्मी की कक्षा में पढ़नेवाली सबरीना की मम्मी का फ़ोन था।

सिम्मी की मम्मी—"बच्चों का स्क्रीन टाइम कितना बढ़ गया है।"

सबरीना की मम्मी—"पूछो मत। क्लास भी ऑनलाइन, फिर वर्कशीट्स और होमवर्क भी ऑनलाइन, वीडियो, पीडीऍफ़...आँखें ख़राब हो रही हैं बच्चों की।"

"चलो कम-से-कम कुछ तो पढ़ रहे हैं। वरना ये साल तो बेकार जानेवाला है।"

"सिम्मी अपना जन्मदिन कैसे मना रही है?"

"कोई ऑनलाइन पार्टी है इन बच्चों की। इस कोविड के समय में क्या किया जा सकता है?"

"हाँ सबरीना ने बताया ऑनलाइन पार्टी के बारे में। पास की दुकान से 'स्नैक्स' भी ख़रीद लाई है।"

"आप सबरीना को बाहर निकलने देते हैं?"

"क्या करें घर पर बन्द रहने से बच्चे की 'मेंटल हेल्थ' भी तो एफेक्ट हो रही है।"

"यार तुम्हारा 'एरिया' अच्छा है। इधर हमारी कॉलोनी के पीछेवाला इलाक़ा अच्छा नहीं है। 'शेड्यूल्ड कास्ट' लोगों की आबादी है। ये लोग मास्क तक तो पहनते नहीं। कोविड इन्हीं लोगों की वजह से फैलता है" सिम्मी की मम्मी ने कहा।

दिल्ली का 'कोरोना' गाँव में आकर 'करौना' हो गया था। पर लोगों में उतनी दहशत नहीं थी जितनी दिल्ली में थी। हाँ कोरोना को लेकर कई कहानियाँ ज़रूर गाँव-भर में सुनाई जा रही थीं। कोई ये भी कहता कि कोरोना एक गीठ-भर का है और सीधा माथे पर प्रहार करता है। कोई इसे अफ़वाह-भर कहता। कोई कहता ख़ाली अमीरों को होता है। सिद्धार्थ को गाँव में रहना अच्छा लग रहा था। दिल्ली के दो कमरे के घर में बन्द रहने से कहीं अच्छा था यहाँ। पर सिद्धार्थ को अपना स्कूल और स्कूल के दोस्त याद आते थे।

आज अध्यापिका ने बच्चों को सामाजिक शिक्षा का एक प्रोजेक्ट दिया। उस प्रोजेक्ट के लिए विद्यार्थियों के समूह बन चुके थे। सिद्धार्थ सामाजिक शिक्षा में अपनी कक्षा का सबसे अच्छा विद्यार्थी है। सिम्मी और उसका जहाँ दूसरे विषय में मुक़ाबला रहता, इस विषय में वो सिम्मी से बहुत आगे रहता। इस बार का विषय है 'सामाजिक भेदभाव।' इस विषय पर हर समूह को एक ऑनलाइन प्रस्तुति देनी होगी।

सिद्धार्थ ने सुना शेखर भैया अपने कमरे में फ़ोन पर बात कर रहे हैं तेज़ आवाज़ में, "कोरोना की आड़ में अपना एजेंडा चुपचाप लागू किया जा रहा है। ये प्रोटेस्ट को दबाने के लिए किया जा रहा है। कोरोना कुछ नहीं डब्ल्यू.एच.ओ. और शक्तिशाली देशों की साज़िश है। पहले बीमारी आएगी, फिर दवा बेची जाएगी।"

सिद्धार्थ वहीं खड़ा रहा। भैया ने थोड़ी देर में बातचीत बन्द कर दी।

"हाँ चीकू? कुछ स्कूल से आया है?"

"भैया अनुष्का मै'म का मैसेज आया है। उन्होंने मुझे एस.एस.टी. के एक प्रोजेक्ट ग्रुप में शामिल कर दिया है।" उसकी आँखों में चमक थी।

"हम्म...क्या टॉपिक है प्रोजेक्ट का?"

"डिस्क्रिमिनेशन।"

"हम्म...अच्छा विषय है। मेरा लैपटॉप ठीक होता तो अच्छा रहता। ठीक से रिसर्च हो पाती फिर। तुम्हारी क्लास टीचर का नम्बर क्या है? बात करके देखता हूँ। किसी लैपटॉप का इन्तज़ाम हो जाए अगर...अरे याद आया! 'पांडे' से बात करता हूँ। उसके पास एक पुराना लैपटॉप रखा होगा।"

सिम्मी की मम्मी ने सिम्मी से प्रोजेक्ट के बारे में पूछा, "तुम्हारे ग्रुप में कौन-कौन है?"

"मम्मी दो ही सही लोग हैं सबरीना और सिद्धार्थ। ऋषि और रेयांश तो कभी काम नहीं करते, ना ही 'रेस्पोंड' करते हैं।"

"पता नहीं ये लोग सरकारी स्कूलों में क्यों नहीं जाते?" सिम्मी की मम्मी खीझ उठी।

"पर मम्मी सिद्धार्थ तो बहुत अच्छा है पढ़ाई में।"

"बेटा कुछ बच्चे 'एक्सेप्शन' होते हैं।"

तभी कम्प्यूटर पर एक सूचना आने का सन्देश मिलता है।

सिम्मी—"मम्मा, अनुष्का मै'म ने ग्रुप 'लीडर्स' बना दिए हैं।"

श्रीमती निरुला—"तुम्हारे ग्रुप का लीडर कौन है?"

सिम्मी—"सिद्धार्थ।"

श्रीमती निरुला किसी सोच में डूब गईं, "तुम्हें सोशल स्टडीज़ में और अच्छा करना होगा ताकि तुम ग्रुप लीडर बन सको।"

"दुनिया सेनिटाइज़र पीकर मर रही है। क्या समय है!"

शेखर भैया बगलवाले घर में रहनेवाले चाचा के बेटे जिसे सब 'पूतन' कहते हैं, से कह रहे थे।

"किसलिए भला?" पूतन भैया हैरान थे।

"आज ख़बर है अख़बार में कि कई जगह लोग सेनिटाइज़र पी रहे हैं। सेनिटाइज़र में सत्तर परसेंट अल्कोहल जो है। दुनिया कह रही है बेवड़े लोग हैं। कोई पूछे, निचले तबके का आदमी ही क्यों मर रहा है नशे की लत के चलते? रिक्शावाला, दिहाड़ी मज़दूर। क्या है उसके जीवन में रोज़ के संघर्ष के अलावा?

ऊपर से ये कोविड और थोपा हुआ लॉकडाउन। अमीर आदमी की तो जैसे 'पिकनिक' चल रही है परिवार के साथ। मध्यम वर्ग भी खाने बना-बनाकर सोशल मीडिया पर डाल रहा है। रोज़ कमाकर खानेवाला भूखा मर रहा है घर पर बैठा।"

"पर भैया शहर में तो आदमी कोरोना से ऐसे मर रहा है जैसे मक्खियाँ हों।" पूतन ने कहा।

शेखर भैया—"यार एक बात बताओ? क्या डेंगू से, मलेरिया से, हैजा से लोग नहीं मरते थे?...मिसहैंडल किया जा रहा है। साला डॉक्टर कोई हाथ नहीं लगाना चाहता मरीज़ को। ख़ुद ही डरा हुआ है।"

पूतन भैया अचानक उदास हो गए।

"भैया क्या बताएँ? सब काम-धन्धा छूट गया। ऐसे में शहर में कितने दिन रहते? कैसे रहते? भिखारियों की तरह लम्बी लाइनों में लगकर सुबह-शाम खाना मिलता था। यही बन्दोबस्त था। कब तक बच्चों को भूखा रखते? आने का भी कोई साधन नहीं था। कितने दिन पैदल चले शहर से गाँव के लिए। पैर छालों से भर गए। कितने लोग रास्ते में मर गए पानी की कमी से। गाँव लौटने के अलावा कुछ दिख नहीं रहा था। गाँव में और कुछ ना हो, बच्चों का पेट तो भर ही जाता है। वहाँ रहते तो कोरोना से पहले भूख से मर जाते।"

पूतन भैया की आवाज़ में घोर निराशा थी। सिद्धार्थ को बाबा, माँ और शेखर भैया के साथ लोगों से भरे ट्रक में बैठकर दिल्ली से गाँव तक का सफ़र याद हो आया। सिद्धार्थ ने देखा शेखर भैया हाथों की उँगलियों के कड़ाके बजाने लगे। उनको जब भी ग़ुस्सा आता वो यही करते।

"कोरोना के नाम पर एक बड़ी साज़िश की गई है। खेल खेला गया है सबके साथ।"

सबरीना और सिम्मी व्हाट्सअप पर बात कर रही थीं—

सबरीना—सिद्धार्थ को मै'म ने हमारे ग्रुप का लीडर बना दिया है।

सिम्मी—हाँ।

सबरीना—अब वो हर बात में अपनी चलाएगा।

सिम्मी—हम्म।

सबरीना—ही इज़ वेरी डोमिनेटिंग।

सिम्मी—...

सबरीना—और हर बार प्रोजेक्ट में उसके नम्बर सबसे ज़्यादा लग जाते हैं।

सिम्मी—हाँ।

सबरीना—इस बार हम उसकी चलने नहीं देंगे।

सिम्मी—ठीक है।

शेखर भैया के साथ कॉलेज में पढ़नेवाले 'पांडे' भैया एक दिन गाँव आए थे। साथ में एक पुराना लैपटॉप भी लाए थे।

"कैसे आए? पुलिस ने पकड़ा नहीं?" शेखर भैया पांडे भैया से पूछ रहे थे।

"पुलिस की गाड़ी में ही आया हूँ।"

पांडे भैया ज़ोर-ज़ोर से हँसने लगे।

"कौन सा जुगाड़ भिड़ाया?"

"हमरे जीजा जी के भाई इधर ही ड्यूटी करते हैं। बस उनसे कहा हमें जाना है। बन्दोबस्त कर दिए किसी गाड़ी में। पुलिसवाला ही तो पकड़ेगा ना? और अगर पुलिस की गाड़ी में आएँ तो कौन पकड़ेगा?"

पांडे भैया इतना ज़ोर से हँसे थे कि पिंकी भी हँस पड़ी। सिद्धार्थ अपनी चचेरी बहन पिंकी को उसके सरकारी स्कूल से आनेवाला काम करवा रहा था। पिंकी चौथी कक्षा में पढ़ती है। सिद्धार्थ ने देखा इन स्कूलों में कोई 'ऑनलाइन क्लास' नहीं होती। बस रोज़ कुछ काम आता है व्हाट्सअप पर।

"चीकू पढ़ा भी लेता है? वाह!" पांडे भैया की तारीफ़ की और बोले, "अब चीकू के लिए 'ऑनलाइन क्लास' और 'होमवर्क' करना थोड़ा आसान हो जाएगा।" शेखर भैया बोले और लैपटॉप ऑन कर दिया।

"अरे भैया! आपका लाइफ़स्टाइल और आपका पूरा जीवन डिज़ाईन किया जा रहा है। ऑनलाइन पेमेंट, ऑनलाइन राशन, ऑनलाइन शॉपिंग, ऑनलाइन कंसल्टेशन और अब ऑनलाइन पढ़ाई।" पांडे बोला।

"जिस देश में केवल बीस परसेंट आबादी इंटरनेट इस्तेमाल करती हो वहाँ ऑनलाइन शिक्षा का क्या मतलब होगा? पहले तो स्मार्ट फ़ोन होना चाहिए, फिर इंटरनेट रिचार्ज और चौबीस घंटे बिजली।" शेखर भैया बोले थे।

लैपटॉप शुरू हो गया था। सिद्धार्थ ने स्कूल में कम्प्यूटर लैब में इंटरनेट पर जानकारी खोजना सीखा है। सिद्धार्थ बहुत ख़ुश है कि इस बार वो अपने प्रोजेक्ट के लिए ख़ुद जानकारी इकट्ठा करेगा। अनुष्का मै'म ने उसे लिखकर दिया है कि उसे अपने प्रोजेक्ट के लिए क्या-क्या जानकारी ढूँढ़नी होगी। उसने शुरुआत डॉक्टर आम्बेडकर से की। वो पहले से ही शेखर भैया से डॉक्टर आम्बेडकर के बारे में बहुत कुछ सुन चुका है।

निरुला जी ने आख़िर दफ़्तर खुलवा दिया। आज इतने दिनों बाद अपने बड़े से ऑफ़िस के कमरे में शीशा लगे बड़े से मेज़ के सामने रखी 'एग्जीक्यूटिव' कुर्सी पर बैठकर उन्हें आज फिर 'बड़े साहब' जैसा महसूस हुआ। उनका चपरासी रामसमझ उनके मेज़, कुर्सियाँ और साइड में लगे सोफ़ासेट को सेनिटाइज़र से साफ़ कर चुका था। वो कप में टी बैग डालकर चाय बना लाया था।

"रामसमझ, चाय बनाने से पहले हाथ सेनिटाइज़र से साफ़ किए थे तुमने?"

"जी साब। कर लिये थे।"

उन्होंने पी.ए. को पहले ही बड़ी-बड़ी सेनिटाइज़र की दो बोतलें लाकर रखने के लिए बोल दिया था।

शाम होते-होते निरुला जी अपने दफ़्तर में बैठे-बैठे तंग आ गए। स्टॉफ़ भी उनके कमरे में आता तो डरा हुआ-सा। दरअसल आदमी-आदमी से डरा हुआ था। कोई खाँस देता तो लोग उसे शक की निगाह से देखने लगते। कहीं कोई छींक मार देता तो दहशत ही फैल जाती।

शाम को उनके दफ़्तर में काम करनेवाली एक कर्मचारी सोनाली उनके केबिन में आती है।

"सर आपके पास मेरी छुट्टी की एप्लीकेशन आई होगी।" सोनाली एक याचक की तरह कहती है।

"हाँ आई है। आपको छह महीने की चाइल्ड केयर लीव क्यों चाहिए?" उन्होंने सीधा सवाल किया।

वो बहुत थोड़ी सी घबराई पर वो सँभल गई। वो जानती थी ऐसे सवाल पूछे जाएँगे बावजूद इसके कि उसने अपनी अर्ज़ी में सब कुछ विस्तार में लिखा था।

"सर मेरे बच्चे को देखनेवाला अभी फिलहाल कोई नहीं है।"

"आप अपने "इन-लॉज़" के साथ नहीं रहतीं?"

"नहीं" सोनाली के लहज़े में थोड़ी खीझ थी।

"अभी तक कैसे चल रहा था?"

"सर आधा दिन बच्चा स्कूल में बाक़ी दिन मेड के साथ रहता था। अब स्कूल बन्द हो गए हैं और मेरी मेड गाँव चली गई है। मेड के पास बच्चे को छोड़ने में कोविड का ख़तरा भी है।"

"छह महीने बाद कौन देखेगा बच्चे को?"

"तब तक कोई इन्तज़ाम कर लूँगी।"

"ठीक है मैं देखता हूँ। आपकी सीट का काम भी तो किसी को करना होगा। सबके पास अपना काम है।"

सोनाली चली जाती है। वो रामसमझ से बात करते हैं।

"बहुत दिक्क़तें हैं औरतों के साथ। कभी बच्चा पैदा करने के लिए छुट्टी चाहिए, कभी पालने के लिए। कभी सास नहीं चाहिए, कभी डे-केयर अच्छा नहीं।"

वो अभी कुछ और भड़ास निकालते पर उनके मोबाइल फ़ोन पर सिम्मी का फ़ोन आ रहा था।

"भैया हमारे ग्रुप में हम सबको अपने प्रोजेक्ट के लिए एक हज़ार शब्दों का लेख लिखना है जिसे ग्रुप लीडर एक 'वर्ड फ़ाइल' में 'कम्पाईल' करके मै'म को मेल करेगा। सबके लेख आ चुके हैं। रेयांश को लिखने में दिक्क़त आ रही थी। उसे मैंने जानकारी सर्च करके भेज दी थी। अब उसने भी अपना लेख भेज दिया है। क्या आप इन्हें पढ़ोगे एक बार?"

शेखर भैया ने सबसे पहले सिद्धार्थ का लेख पढ़ा।

"हम्म। अच्छा लिखा है।"

"आख़िर हम इस आज़ादी के लिए क्यों लड़ रहे हैं? हमें आज़ादी चाहिए ताकि हम अपनी सामाजिक व्यवस्था को बेहतर कर पाएँ, जो असमानताओं और भेदभावों से भरी है, जो कि हमारे मूल अधिकारों के ख़िलाफ़ है।"

सिद्धार्थ ने अपने लेख की शुरुआत डॉक्टर आम्बेडकर के इस कथन से की थी। उसके बाद भैया ने उसे कुछ और बिन्दु अपने लेख में शामिल करने की सलाह दी।

शेखर भैया ने एक-एक करके सब बच्चों के लेखों को पढ़ा। पढ़ते हुए वो एक जगह पर अटक गए और उन्होंने "रिज़र्वेशन एक 'रिवर्स डिस्क्रिमिनेशन' है" को ज़ोर से पढ़ा।

शेखर भैया मुस्कुराए। सिद्धार्थ ने भी पढ़ा था इस वाक्य को।

"किस बच्चे ने लिखा है ये?"

"भैया सिम्मी निरुला ने।"

शेखर भैया कुछ सोच रहे थे।

सिद्धार्थ ने आगे पूछा, "भैया, आज शाम को हमारे ग्रुप की ज़ूम मीटिंग है। क्या मैं इसे 'पॉइंट आउट' करूँ?"

शेखर भैया कुछ नहीं बोले।

शाम को शेखर भैया उसके पास आए।

"चीकू, तुम सब बच्चों के लेख 'कम्पाईल' करो और टीचर को भेज दो। किसी से कुछ कहने की ज़रूरत नहीं है। सबका अलग-अलग 'असेसमेंट' होगा।"

सिद्धार्थ सोच रहा था कि आख़िर शेखर भैया ने दिन-भर क्या सोचा होगा? इस निर्णय के पीछे कहीं-ना-कहीं शायद बाबा की दी हुई सीख रही होगी। भैया अपने सरकारी स्कूल में पहले स्थान पर आए थे। पर यूनिवर्सिटी में दाख़िला इतना आसान नहीं था। बाबा ने उनकी पढ़ाई के लिए गाँव की अपने हिस्से की ज़मीन को बेच दिया था। इसीलिए शेखर भैया बाबा का बोझ कम करने के लिए अपनी पढ़ाई के साथ-साथ एक 'कोचिंग' संस्थान में पढ़ाने भी जाते थे। लेकिन अपने स्वभाव से उग्र भैया को क़दम-क़दम पर मुश्किलें झेलनी पड़ीं। शेखर भैया का यूनिवर्सिटी प्रशासन के ख़िलाफ़ अलग-अलग प्रदर्शनों में हिस्सा लेना बाबा को डराता था कि कहीं वो यूनिवर्सिटी से निकाल ना दिए जाए। ऐसी ही एक घटना हुई जब शेखर भैया ने एक दलित लड़के के साथ हुए जातीय भेदभाव के ख़िलाफ़ प्रदर्शन में हिस्सा लिया था। भैया दलित लड़के-लड़कियों के एक अम्बेडकरवादी संगठन के सदस्य भी हैं। उस प्रदर्शन के बाद सब बच्चों के घर पर यूनिवर्सिटी प्रशासन द्वारा नोटिस भेजा गया। बाबा उसे पढ़कर परेशान हो गए। उसे याद है उस दिन बाबा का शेखर भैया को समझाना, "दुनिया में असमानता रही है, आगे भी रहेगी। अगर तुम 'राजनीति' में फँसकर अपना नुकसान करोगे तो कैसे मदद करोगे दूसरों की? चीकू जैसे कितने बच्चे हैं जिनको राह दिखानेवाला कोई नहीं है घर में। गाँव में उन बच्चों का भविष्य क्या है? पढ़ने से रास्ता निकलेगा।"

सिद्धार्थ ने वही किया जो भैया ने कहा। शाम को अनुष्का को ई-मेल कर दिया।

उसके बाद दो दिन निकल गए। अनुष्का की 'ऑनलाइन' कक्षा चल रही थी। असमानता और भेदभाव पर पढ़ाया जा रहा था। बच्चों को समूह में बाँटकर 'आरक्षण' पर बहस कराई गई। हमेशा की तरह सिद्धार्थ का ग्रुप जीत गया और वही अपने ग्रुप का मुख्य वक्ता भी था। अन्त में अनुष्का मैडम ने कहा, "कुछ बच्चों ने अपने लेख में लिखा है 'आरक्षण एक रिवर्स डिस्क्रीमीनेशन है।' आपको पता है भारत अकेला देश नहीं है जिसने अपने संविधान के द्वारा आरक्षण लागू किया है? ऐसा 'आरक्षण' केवल भारत में ही नहीं बल्कि और भी कई देशों में 'अफरमेटिव एक्शन' नाम से लागू है। आरक्षण समाज में मौजूद भेदभाव के कारण लाया गया है। इसे 'रिवर्स डिस्क्रीमीनेशन' कहना सही नहीं है।"

सिम्मी ने ऑनलाइन खिड़की से सिद्धार्थ की ओर देखा।

ज़ूम मीटिंग चल रही थी—

सबरीना—सिद्धार्थ पी.पी.टी. मैं बनाऊँगी।

सिद्धार्थ—ठीक है।

सबरीना—फ़ाइल को कम्पाईल सिम्मी करेगी।

सिद्धार्थ—अनुष्का मै'म आलरेडी कह चुकी हैं कि फ़ाइल कम्पाईल का काम ग्रुप लीडर करेगा।

सिम्मी—हम प्रेज़ेंटेशन में क्या कर रहे हैं? सबके टॉपिक असाइन कर देते हैं।

सबरीना—हाँ आज ही कर देते हैं।

सिद्धार्थ—मैंने आलरेडी लिस्ट आउट कर लिये हैं सारे टॉपिक। शेयर कर रहा हूँ।

सिद्धार्थ एक शीट सबके साथ साझा करता है।

सबरीना लिस्ट में से सबसे आसान टॉपिक ले लेती है।

सिद्धार्थ—मुझे लगता है ये टॉपिक हमें रेयांश को देना चाहिए।

सबरीना—क्यों? रेयांश को क्यों?

सिद्धार्थ—हमें एक ग्रुप में काम करना है। एक ग्रुप की कामयाबी के लिए ज़रूरी है कि सबका ध्यान रखा जाए।

सबरीना—सिद्धार्थ तुम डोमिनेट कर रहे हो।

सिद्धार्थ—इसमें डोमिनेट करने की क्या बात है? टॉपिक नम्बर तीन और पाँच हमें रेयांश और ऋषि को देने हैं। बचे हुए टॉपिक में से तुम और सिम्मी जो चाहो ले सकती हो। जो भी तुम दोनों छोड़ दोगी, वो टॉपिक मैं ले लूँगा। मुझे किसी भी टॉपिक को प्रेज़ेंट करने में कोई दिक़्क़त नहीं है।

सबरीना—हमें भी किसी भी टॉपिक को करने में कोई दिक़्क़त नहीं है।

सिद्धार्थ—मैं भी यही मानता हूँ। इसलिए कह रहा हूँ टॉपिक नम्बर तीन और पाँच रेयांश और ऋषि के लिए छोड़ दो।

सबरीना—वी विल टॉक तो अनुष्का मै'म। यू आर इम्पोसिंग योर डिसीज़न्स ऑन अस। वी वांट अ सेपरेट ग्रुप फॉर अस। सिम्मी विल बी आर ग्रुप लीडर।

सिद्धार्थ—ओके।

सब लोग ज़ूम मीटिंग छोड़ देते हैं।

शेखर भैया आज ख़ुश दिख रहे हैं। माँ और दादी के साथ चूल्हे के पास बैठे खाना बना रहे हैं। उन्होंने सुबह सिद्धार्थ को बताया कि 'कोचिंग सेंटर' से फ़ोन आया है। सारी ट्युशन कल से ऑनलाइन शुरू हो रही हैं।

सिद्धार्थ ने कल की ज़ूम मीटिंगवाली बात शेखर भैया को बता दी थी। शेखर भैया बोले, "डरने की कोई बात नहीं है। टीचर के समाने अपनी बात रखना।"

उस शाम को अनुष्का ने सारे ग्रुप को ज़ूम मीटिंग के लिए बुलाया। सब लोग शाम को मीटिंग के लिए बैठ गए। कोई कम्प्यूटर से, कोई मोबाइल पर। अनुष्का ने जैसे ही पूछा क्या हुआ है। अचानक सब लोग एक साथ बोलने लगे। अनुष्का ने सबको चुप रहने के लिए कहा। फिर सबरीना से कहा कि वो बताए आख़िर उसे क्या शिकायत है।

"मै'म, सिद्धार्थ बहुत डोमिनेटिंग है। वो ग्रुप में अपनी ही बात मनवाता है। ही डज़ नोट लिसेन टू एनी ग्रुप मेम्बर। वो अपने हिसाब से टॉपिक अलॉट करता है। किसी की नहीं सुनता है।"

अनुष्का मैडम ने सिद्धार्थ को बोलने के लिए कहा।

"मै'म सबको टॉपिक इस हिसाब से दिए जा रहे थे कि हमारे ग्रुप की फाइनल परफॉरमेंस पर कोई असर ना पड़े। अगर प्रेज़ेंटेशन के दिन कोई किसी

वजह से प्रेज़ेंट नहीं हो पाता है तो कोई दूसरा उसका टॉपिक प्रेज़ेंट कर सके। और ऋषि और रेयांश को मुश्किल टॉपिक नहीं देना चाहता था मैं क्योंकि वो लोग प्रेज़ेंटेशन के लिए उतने तैयार नहीं हैं। उन्हें हमारी मदद की ज़रूरत हो सकती है।"

मैडम अनुष्का कुछ कहती इससे पहले सबरीना चिल्ला उठी, "मै'म ये ग़लत है। सबको बराबर परफ़ॉर्म करना चाहिए। सबको मार्क्स लेने हैं तो परफ़ॉर्म करना होगा। अगर उनको प्रेज़ेंटेशन में दिक्क़त है तो ये उनका प्रॉब्लम है। हमारा नहीं।"

'सबरीना सिद्धार्थ सही कह रहा है। एक ग्रुप में काम करने का मतलब यही होता है। अपने ग्रुप के कमज़ोर सदस्यों को सपोर्ट करना। तुम्हारे पास सब सुविधाएँ हैं, और वे लोग कई बार ऑनलाइन क्लास भी नहीं कर पाते हैं। तुम्हें समझना चाहिए।"

अनुष्का मैडम सबरीना को समझा रही थी पर सबरीना अभी भी सुनने को तैयार नहीं हुई, "मै'म वी आर नोट कम्फ़र्टेबल विथ सिद्धार्थ एज़ आवर ग्रुप लीडर। वी वांट टू चेंज हिम।"

अनुष्का ने कुछ देर सोचा फिर बोली, "ओके। हू वांट्स टू गो विथ सबरीना एज़ योर ग्रुप लीडर एंड हू वांट्स टू गो विथ सिद्धार्थ एज़ ग्रुप लीडर?"

ऋषि, रेयांश ने सिद्धार्थ के लिए वोट किया। सिम्मी चुप थी।

"सिम्मी हूम यू वांट तो वोट फॉर?"

सिम्मी दुविधा में थी। सबरीना के चेहरे पर हलकी मुस्कान थी। सिम्मी उसकी अच्छी सहेली थी।

"मै'म, आई वांट टू वोट फॉर सिद्धार्थ।"

अनुष्का ने अपना फ़ैसला सुनाया।

"सबरीना, आई ऍम पुटिंग यू इन अनदर ग्रुप।"

निरुला जी ख़ुश थे। दफ़्तर अब कुछ-कुछ पहले जैसा लगने लगा था। हालाँकि लोगों के मन में डर अभी भी बना हुआ था क्योंकि आये दिन ऑफ़िस की इमारत के किसी-ना-किसी तल पर किसी के कोविड का शिकार होने की ख़बर मिलती। ऐसी ख़बरें जंगल की आग की तरह सारे व्हाट्सअप्प ग्रुप में घूमने लगतीं। निरुला जी के दफ़्तर में ज़्यादा लोग नहीं थे और वो भी काफ़ी दूर-दूर बैठते थे।

अचानक एक सुबह निरुला जी अपने दफ़्तर में बैठे थे कि उन्हें अपना शरीर टूटता-सा महसूस हुआ। कल शाम से उनके गले में भी कुछ ख़राश थी। लूसिया ने उन्हें अदरकवाली चाय भी पिलाई पर ख़राश बढ़ता जा रहा था। वो दिन-भर मास्क पहने रहे। आज वो किसी से भी मिलने से बचते रहे। शाम होने से पहले दफ़्तर से घर के लिए निकल गए। गाड़ी में बैठते ही उन्हें खाँसी शुरू हुई। ड्राइवर के चेहरे पर शक साफ़ दिखने लगा।

घर जाकर वो अपने कमरे में चले गए और दरवाज़ा बन्द कर लिया। श्रीमती निरुला अन्दर आईं।

"क्या हुआ आपकी तबीयत ठीक नहीं है क्या?"

"हाँ गले में तकलीफ़ है और शरीर टूट रहा है।"

श्रीमती निरुला ने छुपाने की भरसक कोशिश की पर डर उनकी आवाज़ में झलक रहा था, "मौसम ही ऐसा है। ठीक हो जाएगा। 'क्रोसिन' दूँ आपको? पहले चाय और कुछ नाश्ता भिजवा देती हूँ। गर्म पानी पिएँगे आप? एक थर्मस में डाल के दे देती हूँ।" आख़िरी शब्द उसके गले में अटक-से गए।

"अरे यार। तुम बस गर्म पानी की थर्मस भेजो और चाय-बिस्कुट दे जाओ...और हाँ ध्यान रखना सिम्मी मेरे कमरे में ना आए। तुम भी बिना मास्क के मत आना।"

"आप यूँ ही घबरा रहे हैं। ऐसा कुछ नहीं है।"

वे दोनों एक-दूसरे से नज़र चुरा रहे थे।

ठीक चार दिन बाद रामसमझ को शाम के समय दफ़्तर में बैठे-बैठे शरीर में टूटन शुरू हुई। उसका दिन बहुत बोझिल-सा निकला था। उसे इतना पसीना आया कि वो दफ़्तर में बैठे-बैठे बार-बार भीग जाता रहा। उसके लिए दफ़्तर में कोई काम भी नहीं था। साहब तो पिछले चार दिन से दफ़्तर आए ही नहीं थे। फिर आख़िर इतनी थकान कहाँ से हुई उसे? रामसमझ घर चला आया। रास्ते में आते-आते वो सोचता रहा। उसे किसी से पता चला था कि साहब की तबीयत भी ठीक नहीं है इसीलिए वो दफ़्तर नहीं आ रहे हैं। अगले दिन शाम को रामसमझ को बुख़ार आ गया। बहुत तोड़ देनेवाला बुख़ार था। उसके जोड़-जोड़ में दर्द था। उसने अपने चेहरे पर गमछा लपेटा और कोविड जाँच केन्द्र जाकर

लम्बी क़तार में जा खड़ा हुआ। उसने अपने आस-पास के लोगों से बातचीत की। उसे पता चला सभी कोविड के लक्षणों के कारण कोविड जाँच कराने के लिए क़तार में नहीं लगे थे बल्कि किसी को अपना दाँत निकलवाना था, किसी का कोई और छोटा-मोटा ऑपरेशन होना था। डॉक्टर पहले कोविड की जाँच कराने भेजते हैं। रामसमझ सबसे उचित दूरी बनाकर क़तार में खड़ा रहा। कोई उसके पास आने की कोशिश करता तो वो आगाह कर देता कि उसे बुख़ार है। जाँच के लिए सैम्पल देने के बाद बाहर निकलकर उसने सोचा क्यों न साहब को एक बार बता दे। बताने से ज़्यादा वो साहब की तबीयत जानना चाहता था। शक उसे खाए जा रहा था।

"साहब नमस्ते। कैसे हैं?"

उधर से एक कमज़ोर आवाज़ आई।

"नमस्ते रामसमझ। मैं ठीक हूँ। बताओ?"

"साहब कल से गला ख़राब और शरीर टूट रहा था। आज बुख़ार आ गया है। पता चला था आपकी भी तबीयत सही नहीं थी। सोचा पूछूँ।" रामसमझ ने झिझकते हुए अपनी बात कही।

निरुला जी कुछ देर चुप रहे फिर लम्बी साँस लेकर बोले, "अब सच बताऊँ रामसमझ? पहले मुझे बुख़ार आया, अब एक-एक करके सब लोग बुख़ार में पड़ते जा रहे हैं।"

"साहब आपने कोविड टेस्ट कराया?"

"नहीं। मैं कहीं जाकर लम्बी क़तार में नहीं लगूँगा। वहाँ जाकर तो अगर मुझे कोरोना नहीं भी होगा तो भी हो जाएगा।"

"साहब मैंने तो टेस्ट दे दिया है। आपको भी टेस्ट कराना चाहिए। कम-से-कम पता रहेगा हमारी लड़ाई किस बीमारी से है।"

श्रीमती निरुला को बुख़ार आना शुरू होते ही उन्होंने सिम्मी और लूसिया को अलग कर दिया था। वो अपना और अपने पति का खाना ख़ुद बना रही थीं। फिर एक दिन सिम्मी को भी बुख़ार आने लगा। वे तीनों जब बुख़ार में पड़ गए तो उन्होंने लूसिया से कहा, "लूसिया तुम अपने कमरे में चली जाओ. अपना खाना वहीं बनाना। हम लोग अपना काम कर लेंगे।"

लूसिया ने कहा, "मैडम, मैं आप लोगों को इस हालत में अकेला नहीं छोड़ सकती। कुछ नहीं होगा मुझे। आप चिन्ता मत करिए।"

श्रीमती निरुला की आँखों में पानी आ गया।

रामसमझ का कोविड टेस्ट 'पोज़िटिव' आने के बाद, निरुला जी ने घर पर एक महँगे टेस्टिंग सेंटर से 'टेस्ट' बुक करा लिया था। एक आदमी पी.पी.ई. किट पहनकर उनके घर पर सैम्पल लेने आया था। उन सबका टेस्ट पोज़िटिव आया था। उनके घर के बाहर पुलिसवाले नोटिस चिपकाकर चले गए हैं जिस पर लिखा था "यह परिवार कोरोना पोज़िटिव है, कानून के तहत इन्हें इक्कीस दिन से पहले घर से निकलने की इजाज़त नहीं है। अगर ये लोग इक्कीस दिन से पहले बाहर निकले पाए जाएँ तो पुलिस को सूचित करें।"

उनकी कॉलोनी में दहशत थी।

सिम्मी जिसे लेकर वे लोग सबसे ज़्यादा परेशान थे, बीमारी से सबसे पहले ठीक हुई। उसे एक दिन मामूली बुख़ार आया। बाक़ी दिक्क़तें जैसे गला ख़राब होना, बलगम आदि भी इतनी नहीं हुई कि चिन्ता का विषय बने। लूसिया को और भी कम लक्षण आए। पर निरुला जी और उनकी पत्नी को बुख़ार ने दस-बारह दिन नहीं छोड़ा। श्रीमती निरुला की खाँसी तो सबके लिए चिन्ता का विषय बन गई। वो खाँसते-खाँसते साँस लेने के लिए संघर्ष करने लगतीं। अस्पताल बीमारों से भरे पड़े थे, कोई जगह न थी और उन लोगों के मन में अस्पताल को लेकर दहशत भी थी। कोई प्राइवेट डॉक्टर हाथ नहीं लगा रहा था। निरुला जी का एक साला अमेरिका में रहता था जिसने वहाँ से एक डॉक्टर से 'ऑनलाइन कंस्लटेशन' का इन्तज़ाम किया। दवाएँ भी ऑनलाइन आर्डर करके घर पर आने लगीं। साथ में घरेलू, देसी हर तरह का इलाज चल रहा था।

उधर रामसमझ का सारा परिवार बीमार पड़ गया। उनका बेटा किसी दूसरे शहर में रहता था उनके पास उनकी एक बेटी और पत्नी रहती थी। बेटा उन्हें देखने नहीं आया। रामसमझ और उसकी पत्नी ने अपने बेटे को हर हाल में आने से मना भी कर रखा था। कैसी बीमारी थी कि लोग अपने घरों में अकेले और अस्पतालों में अनजान लोगों के बीच मर रहे थे? वे लोग अपने आख़िरी समय में अपने अपनों का मुँह देखने के लिए तरसते रहे। रामसमझ की पत्नी की हालत

बिगड़ती चली गई। निरुला जी ने भी उसकी काफ़ी मदद करने की कोशिश की पर विदेशी डॉक्टर ने भी अपने हाथ खड़े कर दिए थे और कह दिया कि रामसमझ की पत्नी को अस्पताल में भर्ती कराना होगा।

सिम्मी को कोविड होने की सूचना उसकी कक्षा की अध्यापिका तक तुरन्त ही पहुँचा दी गई थी। उसके सब सहपाठी उसके लिए चिन्तित थे। घर में जो हालात थे ऐसे में लगभग बीस-इक्कीस दिन वो ऑनलाइन कक्षा भी नहीं कर पाई। सिम्मी के लिए उसकी अध्यापिका के साथ-साथ उसके स्कूल के दोस्तों के शुभकामना सन्देश आए। पर एक सन्देश उसके व्हाट्सअप्प पर ऐसा आया जिसे पढ़कर उसे अचानक लगा कि वो बड़ी हो गई थी।

"I know you are going through a tough time. But I have faith in you that you will face this time bravely and will be a support for your family in this tough time. Please remember that I am always here to help you in any school work or otherwise. I wish you speedy recovery."—Sidhharth

सिम्मी रसोई में लूसिया का हाथ बँटाने लगी। जीवन में पहली बार उसने रोटी बनाई। वो पापा और मम्मी के लिए पानी गर्म करती, उनका बुख़ार नापती, पल्स, ऑक्सीजन और ब्लड प्रेशर देखती।

निरुला जी फ़ोन पर रामसमझ और उनकी पत्नी का हाल पता करते रहते। वो अपनी जान-पहचान से रामसमझ की पत्नी को अस्पताल में बेड दिलाने में कामयाब तो हो गए पर उसकी सेहत तब तक इतनी बिगड़ चुकी थी कि उसे तुरन्त ही वेंटीलेटर पर डाल दिया गया। डॉक्टरों की तमाम कोशिशों के बावजूद रामसमझ की पत्नी को बचाया न जा सका।

सिद्धार्थ ने छत पर बिछी चारपाई पर लेटे नीले आसमान के नीचे आँख खोली। एक चमकीला दिन उसके स्वागत के लिए तैयार था। चौराहेवाला बूढ़ा पीपल अपने पत्तों की हवा से हो रही बातें सुन रहा था। वो नीचे उतर आया। बाबा तड़के ही खेतों की ओर निकल चुके होंगे। शेखर भैया हर सुबह की तरह आँगन में चारपाई पर

बैठे स्टील के गिलास में चाय सुड़क रहे थे। अम्मा आँगन के एक कोने में बनी रसोई में खाना पका रही थी। दादी वहीं बैठी धीरे-धीरे हुक्का पी रही थी जिसकी गुड़गुड़ आँगन तक सुनाई दे रही थी। वो भैया के पास जाकर बैठ गया, "भैया सरकार ने लॉकडाउन को खोलने का फ़ैसला किया है।"

शेखर भैया इस ख़बर से चौंके नहीं मतलब वो ये ख़बर पहले से ही जान चुके हैं। निराशा और उम्मीद का एक मिला-जुला भाव था उनके चेहरे पर।

"हाँ चीकू। उम्मीद है अब सब कुछ खुल जाएगा।"

कोहरा

"दोनों भाइयों ने गँड़ासे से पहले लड़के को काटा, फिर अपनी बहन को काट डाला। कहनेवाले बताते हैं उनके काटने से पहले बहन ने भाइयों के आगे हाथ जोड़ दिए थे कि मेरी जान बख़्श दो। और भाई बोले थे कि पूरी बिरादरी की बातें कैसे सुनें हम?"

मौसी धीमी आवाज़ में माँ को बता रही थी। माँ और मौसी दोनों ने गहरी साँस ली थी। वो बात और वो रात हमेशा-हमेशा के लिए ठहर गई थी उसके ज़हन में। उसे गाँव से नफ़रत हो गई थी।

वह प्रेम के क़िस्सोंवाले 'पाँच-आब' की धरती पर पहली प्रेम-कहानी थी जो शैली ने नौ साल की उम्र में माँ और मौसी के उस संवाद में सुनी थी। हालाँकि बड़ी होकर उसने जाना था दरअसल 'पाँच-आब' की धरती पर गाए जानेवाले हीर-राँझा, सस्सी-पुन्नू, सोहनी-महिवाल के क़िस्से दरअसल 'ऑनर किलिंग' की दास्तानें थीं। दूसरी घटना मोहल्ले में अपने प्रेमी संग भाग जानेवाली 'बबली' की थी। तब शैली चौदह साल की थी। बबली का घर से भाग जाना, उस छोटी कही जानेवाली जातियों की बसावटवाले उस क़स्बे में, उसकी तरह जवान हो रही लड़कियों पर क़हर ढाने से कम नहीं था। पहले से ही तमाम तरह की पाबन्दियों में जी रही लड़कियों पर और पाबन्दियाँ कस दी गईं। कुछ को तो स्कूल के बाद आगे पढ़ने की इजाज़त नहीं मिली। कुछ को कॉलेज से हटा लिया गया। घरों में उनका गाना सुनना, टेलीविज़न पर फ़िल्में देखना बन्द हो गया था। घरवालों के अनुसार ये फ़िल्में ही थीं जो लड़के-लड़कियों का दिमाग़ ख़राब कर रही थीं।

उसकी सहेलियाँ प्रेम करनेवालों को कोसतीं। शैली की माँ उन लड़कियों

की माँओं जैसी सख़्तमिजाज़ नहीं थी। शैली सोचा करती आख़िर प्रेम करने की इतनी बड़ी क़ीमत क्यों देनी पड़ती है?

चौदह साल बाद शैली दिल्ली में अपने दफ़्तर की एक रात की पार्टी में थी। मोबाइल कॉल को ग़ुस्से में काटकर वो जब वापस लौटी तो सैम ने सिगरेट उसकी ओर बढ़ा दी। वे दोनों एक कोने में कश लगाने लगे। उसका असली नाम समरेन्द्र भट्ट था पर ऑफ़िस में सब उसे सैम ही कहते थे।

शैली ने 'बोन फायर' के आसपास नशे में नाचते हुए लड़के-लड़कियों को देखा। आज पहली बार शैली की शराब पीने की इच्छा हुई। इस कॉर्पोरेट माहौल में वो जब से आई थी उसने देखा लड़कियों का पीना यहाँ कोई बड़ी बात नहीं थी। पर अभी तक ऑफ़िस में वो अकेली लड़की थी जिसने अभी पीना शुरू नहीं किया था। ऑफ़िस के अधेड़ उम्र के पुरुष और औरतें इसे 'अच्छे संस्कार' कहकर उसकी तारीफ़ करते थे, वहीं उसकी उम्र के लड़के-लड़कियाँ उसे छोटे शहर से आई लड़की की तरह देखते थे। यह सच भी था कुछ हद तक।

उसने सैम के पास जाकर धीरे से कहा, "मुझे एक ड्रिंक चाहिए।"

सैम समझ गया था। वो बार में गया और सोडा, नींबू के साथ एक हलका ड्रिंक वोदका का बनाकर ले आया।

उसने पहला घूँट पिया। स्वाद अच्छा था। सैम ने सलाद की प्लेट में से बीच से कटी लम्बी हरी मिर्च उठाई और उसके गिलास में डाल दी।

"अरे!" वो चौंकी।

"सिप करो" सैम बोला।

शैली ने एक घूँट भरा। एक तेज़ स्वाद मुँह में घुल गया जो पहले जितना तीखा लगा था बाद में उतना ही अच्छा लगा।

"अच्छा है" शैली मुस्कुराई।

जहाँ से सैम देख रहा था 'बोन फायर' से आती रोशनी शैली के चेहरे पर पड़ रही थी। उसके चेहरे पर तनाव की रेखाएँ मद्धिम पड़ गई थीं। वो फिर से किसी गहरी सोच में खो गई थी। उसकी सादगी सैम को अपनी ओर खींचती थी। उसकी बेख़याली और गम्भीरता दोनों मिलकर उसके व्यक्तित्व को रहस्यमयी ढंग से आकर्षक बनाती थीं।

"क्या हुआ अब उसे?" सैम ने पूछा।

शैली ने गहरी साँस ली, "एक अन्तहीन बहस! जब भी बात होती है झगड़ा होता है। हर बातचीत आख़िरी बातचीत की तरह ख़त्म होती है। जैसे सब ख़त्म है। फिर दोनों में से कोई इसे ज़िन्दा करने की कोशिश करता है। और फिर बहस होती है, झगड़ा होता है!" उसने निराश होकर कहा।

"अभी किस बात पर बहस हो रहा था?" सैम ने पूछा।

"माँ को वो कभी पसन्द नहीं था। मैं चाहती थी कि माँ को समझा लूँ। पर वो चाहता है मैं अपने परिवार को छोड़ूँ, उसके साथ आ जाऊँ। उसकी उम्मीदें, महत्त्वाकांक्षाएँ पूरी करूँ। उसे बहुत बड़ा सामाजिक कार्यकर्ता बनना है। एक 'दलित' लड़की से शादी करके महान कहलाना है। प्लैन यह रहेगा कि एक कमाएगा, एक सामाजिक कार्य करेगा। अब कमाएगा कौन ये 'बाय डिफ़ॉल्ट' तय है।"

उसने आगे बात बढ़ाई।

"उसने ख़राब बचपन देखा है। माँ-बाप का ख़राब रिश्ता झेला है। अब उसका 'परिवार संस्था' से यक़ीन उठ चुका है। जैसा रिश्ता वो चाहता है वो एक 'यूटोपिया' है। और अगर सच है भी तो वो मेरी एक परिवार की कल्पना से नहीं मिलता है।"

शैली के चेहरे पर एक बार फिर तनाव की रेखाएँ उभर आईं।

सैम ने अपना हाथ उसके हाथ पर रख दिया। सैम ने महसूस किया शैली का हाथ ज़रा सा काँपा था। शैली को लगा जैसे एक बोझ-सा दिल से उतर गया हो। जैसे दिमाग़ की तनी-कसी नसें ढीली पड़ गई हों। पूरा शरीर कुछ देर में हलका लगने लगा। उसे लगा अभी कुछ देर पहले वो इसी राहत के पल की तलाश में थी जब उसने पार्टी से दूर जाकर मनराज को फ़ोन लगाया था। एक अकेलापन था जिससे घबराकर उसने मनराज से बात करनी चाही थी। वो उसकी आवाज़ सुनना चाहती थी, उससे कुछ ऐसा सुनना चाहती थी जो उसे इस भीड़ में अकेला नहीं रहने देता। सैम का हाथ अभी भी उसके हाथ पर था। एक पल ठहरा हुआ था। कोई क़दम ठिठका हुआ था। वो दहलीज़ पर थी।

उसने सैम का हाथ कसके थाम लिया। कुछ देर पहले उसे ठंड लग रही थी, शायद ये वोदका का असर था कि अब शरीर में गर्मी महसूस होने लगी थी।

नए साल का जश्न ख़त्म हो गया। शैली ऑफ़िस में वापस आ गई थी। मनराज का कोई फ़ोन नहीं आया था। ऐसे झगड़ों के बाद कई दिनों तक दोनों के बीच संवाद नहीं होता था। पर क्या मनराज ने सोचा होगा कि इस बार शैली ने सब कुछ ख़त्म कर दिया था?

आख़िर चार दिनों बाद मनराज का फ़ोन आया। उसकी टोन में अभी भी शिकवा और तंज़ था। उसके लिए नसीहत थी कि तुम कभी अपने परिवार के बन्धनों से आज़ाद नहीं हो पाओगी। तुम अपनी माँ की ग़ुलाम हो। वो चुपचाप सुनती रही। जब वो चुप हुआ उसने कहना शुरू किया, "अब समय आ गया है हम अपने-अपने रास्ते पर आगे चलें।"

वो शायद कुछ समझ नहीं पाया। क्योंकि ऐसा वे दोनों ना जाने कितने झगड़ों के बाद एक-दूसरे से कहते थे। मनराज ने ग़ुस्से में फ़ोन काट दिया। फिर जो वो करता ही था। उसने फ़ोन पर ग़ुस्से में लिखे लम्बें-लम्बे एस.एम.एस. भेजे। उस पर कमज़ोर होने की तोहमतें लगाईं। जब शैली ने कोई प्रतिक्रिया नहीं दी, आख़िर वो ऐसा करके भी थक गया। तब उसे लगा शैली गम्भीर थी। फिर वो धीरे-धीरे उसे समझाने लगा कि झगड़े सब रिश्तों में होते हैं। शैली ने उससे कहा कि उसे मानसिक शान्ति चाहिए न कि झगड़े।

वो निर्णय ले चुकी थी। मनराज अभी भी कोशिश कर रहा था। वो बौखलाहट में ऐसी बातें कहने लगा जो शैली को हैरान कर रही थीं। उसने सामाजिक जीवन छोड़ने की बात कही। उसने कहा कि वो कहीं नौकरी कर लेगा। जैसा वो कहेगी वैसा करेगा। वैसा जीवन जिएगा। शैली को चिढ़ होने लगी।

एक अपराध-बोध शैली को अन्दर-ही-अन्दर आरी की तरह काट रहा था। मनराज कैसे सँभालेगा अपने-आपको? क्या वो उसके साथ अन्याय कर रही थी? उसके अन्दर बैठा कोई उससे ही बहस करता रहता था दिन-रात। कोई कहता अब उनके रिश्ते में कुछ बचा ही कहाँ रह गया था? रोज़ के झगड़े, बहसें उस रिश्ते को अन्दर से मार चुके थे। वो अगर मनराज के मुताबिक़ जीवन जीती तो शायद मनराज ख़ुश रहता पर वो कभी ख़ुश नहीं रह पाती। वो समझौता करनेवाली नहीं थी। अगर मनराज झुक जाता है तब वो कभी ख़ुश नहीं रह पाएगा क्योंकि वो भी समझौता करके जीनेवाला नहीं था। हर हाल में हार-ही-हार थी। एक पल के लिए उसे इन तर्कों से राहत-सी मिलती और अपराध-बोध कुछ देर के लिए कम हो जाता। फिर कोई उसे कचोटता "क्या तुम ख़ुद को न्यायोचित ठहराने

के लिए ये सब तर्क खोज रही थी?" वो घबराकर सैम की ओर देखती। सैम उसे यही कहता, "शैली मेरा यक़ीन करो। सब ठीक हो रहा है। कुछ ग़लत नहीं है।"

मनराज हर कोशिश कर लेना चाहता था उसे दुबारा पा लेने की। उसने उन दोनों के हर जाननेवाले मित्र को फ़ोन किए और कहा कि वे शैली को समझाएँ। हर मित्र शैली को कठघरे में खड़ा कर रहा था। मनराज ने शैली को मरने की धमकी भी दी।

जब कुछ भी काम नहीं आया तब एक दिन मनराज शैली के दफ़्तर पहुँच गया। उसके दफ़्तर के नीचे खड़े होकर उसने शैली को फ़ोन किया कि वो उससे मिलने आया है। उसका कहना था कि टेलीफ़ोन और इंटरनेट के माध्यम से कभी उनकी असली भावनाएँ एक-दूसरे तक नहीं पहुँच पाती हैं और उन्हें मिलकर बात करनी चाहिए। शैली ने उसे समझाया कि वो दफ़्तर में उससे नहीं मिल सकती। आख़िर उसने शाम को एक जगह मिलने के लिए तय की।

वो दिन शैली के लिए बहुत कठिन था। वो अपने कम्प्यूटर पर काम करने की कोशिश कर रही थी पर मन कहीं अतीत में भटक रहा था। आज मनराज को लग रहा था कि टेलीफ़ोन और इंटरनेट द्वारा किए गए संवाद से उनकी भावनाएँ एक-दूसरे तक नहीं पहुँच पा रही थीं पर उनका रिश्ता तो एक आभासी दुनिया में ही बना था। और शारीरिक दूरी हमेशा बनी रही इसलिए वे दोनों इन आभासी माध्यमों से ही जुड़े रहे थे हमेशा।

उसे वो दिन याद आया जब उसे पहली बार मनराज का पत्र आया था। मनराज ने उसका एक लेख पढ़कर उसे एक लम्बा पत्र लिखा था। उसके बाद उनके बीच पत्राचार होता रहा फिर एक दिन उसे मनराज का फ़ोन आया। शैली तब पत्रकारिता के क्षेत्र में नई-नई थी। हर किसी की प्रतिक्रिया को बहुत गम्भीरता से लेती थी। पत्रों से शुरू हुआ सिलसिला इंटरनेट चैट से होता हुआ, मिलने की कगार पर आ पहुँचा। लड़कियों के लिए बन्द और घुटन भरे माहौलवाले उस क़स्बे में बड़ी होनेवाली शैली के जीवन में प्रेम का वह पहला एहसास था। जिस पल वो उसे लेने रेलवे स्टेशन जा रही थी, ऐसी बेचैनी उसने जीवन में पहली बार महसूस की थी। मनराज शैली को देखकर देखता ही रह गया था। वो उसके इस तरह देखने से बुरी तरह झेंप गई थी। बाद में पूछने पर उसने बताया था "मैंने कभी सोचा नहीं था तुम इतनी सुन्दर होगी।"

उन दिनों मनराज एक बड़े सामाजिक कार्यकर्ता के साथ काम कर रहा था। उसके माता-पिता उससे बहुत नाराज़ रहते थे। माता-पिता का सपना था वो भारतीय प्रशासनिक सेवाओं की परीक्षा दे। फिर एक दिन मनराज ने उनके सपनों के लिए बलि चढ़ने से इनकार करते हुए अपना घर हमेशा के लिए छोड़ दिया।

मनराज के ज़रिये शैली को भी सामाजिक क्षेत्र में काम करनेवाले लोगों से मिलने-जुलने और उन्हें समझने का मौक़ा मिला। उसने देखा यह एक अलग दुनिया थी। यह दुनिया कई समर्पित कार्यकर्ताओं से भरी थी जिन्होंने अपना सारा जीवन सामाजिक कार्य के लिए दे दिया था। पर शैली ने जाना कि यह देश इतना बड़ा है कि कोई एक व्यक्ति या संस्था एक बदलाव तो ला पाती है पर एक सीमित क्षेत्र या लोगों तक ही। बड़े स्तर पर कुछ कर पाना बिलकुल भी आसान नहीं होता। इसके अलावा शैली कुछ ऐसे लोगों के सम्पर्क में भी आई जिन्होंने सामाजिक कार्यकर्ता का चोला पहन रखा था पर अन्दर से उनके निजी स्वार्थ, अहंकार थे जिनके चलते वो एक-दूसरे से अन्दर-ही-अन्दर खार खाए हुए रहते। सबसे बड़ा सामाजिक कार्यकर्ता कहलाने की भी होड़ होती है, उसे इसी दुनिया में आकर पता चला। कुछ ऐसे अहंकारी लोग भी थे जिन्हें लगता था हर आदमी जो अपने परिवार को पाल रहा है, अपने बच्चों को अच्छा जीवन, अच्छी शिक्षा और सुख-सुविधा देने के लिए काम कर रहा है वो कीड़े-मकोड़े की तरह था, और उनके सामने तुच्छ था।

जितनी जल्दी शैली इस सामाजिक कार्य-क्षेत्र की दुनिया की ओर सम्मोहित हुई थी उतनी ही जल्दी उसका इस दुनिया से मोहभंग हो गया था जब मनराज ने उसे एक दलित वर्ग से आनेवाली प्रेमिका की तरह उसका परिचय कराया था। दलित वर्ग से आनेवाली प्रेमिका को उसने एक तमगे की तरह पहनना शुरू कर दिया था।

सैम उसके लिए कॉफ़ी लेकर उसके केबिन में आया ही था जब शैली ने उसे बताया।

"वो आया है। मिलना चाहता है।"

सैम कॉफ़ी पीता रहा और बेचैनी में अपने मोबाइल स्क्रीन को लगातार स्क्रॉल करने लगा।

"मैंने उसे शाम को मिलने के लिए कहा है" शैली ने आगे कहा।

"तुम जब निर्णय ले चुकी हो फिर मिलकर क्या करोगी?" सैम ने बिना उसकी ओर देखे कहा।

जितनी वो उलझी हुई थी, उतनी ही दुविधा में सैम भी था। पर इसके बावजूद वो उसे जब भी गहन अँधेरों में डूब गई पाता, तब-तब वो उसके हाथ-पर-हाथ रख देता और आँखों में देखकर ऐसे मुस्कुराता जैसे कह रहा हो "मैं देख लूँगा। सब ठीक हो जाएगा।" शैली की आँखों का अँधेरा कुछ कम हो जाता। वो उसे सँभालने के लिए आगे बढ़ता और रुक जाता। सैम चाहता था जितनी जल्दी हो वो मनराज से रिश्ता तोड़ ले।

सुबह-सुबह वो अपने केबिन में दाख़िल हुई तो सैम वहाँ पहले से बैठा था। उसने 'हाय' बोला और कुर्सी पर बैठ गई। एक चुप केबिन में पसर गई। वो कल उसकी मनराज से हुई मुलाक़ात के बारे में बात नहीं करना चाहती थी पर सैम शायद सुनना चाहता था।

"तुम मिली मनराज से कल?"

"हाँ।"

"क्या बात हुई?"

"बात हो गई जो भी होनी थी। वो इससे उबर जाएगा समय के साथ।"

सैम के चेहरे पर राहत के भाव दिखे उसे।

"लंच करने चलोगी?" केबिन से जाते हुए वो मुड़ा था।

वो रात-भर सो नहीं पाई थी और सुबह देर से जगी थी। दोपहर का खाना भी नहीं बना पाई थी। पर पता नहीं क्यों उसका मन हुआ वो मना कर दे। क्या सैम का ख़ुश होना उसे बुरा लग रहा था?

"थोड़ी देर में बताती हूँ" उसने बात टाल दी।

कल मनराज का कमज़ोर पड़ जाना और रो देना उसे अच्छा नहीं लगा। उसे भी तकलीफ़ हुई है पर वो मनराज के साथ एक असामान्य जीवन नहीं जीना चाहती। हाँ वो ख़ुदगर्ज़ हो गई है। उसे लगता है उसने जल्दबाज़ी की। बन्द-घुटे समाज की लड़कियाँ जितनी दबाई जाती हैं, उनकी क़ैद इच्छाएँ उतनी ही जल्दी पंख फैलाती हैं और उन्हें सामने आए पहले व्यक्ति से प्रेम हो जाता है जो उन्हें सहज उपलब्ध लगता है। वो नहीं तय कर पातीं उन्हें क्या चाहिए? ऐसे ग़लत

निर्णय का अंजाम फिर वो जीवन-भर भुगतती हैं।

उसने मनराज से सवाल किया था, "क्या जिस जीवन के लिए, उद्देश्य के लिए तुमने घर छोड़ा, माँ-बाप को छोड़ा वो आज प्रेम के आगे छोटा हो गया है?"

मन की उस टूटन से जूझती वो दिवाली की छुट्टियों में बन्द हुए ऑफ़िस के बाद घर चली आई। छोटा भाई और बहन दोनों उसके आने पर चहक उठते और घर में हल्ला करते हुए घूमते। सौतेले पिता को वो नहीं जानती थी। वो एक अजनबी की तरह थे जो उसकी माँ के जीवन में क्यों थे उसे कभी समझ नहीं आया था। ऐसा नहीं था कि उसे पापा के मरने के बाद माँ के जीवन में किसी और का आना स्वीकार नहीं था। पर माँ का यह रिश्ता उसे बेमेल लगता था। सौतेले पिता की पहली पत्नी और दो बच्चे गाँव में रहते थे। उन्होंने गाँववाली पत्नी को कभी तलाक़ नहीं दिया था। बस उनका वहाँ जाना-आना नहीं होता था।

जैसा कि स्वाभाविक ही था माँ उसके घर आने पर ख़ुश होती पर कई बार उसे लगता माँ ने जान-बूझकर उसे घर से दूर रखा। उसने दूसरे शहर में हॉस्टल में रहकर पढ़ाई की। जब उसकी पढ़ाई ख़त्म हो गई, माँ इस बात से ख़ुश थी कि वो दूर एक बड़े शहर में नौकरी करने के लिए चली गई थी। कई बार वो सोचती शायद माँ उसे उस क़स्बाई बन्द माहौल से दूर रखना चाहती थी। माँ गाँव-देहात और छोटे क़स्बों की इस घुटन को जानती थी।

माँ उसे कई बार समझ नहीं आती थी। माँ उसे कितना ही प्रेम क्यों ना करती थी पर शैली जानती थी कि माँ होना निर्दोष या पवित्र होना नहीं होता। माँ हमेशा उसके छोटे भाई और बहन जो उसके सौतेले पिता से पैदा हुए थे, को शैली के मुक़ाबले कम आँकती। शैली पढ़ाई में शुरू से तेज़ थी। माँ अक्सर कहती तुमने अपने पिता की बुद्धि पाई है। उसमें वो उसके असली पिता का अक्स देखती।

पिछली बार जब वो आई तब पता नहीं क्यों माँ बार-बार उसके मर चुके पिता को याद करती रही थी। उस बार उसने हिम्मत करके पूछा था कि आख़िर माँ ने एक शादीशुदा आदमी के साथ रहने को क्यों चुना?

जवाब में माँ ने एक गहरी साँस ली थी। एक उम्र तक हम अतीत के उस टुकड़े को नकारते जाते हैं जिसने अतीत में बहुत पीड़ा दी थी, इस वहम में जीने

की कोशिश करते हैं कि वो हमारे जीवन का हिस्सा ही नहीं था। उस समय जीते रहने के लिए यही एक रास्ता दिखता है। फिर एक उम्र के बाद हम उसी अतीत की आँखों से आँखें मिलाने की हिम्मत जुटा लेते हैं।

माँ को अपने किए पर पछतावा था। ऐसा पछतावा कि अगर उसे एक और मौक़ा मिलता इस जीवन को जीने का तो वो अपनी सारी ग़लतियाँ सुधार लेती। पर इसका ज़िम्मेदार वो अपने पिता को मानती थी। माँ के पिता गाँव के दूसरे युवाओं की तरह क़र्ज़ पर पैसा उठाकर अमरीका पैसा कमाने गए थे। उनके जाने के बाद माँ, मौसी और नानी ने बहुत अभाव में जीवन जिया। क़र्ज़ देनेवाले उन्हें परेशान करते थे। एक लम्बा समय माँ ने इसी अभाव में जिया तब जाकर कहीं उसके पिता ने पैसा भेजना शुरू किया था। माँ और मौसी अपनी माँ की तरह एक दिन पिता के पास अमरीका जाने के सपने देखने लगी थीं। पर तभी उनके गाँव का एक आदमी अमरीका से वापस गाँव लौटा था और उसने उन्हें बताया कि अमरीका की नागरिकता पाने के लिए उनके पिता ने वहाँ की एक लड़की से शादी कर ली थी। माँ की माँ यानी शैली की नानी ने फिर भी कई साल प्रतीक्षा की कि उसके पति उस औरत को तलाक़ देकर एक दिन उसे और अपनी दोनों बेटियों को अमरीका बुलाएँगे। पर ऐसा नहीं हुआ। पिता ने उस दूसरी औरत को नहीं छोड़ा न ही उन्हें अमरीका बुलाया। माँ की माँ इस सदमे को झेल नहीं पाई थीं। वो बीमार रहने लगीं और एक दिन दो जवान लड़कियों को छोड़कर चल बसी थीं। माँ और मौसी दोनों अपनी नानी के घर में पली थीं। माँ की अपने पिता के लिए नफ़रत जीवन-भर रही। पिता उनकी पढ़ाई के लिए उनकी नानी को पैसे भेजते थे पर ख़ुद कभी नहीं आते थे। आते भी किस मुँह से? उनकी नानी ने जब मौसी की शादी की, तब पहली बार माँ ने अपने पिता को देखा। उसने उन्हें बचपन में देखा था। अब वो उससे अलग दिखते थे। मौसी की शादी हो गई। मौसी की शादी के बाद माँ ने अपने लिए भी एक लड़का चुन लिया। माँ और पापा साथ ही पढ़ते थे। इस तरह माँ ने अपनी बिरादरी के लोगों के सख़्त विरोध के बावजूद प्रेम-विवाह रचाया पर अपनी जाति में ही। वो अपने पिता से बदला लेना चाहती थी। उसने अपनी नानी को सख़्त हिदायत दी कि उसके पिता उसकी शादी में नहीं आएँगे। माँ बताती थी कि शैली के पिता दलित समाज के लोगों को आगे बढ़ने के लिए शिक्षा और आर्थिक स्वतंत्रता पर ख़ूब ज़ोर देते थे। उन्होंने माँ को आगे पढ़ने की प्रेरणा दी और माँ आर्थिक तौर पर स्वतंत्र

हो पाई जो आगे उनके जीवन के लिए वरदान साबित हुआ। वो शैली को ख़ूब पढ़ाने की बात करते थे। पर माँ का और उनका साथ बहुत कम था। एक सड़क दुर्घटना ने उन्हें माँ से हमेशा के लिए दूर कर दिया था। फिर से अकेलेपन ने माँ को बदहवास कर दिया था। माँ के पास आर्थिक स्वतंत्रता आ गई थी पर माँ की उम्र अभी कम थी। वो अपने एक सहकर्मी के प्रेम में पड़ गई जो पहले से शादीशुदा था। औरतों का घर से बाहर निकलकर काम करना कभी आसन नहीं रहा। कामकाजी औरतों के लिए तब समाज का नज़रिया अच्छा नहीं था। उन्हें हमेशा शक की नज़र से देखा जाता था। सहकर्मी भी उन्हें आसानी से उपलब्ध औरत मानकर चलते थे। माँ के इस सम्बन्ध के चर्चे पूरे महकमे में और समाज में होने लगे। घबराकर माँ ने आख़िर उसी इनसान के साथ बाक़ी जीवन बिताने का निर्णय ले लिया।

सैम उसे कई बार फ़ोन कर चुका था जब से वो घर आई थी। कभी छत पर, कभी अपना कमरा बन्द करके, कभी बाज़ार में और तो और कभी बाथरूम में, वो उससे बात कर रही थी। माँ को भी एहसास हो गया था कि उन दोनों के बीच कुछ चल रहा था। आख़िर उसने सैम से कहा कि वो उसे कुछ समय परिवार के साथ बिताने दे।

उस शाम सैम का उसे छोड़कर जाने का मन नहीं था। शैली ने ऑटो-रिक्शावाले को रुकने के लिए हाथ दिया। सैम ने उसे कुछ देर और रुकने के लिए कहा। इतनी देर में ऑटो-रिक्शावाला सामने आकर खड़ा हो गया था। उसने सैम की ओर देखा जैसे पूछ रही हो "क्या प्लैन है?।" सैम ने ऑटो-रिक्शावाले को अपने अपार्टमेंट की ओर चलने के लिए कहा। वो चुपचाप उसके बगल में ऑटो-रिक्शा में बैठ गई।

एक-दूसरे को पा लेने के उस जुनून के शान्त हो जाने के बाद वो अपने-अपने शरीर में वापस आ गए थे।

"यू एग्रेसिव!" शैली ने उसे कन्धे पर मारते हुए कहा।

"सेक्स तो होता ही एग्रेसिव है।" उसने जैसे ज्ञान झाड़ा।

उसे सैम के साथ रिश्ते में आए हुए अब साल से ऊपर गुज़र चुका था। माँ ने फिर से शादी-शादी अलापना शुरू कर दिया था। वो शैली को परेशान किए हुए थी कि सैम के घरवालों से मिलवाओ। शादी शैली को कभी समझ में नहीं आई थी। वो अपने साथ की लड़कियों की एक-एक कर शादी होते देखती रही थी। अब केवल वो ही बची रह गई थी। उसकी सहेलियों को शक नहीं पूरा यक़ीन था कि शैली शादी करने की क़ाबलियत ही नहीं रखती थी। कारण था कि वो उन लोगों को शादी के बाद इतना बदल जाते हुए देखकर शादी को ग़ुलामी का नाम दे चुकी थी। माँ के बहुत कहने पर उसने शादी करने के बारे में सोचना शुरू किया था। मनराज के साथ उसका रिश्ता शादी तक नहीं पहुँच पाया था। मनराज से रिश्ता टूटने के बाद उसे एक अजीब-सी असुरक्षा की भावना होने लगी थी। सैम उससे एक बार शादी के लिए कह चुका था। माँ कह रही थी कि वो पहले सैम से मिलेगी तब ही कुछ कह पाएगी इस रिश्ते के बारे में। शैली को पता था माँ उसकी इच्छा के ख़िलाफ़ नहीं रह सकती थी। माँ बस डरी हुई थी कि शैली कहीं उसकी तरह ग़लत निर्णय न ले ले। आज शैली ने सोच लिया था कि वो सैम से इस बारे में बात करेगी।

ऑफ़िस में एक नया प्रोजेक्ट शुरू होनेवाला था। उनका अख़बार एक दूसरे राज्य में भी पैर पसारना चाहता था। कई दिन से यही चर्चा थी। बैंगलोर में खुलनेवाले नए यूनिट का हेड कौन होगा यह एक बड़ा सवाल था सबके लिए। बहुत लोग इसके लिए हर तरह की कोशिश कर रहे थे। कोई राजनीति कर रहा था, कोई चीफ़ को पटाने की कोशिश कर रहा था जो कि मुश्किल काम था क्योंकि चीफ़ काम करनेवालों को पहचानते थे।

बैंगलोरवाले यूनिट के लिए शैली को चुना गया। शैली के लिए ये एक बड़ा मोर्चा था। यह उसके कैरियर की एक बड़ी प्राप्ति थी। मैनेजमेंट से उसे अधिकारिक तौर पर सूचना दे दी गई थी। माँ और सैम से दूर जाना उसे ख़ल रहा था पर अभी इस पदोन्नति की उसे ज़रूरत थी।

उसी शाम शैली अपने सहकर्मियों के साथ थी। उसे एक छोटी सी पार्टी के लिए खींचकर ले जाया गया था। उसने देखा सैम उनके एक सहकर्मी के साथ बैठा था। शैली ने महसूस किया सैम उसे नज़रअन्दाज़ कर रहा था। वो आज सुबह सोच रही थी कि माँ की इच्छा के बारे में सैम से बात करेगी। सैम के पास बैठा सहकर्मी उठकर गया तो शैली सैम के साथ वाली कुर्सी पर बैठ गई थी।

"सो...लांग डिस्टेंस रिलेशनशिप?" सैम ने एक व्यंग्यात्मक मुस्कान के साथ पूछा।

शैली एकदम से समझ नहीं पाई थी कि क्या कहे। उसे लगा सैम का मूड ख़राब था आनेवाली दूरी के बारे में सोचकर। ऐसे में शैली को माँ की बात याद हो आई।

"माँ तुम्हारे घरवालों से मिलना चाहती है।"

सैम हँसा। कुछ ऐसा था उसकी हँसी में जो शैली को अच्छा नहीं लगा था।

"तुमने कुछ जवाब नहीं दिया?"

"क्या जवाब दूँ? मुझे कुछ समय दो ताकि मैं अपने घरवालों को 'कन्विंस' कर सकूँ।"

"कन्विंस?" शैली को ये शब्द चुभा।

"मेरी माँ आज भी घर में तुम्हारी जाति के लोगों के बर्तन अलग रखती है।"

"हम्म। यह तो बहुत बड़ी समस्या है। मुझे अपने बर्तन साथ लेकर जाना होगा तब तो" शैली ने जान-बूझकर गम्भीर मुद्रा बनाते हुए उसकी बात का मज़ाक़ उड़ाया।

उनका सहकर्मी वापस लौट आया था। दोनों चुप हो गए।

शैली कई देहाती इलाक़ों का दौरा करके आज तीन दिन बाद दफ़्तर लौटी थी। वो गाँव-देहात में लड़कियों को पढ़ाई पूरी ना कर पाने के पीछे के हालात पर एक रिपोर्ट लिख रही थी। इस पूरी रिपोर्ट को लिखने के दौरान उसे बेहद हैरानी हुई कि गाँव-देहात में हालात ज़्यादा नहीं बदले थे।

इस फील्ड रिपोर्ट को लिखने के दौरान वो बचपन की कई स्मृतियों से गुज़री थी। एक स्मृति तब की थी जब वो सात साल की थी। माँ मौसी से बात कर रही थी जब वो पास खेल रही थी।

माँ बता रही थी, "जैलदार जट्ट का बेटा...वही छिन्दा। एक दिन उसने मेरी साइकिल का हैंडल पकड़ लिया रास्ते में।"

"अच्छा?" मौसी हैरान थी।

"हाँ। लगा बकवास करने। तेरे से प्यार करता हूँ। ब्याह करूँगा।"

"अच्छा? फिर तुमने क्या किया?"

"मेरी उम्र ही क्या थी तब? ना कोई घर में ऐसा था जिससे कहती। मैं उसे रोज़ मना करती की मुझे तुमसे प्यार नहीं है। मेरा रास्ता मत रोका कर। मरजाणा रोज़ मोटर साइकिल से पीछा करे। मुझे डर ये भी लगे कि अगर घरवालों तक ख़बर पहुँच गई, घर बिठा लेंगे। पढ़ाई तो गई फिर भाड़ में।"

"फिर कैसे पीछा छूटा?"

"एक दिन उसने खेत में मेरा रास्ता रोक लिया। एक बार तो मैं अन्दर से डर गई। पर चेहरे पर आने नहीं दिया। मैंने उसे धमकी दी, आज ही तेरी माँ के पास जाती हूँ और बताती हूँ कि तू रोज़ मेरा रास्ता रोकता है। बाप उसका बहुत सख़्त था। बाप से डरता था वो। उस दिन तो जाने दिया उसने। लेकिन कॉलेज के रास्ते में फिर भी कई दिन आता रहा। बाद में पता चला हमारी चम्हारली की कितनी ही लड़कियों को उसने बर्बाद किया।"

शैली ने गहरी साँस ली।

सैम उसके केबिन में दाख़िल हुआ।

"हो गई रिपोर्ट पूरी?"

"हो रही है।"

"ऐसी कौन सी रिपोर्ट है जो फ़ोन उठाने की भी फ़ुरसत नहीं थी" सैम ने ताना मारा।

"मेरा काम तुम्हें इम्पोर्टेंट नहीं लगता?" उसने भी ताना मार दिया।

"नहीं-नहीं मैडम। मैं आपके काम पर सवाल कैसे कर सकता हूँ।"

"व्हाट्स योर फकिंग प्रॉब्लम?" शैली को गुस्सा आ गया।

सैम पास आया और उसके होंठ चूमने की कोशिश की उसने। शैली ने उसे दूर हटा दिया।

"शाम को डिनर पर चलते हैं। मुझे बता देना कब निकलोगी। मैं वेट करूँगा अपने केबिन में।"

सैम चला गया।

जैसे यह तय था कि बाहर खाना खाने के बाद वे दोनों सैम के अपार्टमेंट में गए। बहुत दिनों बाद मिले दो बेचैन शरीरों का मिलना भी तय था। सैम के बगल में लेटी हुई अचानक वो हँसी।

"क्या हुआ?" उसने पूछा।

"दलित लड़कियों के साथ सोने में इन ज़मीदारों के लड़कों की जाति कलुषित नहीं होती। गाँव में मीलों दूर पढ़ने जाती लड़कियों के रास्ते में साँप की तरह पड़े रहते हैं ये कमीने।"

सैम ने कोई प्रतिक्रिया नहीं दी उसकी बात पर।

"क्या तुम्हारे मन में कभी यह बात आई कि तुम्हें अपनी जाति में शादी करनी चाहिए?" कुछ सोचते हुए सैम ने उससे पूछा।

"अभी तक तो नहीं।" शैली ने जवाब दिया था। फिर ठहरकर उससे ही पूछा, "क्या प्रेम जाति देखकर हो सकता है सैम?"

"प्रेम तो नहीं हो सकता पर शादी होती है।" सैम हँसा।

"तुम अपनी जाति की लड़की से शादी करना चाहते हो क्या?"

"पागल हो क्या?" सैम ने हँसकर बात को टाल दिया।

"तुमने मम्मी से बात की?"

शैली के अन्दर शादी को लेकर कोई उतावलापन नहीं था पर उसने जान-बूझकर इस सवाल को उठाया। वो उसे टटोलना चाहती थी।

"अभी नहीं। मुझे कुछ और समय चाहिए।"

"मैं अगले हफ़्ते बैंगलोर के लिए निकल रही हूँ।"

सैम ने कोई प्रतिक्रिया नहीं दी पर वो जब भी ग़ुस्से में आता था उसके माथे पर एक बल पड़ जाता था। कुछ था जिसे वो दबा रहा था मन में।

जगह नई थी पर अब उसे नई जगहों की आदत जल्दी लग जाती थी। पर नया काम चुनौतीपूर्ण था। वो काम में इतना व्यस्त रहती थी कि दिन कैसे निकल जाता उसे पता ही नहीं चलता था। बहुत बार वो सैम का फ़ोन उठा नहीं पाती थी या फिर उसे जल्दी बात ख़त्म करनी पड़ती थी। उसके इधर आने के बाद सैम के अन्दर कई बदलाव आ गए थे। वो उससे दिन में कई बार बात करने के लिए फ़ोन करता जैसा कि दिल्ली में नहीं करता था। क्योंकि वो हर शाम मिलते ही थे। दूसरा व्यस्तता के चलते जब वो बात नहीं कर पाती थी तब सैम का ग़ुस्सा होना उसे बहुत हैरान करता था। ऐसा लगता था जैसे उसे उसके काम से कोई मतलब ही नहीं था या वो उसके काम के महत्त्व को समझता ही नहीं था जबकि

वे दोनों एक ही पेशे में थे। शैली तंग आ चुकी थी। उससे भी ज़्यादा हैरानी उसे इस बात की होती कि अक्सर सैम के पास बात करने के लिए कुछ ठोस विषय नहीं होता था फिर भी वो बात किए जाना चाहता था। बहुत बार उसकी बातें उसे 'सेक्स चैट' जैसी लगने लगती जिसमें उसे काम के दबाव की वजह से ज़रा भी दिलचस्पी नहीं होती थी। रात में भी वो थकान के कारण उसकी बात सुनते-सुनते फ़ोन कान में लगाकर ही सो जाती अक्सर।

छह महीने बीतते-बीतते शैली ने नई ऊँचाइयाँ हासिल कर ली थीं। उसने नए लोगों को काम पर रखा और एक मजबूत टीम तैयार कर ली थी। उसके काम की चर्चा दिल्ली कॉर्पोरेट ऑफ़िस में भी होने लगी थी। इन छह महीनों में वो एक बार भी घर नहीं गई थी। उसे माँ की, छोटे भाई, बहन की याद आती थी। सैम से मिलने के लिए भी उसे बेचैनी होने लगी थी। एक समय ऐसा आया जब उसे लगने लगा कि अब वो अपने-आपको और नहीं रोक सकती थी, उसने अपनी टीम के सबसे अच्छे सदस्य को काम सौंपा और दिल्ली से होकर घर जाने के लिए फ्लाइट बुक कर ली। उसने न ही सैम को कुछ बताया और ना ही माँ को। अपना आना उसने एक 'सरप्राइज' रखा।

जिस सुबह उसकी फ्लाइट दिल्ली उतरी, वो साल के आख़िरी महीने का आख़िरी हफ़्ता था। सर्दी अपने ज़ोर पर थी। राजधानी कोहरे की शक्ल में प्रदूषण की एक परत से ढकी हुई थी। पहुँचने के एक घंटे में ही उसे साँस लेने के लिए जैसे संघर्ष करना पड़ रहा था जबकि उसे दिल्ली छोड़े अभी छह महीने ही हुए थे। उसके पास सामान था जिसमें माँ-पापा, छोटे भाई और बहन के लिए कुछ उपहार थे। सैम के लिए भी उसने अपनी पसन्द के रंग का कुरता ख़रीदा था। गहरा नीला रंग उस पर बहुत जँचता था। उसे समझ नहीं आया कि सामान कहाँ रखे। उसने अपनी एक सहेली को फ़ोन किया जो अपने अपार्टमेंट में अकेली रहती थी। उसकी सहेली ने उसे अपने अपार्टमेंट में आने के लिए कहा। वो सामान रखकर, आराम करने के बाद कोर्पोरेट ऑफ़िस के लिए निकल गई। रास्ते-भर उसे बेचैनी होती रही सोचकर कि आख़िर सैम को कैसा लगेगा अचानक उसे सामने पाकर?

ऑफ़िस में दाख़िल होते ही वो अपने पुराने केबिन में गई। उसका पुराना असिस्टेंट महेश जिसे उसने इस नौकरी पर रखा था, अब वहाँ बैठता था। जब वो सैम से मिलने के लिए महेश के केबिन से निकल रही थी, महेश ने उसे रोका। ऑफ़िस में लगभग सभी सैम और उसके रिश्ते के बारे में जानते थे। महेश से

उसकी नज़दीकी इसलिए भी थी कि वो उसी की जाति से था।

"शैली मैं जानता हूँ सैम के बारे में आप क्या सोचती हैं। पर क्या सैम भी वैसा ही महसूस करता है?"

"यह कैसा सवाल है महेश?" शैली शंका से भर गई।

"आपके जाने के बाद सैम ने चीफ़ को ना जाने क्या-क्या कहा? वो तो अच्छा है चीफ़ क़ाबिल लोगों को पहचानता है वरना कोई और होता तो..."

"सैम ने मेरे बारे में क्या कहा?" शैली के बढ़ते क़दम रुक गए।

"सैम ने आपकी प्रमोशन को लेकर सवाल उठाए। आपकी क़ाबिलियत को लेकर चीफ़ को भड़काने की कोशिश की। यही नहीं उसने चीफ़ एडिटर से कहा कि आरक्षण से पास होनेवाली एक छोटी जाति की लड़की इतनी बड़ी ज़िम्मेदारी सँभालने के लायक़ नहीं हो सकती।"

शैली फटी आँखों से महेश को देखती रह गई। वो जाने लगी तो महेश ने आख़िरी बात कही, "मैं हमेशा आगाह करना चाहता था पर कर नहीं पाया इस डर से की कहीं आप मुझे ग़लत न समझो। मैं बहुत इज्ज़त करता हूँ आपकी।"

शैली ने भारी मन से महेश का केबिन छोड़ा। सैम के केबिन की ओर बढ़ते उसके क़दम ऐसे थकने लगे जैसे एक लम्बी दूरी हो उसके और सैम के बीच।

उसने सैम के केबिन का दरवाज़ा खोला। सैम किसी से फ़ोन पर बात कर रहा था और बहुत अच्छे मूड में लग रहा था। उसे देखकर वो सीट से खड़ा हो गया। वो सकपका-सा गया। उसने जल्दी में फ़ोन के उस तरफ़ वाली आवाज़ से बाद में बात करने की बात कही और फ़ोन बन्द कर दिया।

"शैली...तुम! यहाँ कैसे?" वो अभी भी खड़ा ही था। वो उसे गले लगाने के लिए उसकी ओर बढ़ा भी नहीं। शैली भी उसके टेबल के सामने खड़ी रही। क्या शैली ने सचमुच ऐसी ही कल्पना की थी इस लम्हे की? उसका मन भरने-सा लगा। वो कमज़ोर दिखना नहीं चाहती थी।

उसे अचानक याद आया उसे शैली को गले लगाना था। वो घूमकर जैसे ही शैली के पास पहुँचा और उसे छूने के लिए आगे हाथ बढ़ाए, शैली पीछे हट गई।

"सॉरी सैम। मैं बाद में मिलती हूँ।"

ऐसा कहकर वो तेज़ी से केबिन से निकल गई।

दफ़्तर से वो पैदल चल पड़ी। सारी बेचैनी उसके पैरों में उतर आई थी। वो तेज़ क़दमों से चलती जा रही थी। क़दमों को जैसे पता था उन्हें कहाँ पहुँचना है। वही पुराना सिगरेट, पान, तम्बाकूवाला कोना। दुकानदार उसे पहचानकर हलका-सा मुस्कुराया। उसने सिगरेट माँगी और दुकान के पीछे वाली जगह पर रेलिंग से टिककर सिगरेट सुलगा ली। यहीं पर अक्सर वो सैम के साथ सिगरेट पीने आती थी। दो सिगरेट पी लेने के बाद उसे लगा अब वो कुछ सोच पाएगी आख़िर कहाँ जाना है उसे अब। इतने में उसके मोबाइल पर सैम का फ़ोन आने लगा। उसने फ़ोन को स्विच ऑफ़ कर दिया।

शाम तक जब उसने ख़ुद को सँभाल लिया तो सैम से बात की। सैम ने अपने अपार्टमेंट की बजाय किसी होटल में मिलने की बात की। कारण बताया कि माँ आई हुई हैं। शैली ने होटल में मिलने से मना कर दिया। सैम ने कहा कि माँ 2-3 दिन में चली जाएगी तब हम अपार्टमेंट में मिल सकते हैं। शैली ने कहा ठीक है वो इतने दिन के लिए घर जा रही है और आकर उससे मिलेगी।

शैली घर चली आई। घर में उसके आने से त्योहार-सा माहौल अपने-आप हो जाता था। शैली ने भी मन की उदासी से उबरने की कोशिश की। पर माँ से कुछ छुपा नहीं रह सकता था। माँ ने पूछा क्या सैम से झगड़ा हुआ है तुम्हारा?

उसका मन था माँ से पूछे आख़िर उसने वही क्यों किया किसी स्त्री के साथ जिसके कारण उसे अपने पिता से नफ़रत थी, जिसका बदला वो अपने पिता से लेना चाहती थी हमेशा? क्यों उसने किसी का घर तोड़कर अपना घर बनाया? पर इतना सख़्त नहीं हो पाती है वो माँ पर। माँ अपने किए की सज़ा भुगत ही रही है। उसका घर आज भी माँ की कमाई से ही चलता है। वो पाल रही है उस पुरुष को जिसने कहीं पर भी ज़िम्मेदारी नहीं निभाई। एक नौकरी थी हाथ में वो भी उसके अपने कुकर्मों से कब की छूट गई थी।

शैली ने माँ से सवाल किया, "पापा के जाने के बाद तुम्हें बहुत अकेलापन लगा होगा?"

माँ उसके पास बैठ गई।

"मेरी कच्ची उम्र थी। पहली शादी में भी मैं बिना सोचे-समझे चली गई थी। तुम्हारे पापा के जाने के बाद मिन्नी के पापा के साथ मेरे शारीरिक सम्बन्ध बन

गए। मैं घबरा गई बदनामी से। मुझे लगा अब मुझे इसी इनसान के साथ जीवन बिताना चाहिए।"

शैली के मन का कोहरा और गहरा, उदासी और गाढ़ी हो गई।

वो घर होकर वापस आ गई थी। सैम ने बताया उसकी माँ वापस पुणे चली गई थी। अपनी किसी जानकर या सहेली के पास रहने की बजाय शैली ने होटल में कमरा बुक कर लिया था। उसे थोड़ा खटका था कि सैम ने अभी भी उसे अपने अपार्टमेंट में साथ रहने के लिए नहीं कहा था। सैम शाम को दफ़्तर के बाद उसे होटल से लेने पहुँच गया था।

सैम ने अपने अपार्टमेंट का लॉक खोलते हुए दो बार चाबी नीचे गिरा दी। वो सहज नहीं था। शैली और सैम दोनों अन्दर दाख़िल हुए। शैली को सब कुछ अजनबी-सा लगा। वो बिस्तर भी जहाँ वो कितनी बार सैम के साथ सोई थी। सैम ने उसे बाँहों में लेकर चूमना शुरू किया। वो कुछ समझ नहीं पा रही थी कि आख़िर क्या चल रहा था उसके अन्दर। उसके मन और शरीर को जोड़नेवाला तार जैसे टूट गया था। उसने अपने-आपको सैम की बाँहों में छोड़ दिया था।

सैम अभी भी बिना कपड़ों के कम्बल में लेटा था। वो सिगरेट सुलगाकर बालकनी में निकल गई। वो वापस अन्दर आई तो सैम किसी से बात कर रहा था। उसके आते ही उसने फ़ोन बन्द कर दिया। शैली को अजीब-सा लगा। पर उसकी आदत नहीं थी किसी और के निजी क्षेत्र में दख़ल देने की।

"मैं यह नौकरी छोड़ रहा हूँ।" अचानक सैम ने फ़ैसला सुनाया।

"क्यों?"

"ये लोग मुझे बैंगलोर ट्रांसफ़र कर रहे हैं।"

"क्या?" वो चौंकी। उसे समझ नहीं आ रहा था कि क्या प्रतिक्रिया दे। ये तो ख़ुशी की बात थी पर वो नौकरी क्यों छोड़ना चाहता था?

"सैम क्या तुम मेरी टीम का हिस्सा होने जा रहे थे?"

"ऐसे पूछो कि क्या मैं तुम्हारी बॉस होने जा रही हूँ?" सैम हँसा था।

वो पागल हो रही थी।

"तो इसी वजह से तुम नौकरी छोड़ रहे हो?"

वो चुप हो गया। चुप होकर वो उसकी बात से सहमत हो रहा था। पर वो इस बात को स्वीकारना भी नहीं चाहता था।

"माँ अकेली है। मैं मुम्बई शिफ्ट होऊँगा। वहाँ से पुणे भी पास है।"

उसे समझ नहीं आया वो क्या कहे सैम से। वो मनराज नहीं था जिससे वो स्त्री-पुरुष की बराबरी की बात करती थी, जिससे वो सामाजिक न्याय के मसले पर लम्बी बहसें कर लेती थी। इतने समय में आज उसने पहली बार अपने-आपसे पूछा कि आख़िर उसने सैम से रिश्ता क्यों बनाया? ऐसा क्या था सैम में जो उसने उसे चुना? मनराज को छोड़ने के बाद क्या वो कोई भावनात्मक सहारे की तलाश में सैम के साथ चलने लगी? वो एक दलित समाज की लड़की और वो मराठी ब्राह्मण! उफ़! क्या उसे प्रेम करने से पहले ऐसे सोचना चाहिए था?

"कारण केवल माँ का अकेली होना नहीं है। तुम्हें मेरे बॉस होने से तकलीफ़ होती सैम।"

"शैली मेरा यह मतलब नहीं था। किसी ने तुम्हें ग़लत फीड किया है।" उसने ऐसे सफ़ाई दी जिससे महेश के सही होने पर शैली को कोई शंका नहीं रह गई थी।

शैली का मन नहीं हुआ कि रात सैम के अपार्टमेंट में रहे। सैम कहता रह गया पर वो वापस होटेल में चली आई थी। वो सैम से पूछना चाहती थी जो कुछ भी महेश ने उसे बताया था। पर शायद ऐसा करने से महेश की नौकरी ख़तरे में आ सकती थी। महेश अभी जूनियर था और सैम की अभी भी चीफ़ से बनती थी। महेश बहुत संघर्ष करके यहाँ तक पहुँचा था। क्या कोई कारण था कि महेश झूठ बोलता सैम के बारे में? उसे कोई कारण समझ में नहीं आया। वो ख़ुद से ही उलझी हुई थी। उसे याद आया कि शादी करने की बात सबसे पहले सैम ने ही की थी उससे। क्या उसकी पदोन्नति के बाद ही सैम का मन बदला था? और फिर अगर उसका मन बदल गया है तो वो क्यों उससे जुड़ा हुआ था फ़ोन पर लगातार? उसके पास सैम की एक कज़िन का नम्बर था जिससे अक्सर उसकी बात होती रहती थी। पिछले छह महीनों में काम के दबाव के कारण वो उससे बात नहीं कर पाई थी। उसने नम्बर मिलाया। आज पहली बार वो उससे इतनी ख़ुश्क लहज़े में बात कर रही थी। शैली ने भी जान-बूझकर इस तरीक़े से बात की जैसे उसका और सैम का रिश्ता टूट चुका हो। बात करते-करते उसे यक़ीन-सा होने लगा कि शैली जैसे सब कुछ जानती थी।

"और 'आई' अब ख़ुश है ना?" शैली ने सैम की माँ के बारे में पूछा।

"हाँ। शिवानी उनके मायके से रिश्तेदारी में है।"

"हम्म। शादी कब है?"

"पहले सगाई हो जाए। बस अगले महीने सगाई है।"

शैली ने जैसे-तैसे बात ख़त्म की।

वो पुराने साल का आख़िरी दिन था। राजधानी अभी भी कोहरे और प्रदूषण से ढँकी हुई थी। सर्दियों में जिस दिन धूप नहीं निकलती थी, वो दिन उसे उदास करता था। जब वो शाम को सैम के अपार्टमेंट में पहुँची, उसका गला ख़राब हो चुका था और खाँसी भी आ रही थी। सैम ने उसे गर्म पानी के साथ रम पीने के लिए दी।

रम पीकर शैली को थोड़ा आराम मिला।

"तो फिर क्या फ़ैसला सुनाया माँ ने मेरे बारे में?" शैली ने सीधा सवाल किया।

सैम पहले सकपकाया, फिर गला खँखारकर बोला, "माँ नहीं मानी।"

आज पहली बार सैम उसकी आँखों में न देखकर बोल रहा था।

"नाम क्या है उसका?" शैली ने दूसरा सवाल किया।

"किसका?" सैम चौंका।

"जिसके साथ तुम्हारी अगले महीने सगाई है।"

सैम का चेहरा लाल हो गया।

"बताओ सैम। मैं जानना चाहती हूँ" शैली ने इस बार नर्म स्वर में पूछा।

"शिवानी" सैम अपने फ़ोन पर कुछ खँगालने लगा।

"पूरा नाम?"

"शिवानी देशपांडे।"

"हम्म। मराठी ब्राह्मण।" शैली के चेहरे पर व्यंग्यात्मक मुस्कान थी। शैली को अपना चेहरा गर्म होता हुआ महसूस हुआ। उस सर्दी में भी पूरा शरीर अन्दर से जल रहा था। ठीक वैसा जैसा बुख़ार होने से पहले होता है।

सैम उस पर बरस पड़ा, "तुम्हें भी तो अपनी एमबीशंस पूरी करनी थी। मेरी कोई चिन्ता नहीं थी तुम्हें। तुम मुझे छोड़कर बैंगलोर चली गई। लांग-डिस्टेंस रिलेशनशिप डजंट वर्क फॉर मी शैली।" सैम बौखला गया था।

"बस करो सैम। कितना झूठ बोलोगे?" शैली का गला भर आया।

सैम उठकर उसके क़रीब चला आया। उसे छूने के लिए उसने जैसे ही हाथ बढ़ाया, शैली ने उसे रोक दिया। ख़ुद को सँभालकर उसने कहना शुरू किया, "तुमने मुझे कहा होता कि तुम आगे बढ़ना चाहते हो। कि तुम एक 'छोटी जाति' की लड़की को अपने घर नहीं ला सकते। तुम्हें तो वैसे भी लगता है 'छोटी जाति' के लोग तुम लोगों की तरह क़ाबिल नहीं होते।"

सैम चुप था।

शैली जल्दी से रम का गिलास ख़त्म करने लगी। उसने अपने-आपको सँभाल लिया था या वो कमज़ोर दिखना नहीं चाहती थी सैम के सामने। उसने अपने फ़ोन से 'ऊबर' बुक कर ली थी।

"तुम इस समय कहाँ जा रही हो?" वो उतावला-सा हो गया।

"मैं होटल जा रही हूँ।" शैली ने उसी गम्भीरता से कहा।

सैम को आज उसका इस तरह दिखना जैसे कुछ हुआ ही नहीं हो बेहद बुरा लग रहा था। उसकी गम्भीरता और सादगी जिस पर वो कभी मरता था, आज उसे चिढ़ हो रही थी।

"तुम ऐसे नहीं जा सकती इस समय।" वो ग़ुस्से में बोला था।

"सैम बस करो। अब सब ख़तम हो चुका है।"

"ऐसा मत कहो। मैं कुछ करता हूँ।" वो उतावला होकर बोला।

"तुम दोहरा जीवन कैसे जी लेते हो? हिम्मत करके कहते क्यों नहीं कि तुम मुझसे शादी नहीं कर सकते? मानते क्यों नहीं कि मेरी प्रमोशन से तुम्हें तकलीफ़ हुई? तुम्हारा सवर्ण पुरुष हर्ट हो गया?"

"शैली मेरा यह मतलब नहीं था। किसी ने तुम्हें भड़काया है" उसने सफ़ाई दी।

"सैम...सैम...बस करो। कहीं पर तो ईमानदार रहो।"

शैली ने जो 'ऊबर' बुक की थी, वो अपार्टमेंट के नीचे आ गई थी। उसने अपना बैग उठाया और सैम को आख़िरी अलविदा कहते हुए माथे पर चूमा। सैम की आँखों से आँसू बह निकले। वो जल्दी-जल्दी सीढ़ियाँ उतर गई।

होटल पहुँचने में उसे काफ़ी समय लगा था। कोहरे ने रास्ते में आते-जाते वाहन चालकों की दृष्टि को सीमित कर दिया था, पर नए साल का जश्न मनाते लोगों को इसकी कोई परवाह नहीं थी। इनमें ज़्यादातर लड़के-लड़कियाँ थे। उन्होंने सड़कों पर कब्ज़ा जमा लिया था और सड़कों पर जाम लग चुका था। सब ओर मस्ती का माहौल था। वो होटल रूम पर पहुँची। उसने कपड़े बदल लिये। उसका

सिर दर्द से भारी था और छाती में भर रही बलगम साँस लेना मुश्किल कर रही थी। उसने कमरे में पड़ी केतली में पानी गर्म किया और बैग से रम की बोतल निकालकर गर्म पानी में रम मिलाई और रजाई में घुसकर पीने लगी। उसी समय उसके मोबाइल फ़ोन पर सैम का कॉल बजने लगा। वो कुछ देर मोबाइल स्क्रीन को देखती रही। उसने अपना मोबाइल फ़ोन उठाया और सामने की दीवार पर फेंककर मारा। फ़ोन टूटकर कमरे में बिखर गया था। घड़ी में बारह बज गए। एक शोर खिड़की से उसके कमरे में दाख़िल हुआ। बाहर पटाखे बज उठे। वो उठकर खिड़की के पास खड़ी हो गई और जश्न में पागल शहर को देखने लगी।